五棵树上空的月亮

赵东海 / 著

时代文艺出版社
SHIDAI WENYI CHUBANSHE

图书在版编目（CIP）数据

五棵树上空的月亮 / 赵东海著. -- 长春：时代文
艺出版社, 2024. 11. -- ISBN 978-7-5387-7614-0

Ⅰ. I267

中国国家版本馆CIP数据核字第2024RG3759号

五棵树上空的月亮
WUKESHU SHANGKONG DE YUELIANG

赵东海　著

出 品 人：吴　刚
产品总监：郝秋月
责任编辑：余嘉莹
插图作者：于德北
装帧设计：百悦兰集
排版制作：赵海鑫

出版发行：时代文艺出版社
地　　址：长春市福祉大路5788号　龙腾国际大厦A座15层（130118）
电　　话：0431-81629751（总编办）　0431-81629755（发行部）
网　　址：weibo.com/tlapress（官方微博）　sdwycbsgf.tmall.com（天猫旗舰店）
开　　本：710mm×1000mm　1/16
印　　张：13.75
字　　数：200千字
印　　刷：廊坊市海涛印刷有限公司
版　　次：2024年11月第1版
印　　次：2025年1月第1次印刷
书　　号：ISBN 978-7-5387-7614-0
定　　价：68.00元

图书如有印装错误　请与印厂联系调换（电话：0316-2516002）

目录

第一辑

过去的甜注视着我

我和我的家乡

　　五棵树镇（隶属吉林省长春市榆树市，以下简称五棵树）是我九岁以前生活的地方，我一直把那里当作家乡。其实家乡对我来说并不是一个确定的地方，这些年我至少搬过三次家，我生活过的地方都算是我的家乡，但在我的心里最重要的还得是五棵树。在以往的人生履历表里，每当填写原籍的时候，我都会把它填上。但深究起来，其实我连吉林省的人都算不上，我爷爷那辈是从关里辗转过来的，我的祖籍是山东威海，具体在哪个乡、哪个村我就不知道了，没人跟我说过，或者说过我也忘了，流民记得出处已属不易。

　　再回到五棵树的时候，我已满头白发，莫说"儿童相见不相识"了，就是老人也没有几个认识我的了。

　　1970年，我出生在一个普通农户家里。说是农户，其实连正经庄稼人都算不上。我爸以前种过地，在我姥爷家打过小工，我姥爷是当时的大地主，听我爸说，他家快枪就有十来条，只是后来家道中落了。我没见过我姥，更没见过我姥爷。我爸在我出生的时候已经换了工作，在五棵树镇中学当大师傅，就是给学校的老师做饭。不过，我真没发现我爸会做什么特别拿手的饭菜，除了过年的时候，他会给我们炸点儿麻花，我爸基本就没怎么在家做过饭。在计划经济年代，孩子大人七八个，这么多人指着定额粮食和我爸那三十几块的工资，生活水平还不如一个正经庄户人家。而我的记忆里关于土地、庄稼和农活儿、农事这类的细节也特别少，因为那不是我熟悉的生活，我们家是麦田的守望者，不是耕耘者。幸亏家里的前后有两块菜园子，园子种菜和农民种地也差不多，我这才略懂些田里的事。

五棵树地处三省交界，东面与黑龙江肇源接壤，北面的大岗和内蒙古接壤。因为五棵树身处的地理位置，它的身份一直在历史的空间里漂移和动荡，一会儿属于内蒙，一会儿属于吉林，一会儿属于黑龙江，曾有一个时期还隶属过辽宁。但不管属于哪里，五棵树这个名字自始至终没变过，它一直都叫五棵树。哺育五棵树的那条大江——嫩江，也未曾挪动过半步，一直伴随着这个小小的村落。也可以说，五棵树一直依偎在这条江边，不曾移动。

有水的地方就有人。大江大河是生命的源泉，尽管我们的这条江不比长江黄河，但它同样是生命的源头。我们和嫩江两岸的花草树木、飞禽走兽并没有区别。它们向水而生、逐水而居，我们又何尝不是呢？所以我对家乡东面的那条大江有着深厚的感情。我觉得我的性格、我的模样、我的记忆都与这条江有关。一方面是家族的血脉延续了我的生命基因，另一方面是一方水土养育了一方人。以前有人说"一看你就是××的人"，我不太信，现在我也这么说了。一回到家乡，我就好像看见了无数个自己，听见了无数个自己的声音。对此，不管我惊讶还是平静，亲切还是厌恶，都无法回避。就好像我说某某是我爸，对方恍然大悟，说"对对对"，一瞅你就是老赵家人，那眉毛，和你爸一样一样的。可他怎么能对一条眉毛如此熟悉？现在我多少明白了些，我们同根同源，根其实一直都扎在江边，扎在泥土里，它从没停止过向大地深处生长，最后结成一团不密可分的根茎，你中有我，我中有你。这些年我拼命往高处飞，好像飞出了很远，但其实这条线一直牵着我。我就像一只风筝，不管飞多高，始终在被线牵引，早晚都要回来。

我的家乡能够说的真不多，那就写吧。写总比说来得细致，陈芝麻烂谷子拿出来吃之前，总要簸一簸，晒一晒。我仔细地翻找米里的石子、虫卵、草屑，那是我的光阴，有我九年的记忆。也许是这记忆太琐碎，一时不知从何说起；也许是这记忆太平常，实在没什么好书写的；或者，我的笔力根本不足以表达。越是搜肠刮肚，写得越是枯燥、杂乱、似是而非。

但是那些家长里短、乡土乡音、日升月沉、草木枯荣、候鸟迁徙组成了我的记忆，引起了我的思考，我写它们也是在写我自己。

家乡的那些小精灵

　　我从没见过一只死在家里的猫，一般猫在死之前就早早离开了家，从不和任何人道别。和现在不一样，过去没有人家把猫狗当宠物，虽然，有时也喂它们，但它们主要还得靠自己打食。这其实是很好地保护了它们的野性，使它们在进化的过程中没有因为受到过度的照顾而失了根本。农村的孩子也一样，没有哪家大人跟着孩子屁股后看护，而且孩子太多，也看不过来，都是姐姐看妹妹、妹妹看弟弟，一波看一波，虽不精细，也都平安长大了。养猫更甚，都是散养，猫们平时昼伏夜出，一连丢失好几天也没人在意。哪天忽然发现少了点儿东西，四处找，最后发现它躺在被窝垛上睡觉呢。

　　直到有一天奶奶让我去老姚家抱一只猫崽，我才知道这回它真的不回来了。我问："奶奶，它去哪儿了？"奶奶说："上山了。猫老了都上山，将来奶奶老了，你也把奶奶背山上去。"我们家附近没有山，我知道她说的山指的是大岗上面的坟茔地，那里埋葬着屯子里逝去的人……因各种原因去世的人住在一起，俗称上山。我早晚有一天也会上山，那时，我们的根就会在地下相遇，重新相聚到一起。

嫩江在一处平缓的河段迂回漫延形成一个河湾，这里的鱼类多半是鲫鱼、鲢鱼、鳙鱼、鲇鱼、鲤鱼、老头鱼、江嘎子、船钉子、白票子，运气好也能碰见武昌鱼、鳊花、鳌花、铜锣、七星子。岸上的窝棚前架着一绺木杆，上面晒着大大小小的干鱼坯子，苍蝇落在上面悠闲地看着不远处的锅灶，一锅杂鱼炖在里面，鱼汤已经变得黏稠，香味飘出很远。锅里的东西现在已经不常见了，先说鲫鱼吧，一捺长的江鲫瓜子，身形消瘦，刚下锅的时候还蹦呢，像这种的鲫鱼才叫（野生）鲫鱼。而现在集市上售卖的所谓的野生小鲫鱼、东江的鲫鱼，黢黑黢黑的，身形肿胖，与野生俩字毫不沾边。

五月末正是五棵树各种野生植物大面积生长的时候，能吃的不在少数，像新鲜的马舌菜、蕨菜、柳蒿芽、金针菜、蒲公英、小根蒜、苣荬菜、苋菜；还有药用的黄芪、黄芩、掌参；蘑菇有草蘑、榛蘑、紫花脸蘑、白蘑、小黄蘑等。草地里啥都有，只是你不认识它。有一回我吃蘑菇中毒了，头晕目眩，眼冒金星，想吐又吐不出来，奶奶用一根鸡毛在我嗓子眼儿里搅弄，我"哗"的一口苦水吐了一地。她从一个小包袱里找到了一块灵芝，掰下一小块给我泡水喝，告诉我睡一觉就没事了，结果睡了一觉，我真的就好了。不光是我这样，有的时候鸡吃了不对的东西也像我似的，晃晃悠悠在院子里"打醉拳"。

甸子上的东西太多了，好些不光我认不准，大人也认不全，但那些羊、马、牛知道，有毒的东西它们一鼻子就能闻出来，从来不碰。所以有时候我们对一种植物说不准能不能吃时，就挖回家先拿给牲口们闻闻，要是它们迅速把头扭一边去了，那就赶紧扔了吧，模样长得再好看也不能吃。

草长莺飞，湿地充满了生命的律动。

一看到蚂蚱花，我就想唱首歌，但是我不会唱歌，小时候也没人教过我，我成天就知道淘气，到处惹祸，这很可能埋没了我歌唱的天赋。家乡的原野百花争艳，各种颜色的花数也数不过来，那景象，仿佛吃蘑菇中毒眼冒金星时的一片天空。可是在众多开放的花中，我独爱蚂蚱花。妈妈种在园子墙头的蚂蚱花实在是太好看了！早晨，一园子翠绿的韭菜，水灵灵的小葱、爬满藤架的豆角和黄瓜，热热闹闹，但全抵不过墙头上黄的、红的、紫的、粉的争相开放的蚂蚱花，它们没有特意和谁比鲜艳，但那种黄、红、粉绝不是别的植物能长出来的，尤其是那种紫，任何紫色与之相比，都显得黯然失色。蚂蚱花的颜色是上天赐予的，不抓紧看，过了晌午它就凋谢了。

家乡是那些花儿，是那些有毒的没毒的蘑菇，是迟来的大雁，是晒在杆子上的鱼。它为什么不叫水、不叫风，或者叫个什么窝堡、营子什么的呢？为什么非要叫五棵树，难道真有五棵大树吗？据相关资料记载，在垦殖立屯时期，五棵树因为拥有五棵高大的榆树而得名。它是历史遗留的产物，在往昔的时光中等着我。这种等待可能恰恰是提醒我它已远去，只剩下个名字，只剩下那些家长里短，乡土乡音了。所以我要抓紧把它记下来，不能看着我的家乡离我越来越远。

我的家乡提醒我，正如故乡是在时间中构建的那样，地理空间其实也是时间的造物，当然，它已经不仅是以我个人的生命为尺度了。它对我相当重要，是我生命的一部分，而且是很重要的那部分。有个大作家说过，一个人穷其一生，都在回忆他的小时候。我时常做梦身体还挂在桑姥家园子里的那棵果树上；看见卢大明白摸黑又出去装神弄鬼，二迷糊顶着大太阳在场院上被晒脱皮，汗珠子像玻璃球一样从他的膀子上滴下来。当这些往事诉诸笔端的时候，这些人纷纷从我的梦里走了出来，这时我才忽然意识到，当年我并不了解他们。而现在，他们正成为我思考和回忆的对象。我发现，我从没离开过故乡。

家乡四景

树挂

起浓雾了，院子里喂猪的奶奶渐渐失了身形，影影绰绰地在一团白烟里晃动，走得稍远一些就只能听见她吆喝猪的声音。这时的猪忽然变得比人聪明，和她玩起了捉迷藏，一会儿藏在墙根，拿眼瞄着在烟雾里四处寻找的奶奶，只等她发现，再哽咽着跑到柴火垛边趴下，任她怎么招呼也不再吱声。这时猪身上也挂满了白霜，个个都变得干净漂亮，它们好像也知道自己变了模样，连大耳朵都不舍得扇动半下，唯恐弄花了一身白色的衣裳。柴火垛结着银穗，变成一座冰山。墙头蒙上了一层白面，晶莹剔透，光滑无比。刚从鸡圈放出来的鸡惊讶地看着眼前的一切，不敢跳到墙头，也不敢飞上柴火垛打鸣。这是什么情况？一夜之间，世界怎么全变了？就连那个笨手笨脚的老太太也成了"仙人"，头发、眉毛结着银须，飘飘然在雾里一会儿飞起，一会儿落下。

空气中丝毫没有风的流动，不知道它们躲到哪儿去了，大概也穿上了银色的外衣，猫在南边的树趟子里了吧。你瞅那儿，浓雾已陷落在深深的睡梦中，连碎嘴的喜鹊都变得异常安静，似乎它的窝里藏着个神秘的世界。这样的早晨我是可以睡个懒觉的，没人顾得上我起不起床，所有的人都被这团浓雾藏了起来，只要不吱声就没人知道在哪儿。偏此时我还不爱睡懒觉了，趴在窗台看奶奶和妈妈隐隐约约在院子里同鸡、鸭、鹅、猪、狗们捉迷藏，只有大狸猫最听话，安稳地趴在炕头，呼噜噜地睡，它才不出去凑这个热闹，它害怕一不小心变成"白"猫，我们就不认识它了。

太阳还是出来了，再怎么浓的大雾也盖不住它。但它还是往日那轮朝阳吗？灰蒙蒙的天上只有蛋黄那么大的太阳在缓缓往上爬，可不管怎么说，天毕竟还是亮了些，已经能看清院子南面的树趟子了，杨树、柳树、榆树，不管什么树都结着银须，立在同样白茫茫的大地上。树林旁边水沟的冰面原本已经被我们打扫出来了，这下重新又铺上了素白的面纱。冰层下的鱼虾和冻土中的昆虫刚要苏醒，因为这场大雾只好再次沉寂在深深的睡梦中，它们才懒得管这个世界发生了什么。

不知道什么时候，雾成了一股一股的条形，好像千军万马赶着奔赴战场，从你身边腾腾地奔跑，一列过去之后周围马上开阔起来，大家也都显现出了模样，可是还没看清个数呢，就又跟上来一列，这列队伍比刚才那列庞大，刚刚显现出的模样又再次被笼罩住。终于浓雾成了轻纱，再也掩盖不住世界了，乾坤朗朗。大地仍然素白，天上分明没有下雪，哪里来的雪花呢？这雪花不爱落地，偏喜欢挂在一切能立住的东西上面。没有叶子的树通体晶莹，白花开遍了千枝万缕，被花喜鹊嘎地一叫，簌簌地惊落无数花瓣。我急不可耐地跑到树趟子里去采集这些花瓣，迎面撞上飞扑过来的雾团，雾气经我一挡再被树一隔立刻涣散了，过会儿又像轻纱一样缠绕在林子里，我就像神仙在天宫游荡，这不就是天上吗！

晌午，大雾散去，阳光万丈。树挂一闪一闪的，好似宝石一样的质地，它们是怎么挂到上面的呢？昨夜一定有一双神奇的手抚摸过这些树枝。爸爸套上马车，我们要上江沿儿大舅家。这一路，千树万树，天上人间，都坠入一条白色的通道，就像在仙境和童话里漫游。那里浩瀚无边，洁白纯净，没有烦恼，连麻雀和乌鸦都不再争吵，甘甜的空气凉丝丝，落在头上的雪花不消片刻就融化在我的身体里，沉淀在我的记忆中，让我始终记得，这些不是梦，是很多年以前的一个早晨。

春岚

奶奶在院墙边打着眼罩，看见我过来，说："老孙子你眼尖，看看南头树趟子是不是有点儿绿了？"我仔细地帮她瞅半天，树林还是冬天时的树林，棵棵清晰，枝杈分明，只是少了些冷峻，多了些浓重，离远看，一条树趟子黑乎乎地团在一起，似乎藏着什么东西。不过哪里绿了？它们离发芽散叶还早呢。奶奶眯着眼笑了，说："快了，快了，我已经看见它们了。"

她看见什么了？

春天最早是被老太太发现的吗？我不信。

饿了一个冬天的喜鹊和乌鸦忽然有了精神，在田野里追逐、打闹，甸子上枯草还在冷风中战栗，却像要脱离大地的束缚，飞到混沌的天边。远方的冰河已经解冻，融化的冰雪上下翻涌，只等上游的大军汇合即开始远行。早来的野鸭不声不响地在天空划开一道弧线，随即落到浅滩里，在融化的冰水中展开羽翼，清洗一路征尘。空气中有一双手，轻轻抚摸着柳树的枝条，柳条就变得柔软了；慢慢翻开向阳的坡地，沟渠的坡底就冒出嫩绿的草芽和婆婆丁。而这时，贪睡的牛羊还没有到草场觅食，任凭这些美味随意散落在原野上。

但这些全没逃过我奶奶的眼底，尽管她没有一个一个去检查，凭借她七十年的生活经验，这些事的发生就和墙上的挂钟一样，分秒不差，早晚必来。只等日头走到地方，钟摆清脆地敲响，提醒我该起床了，提醒田园是时候翻个身了，提醒大地该换身衣裳了。

春天是一团气。山有山气，河有河气，而春天的气是岚气。这团气有形无质，从大地深处升腾而出，在甸子上一浪一浪翻滚，所到之处无不被夹道欢迎，草有了精神，钻出地面，虫结束一冬的蛰伏，纷纷苏醒，河面的坚冰应声炸裂，水里的鱼们又看见了两岸的牛羊。羊倌赶着一群羊在甸子上不停地走啊走，他无法控制羊的喜悦，吃了一冬草料的羊们，可下看见绿了，可绿草在哪儿？明明就在前面，却怎么也追不上。草色青青近却无，春天是被羊的脚步追逐出来的。

我不知道河道里的鱼有没有听见腊月里村子的鞭炮，那最早响起的小鞭是我放的，我把爸爸给我买的"大地红"全拆了下来，一个一个放，拆下来的小鞭捻儿短，点着就响，我被崩了好几回，手掌都崩黑了，怎么洗也洗不下去。可是你知道吗？我是想让你听见才这么做的，我要告诉你，新年来了，我们就要见面了。后来老球子想了个好办法，他把二踢脚拿到冰面上放，嘭！这声响不？那天老鸹都听见了，它们吓得飞出去好远，不敢回到河边的树上。还有，十五那天，五十响的彩珠是付丽华她家放的，全村只有她家能放得起五十连珠，她还有一个弟弟，但是她弟弟还小，不敢放，就只有看着我们这群大孩子到处点火放炮。我知道他很想加入我们，我们也想叫他进来，可是我们双方都抹不开张嘴，不知道怎么表达。

假如真能有一条道或者一把梯子能直通春天，我就会驾着春岚提前抵达那里，在那里，我会认识很多好朋友，人和人之间没有沟通障碍，也没有距离，人和动物之间也是，而且还能互相说话。奶奶会回到年轻的时候，妈妈的病也全没了，被我丢了的那群猫崽全活蹦乱跳地回到我家的仓房……

如果真能那样，可就太好了。

鸟会

臭姑鸪叫了两声，天就变得越发短了，睁眼已经大亮，满世界都被绿色罩住。此时田里的庄稼还没有我腿高，长得也不茂密，毛茸茸的，离远看就像一张大渔网，将将遮住地皮。坟圈子周围的草似乎得到了清明上坟时那些供品的滋养，倒是比庄稼长势汹涌，完全掩盖了臭姑鸪的身影。我知道它就在里面，但不知道它在哪个坟头。我奶说臭姑鸪在坟里絮窝，所以身上臭烘烘的。这让我有点儿怕它，但是它长得并不丑，脑门上还有一撮小短毛，风一吹，就像扇子一样散开，跟王冠似的。后来我念书了，知道了它学名叫戴胜。

早上起来，天还蒙蒙亮，空中传来一声声清脆的鸟鸣，手搭在凉棚上仔细向天空中瞅，哎呀，原来是百灵鸟啊！它们什么时候来的呢？看这样子是已经在甸子上絮窝抱蛋了。它们叫得不知疲倦，每天天不亮就飞上半空，嘟噜噜、嘟噜噜地唱歌，从早晨唱到黄昏。如果你耐心地在它们身下的草甸子上寻找，一定会找到一个精巧的小草窝，那时候它们就全乱了方寸，叫得急促而紧张，像和你吵架，或者像骂人一样，而且还一次次做俯冲状猛扎下来，直吓得你缩头闭眼，唯恐脑门和眼睛被它叮上。我很少去这么逗它，我更愿意听它们在天空自由地歌唱，那歌声让我着迷。

"清明忙种麦，谷雨种大田。立夏鹅毛住小满鸟来全"，这句谚语很多人都听说过。但在我的家乡，完全不是那么回事。清明天还很冷完全种不成麦子，而小满之前大部分鸟就已经到齐了。

那些大鸟，像灰鹤、白鹭、大雁、丹顶鹤、东方白鹳、蓑羽鹤、白尾海雕，雪还没化透呢就一波接一波地来了，那时刚刚三月吧。它们有的在这里歇歇脚，然后还要往更北的地方飞，听说一直要飞到很远的贝加尔湖，甚至更远，也有不少鸟干脆留下来不走了。那些年，东方白鹳就很愿意在我家乡的湿地草场上坐窝、产卵、孵化小鸟。至于成群结队的大麻鸭、绿头鸭就更不用说了，它们甚至有一个冬天都不走，把自己藏在芦苇丛和小叶草里，开春就在刚刚融化的冰水中嬉戏。我们听见的最早的鸣叫应该就是从冰湖和冻沼的蒲草里传来的鸭鸣，它们的叫声很粗糙，但很温暖，让你感到一个遥远的季节又回到了身边，在这样的叫声里入睡是很香很安稳的。

在柳树刚刚泛起柔软的鹅黄时，最喜欢它的小鸟就来了，这个小鸟大概是所有季节鸟里最小的吧，而且它也最相信人，它就在你的眼前一跳一跳地飞，你追它它也不远走。我们管它叫柳树叶儿，其实在诗人的笔下，它有更美的名字——夜莺。听夜莺歌唱是会萌发爱情的，只是听它唱歌的时候我还小，不知道和邻居二姐的好算不算是爱情，等到懂得的时候，我已经很多年没看见过夜莺了。和百灵鸟的叫声有一拼的是黄嘴腊子，它和黄雀尤其喜欢洗澡，晌午的泡子边，总会看见三三两两的黄雀和腊子在水里扎猛子，它们一头扎下去，又迅速钻出来，然后站在岸边使劲抖落浑身的水珠，水花四溅，鸟的羽毛真厉害，水都打不湿。这两种鸟叫起来同样让人着迷，以致这叫声给它们带来了厄运，人们想方设法地捕猎它们，然后把它们关在笼子里，拿到市场上卖，或者提到林子里比赛叫声。说到这里，我不禁想到脱离乡土的我们，我们努力地摆脱故乡，搬到城里的高楼大厦，和那些鸟何其相似啊！只不过一个是被捕，一个是逃离。这到底是我们的悲哀还是幸运呢？如果是悲哀，为什么故乡的人日渐稀少？如果是幸运，为什么我们总是怀念故乡？

无论如何，家乡的春天都是鸟儿们的天堂，这大概得益于我们这里成片成片的湿地和沼泽吧。我们家乡还有茂密的河柳、成片的香蒲、臭蒲、密不透风的苇丛、连绵不断的红蓼，更别说辽阔到天边的草原、甸子和戈壁了。仔细听，你能分辨出红麻料、青麻料、红点颏、蓝点颏的叫声吗？在百鸟的大合唱里，不要说听，就是写，我便已经回到了童年……

大黑狗

蛐蛐在墙根儿有一声没一声地叫着，我失眠了。放在往天，最早睡着的一定是我，小孩儿觉大，雷打不醒，但今天特别，我心里有事。窗户外的月亮通明瓦亮，照得院子里的酱缸通明，秫秸帐子上的打碗花把脑袋探在空中左摇右摆地往屋里张望，看见我睁着眼睛它也点了点头。月亮到底离大地多远呢？今天肯定比每天近很多很多，否则不可能这么亮。我心里盘算着，如果月亮此时就在西瓜地地头的窝棚上边的话，那么睡在窝棚里就会看见月亮里面的兔子。

此时大地上的庄稼基本都收了，一片热闹的原野显出空旷，天比以前辽阔，云薄得像层轻纱，风一吹干脆只剩几缕丝线。紧挨西瓜地的苞米还没撂倒，叶子已经干枯，没有了往日的威风，任凭夜风在地里穿行，簌簌有声。一棵西瓜藤蔓爬到邻近的苞米秆上，还开出了娇艳的黄花，周围几株西瓜秧学它的样子也试图攀上高空，它们愣是在北边这侧造了扇门。门里，是一个深邃的世界，要想由此进入，只有虫儿引路，而此时，虫子们正在大地深处赛唱，歌声一浪高过一浪。

鞭子爷在窝棚里抽烟，七节钢鞭挂在梁上，鞭把儿上的红英耷拉在半空，烟袋锅里的火一明一灭像会说话的眼睛。傍晚拢的那堆篝火，火堆还在持续地冒着蒿子烟，烟在青青的月色下没了分量，轻轻地缠绕在窝棚周围的灌木丛中。鞭子爷的大黑狗在地头一边溜达一边搜寻，东嗅嗅西嗅嗅，每一处草丛都有令它好奇的气味，它又像是在和大地深处的什么声音在对话，这世间只有它才听得见那来自比夜还深邃的大地声音。树林里一只夜鸟扑棱一下从树上飞起，扇动着膀子消失在苞米地上空。黑狗支棱着耳朵看了好久，并不作声。它是一只不爱吱声的大狗，从小就没有什么事能让它针扎火燎地汪汪叫。我奶说，咬人的狗不露齿。这大黑狗不容易咬人，但干起仗来十里八村的狗都不是对手。我看见过它发威，那天曲四家的黄狗跟它撩闲，看见大黑从巷子过来就一顿汪汪乱咬，刚开始大黑没稀得搭理它。曲四家的黄狗不识好歹，竟然蹬鼻子上脸，仗着曲四老婆在身边竟逞起了威风，从院里冲了出来，大黑回头一口咬在它脖子上，疼得它一通惨叫，全屯子都听见了它那濒死的叫声。大黑却并不松口，直到曲四老婆拿棍子撵出来，大黑才放过它，全过程我没听见大黑叫一声。黄狗夹着尾巴逃回了院子，却遭到了曲四老婆一顿破口大骂："你个熊玩意，就会瞎咋呼，见真章儿啥也不是，跟曲老四一个样！"那天是我头一回看见大黑露齿，一口牙刷白，看着就很凶。

我是多想跟鞭子爷还有大黑狗看一晚地呀，那简直不要太迷人！这个念想折腾得我睡不着觉。

傍晚的野地就像母亲对襟的夹袄，嗅着有夕阳般金色的温暖气味，田野里连最勤劳的蜜蜂都回到大树下的蜂箱休息了，牧蜂人两口子就着落日的余晖归拢工具，旁边吊在火堆上的锅里熬着豆腐白菜。我也想亲近他们一家，想借此探寻蜜蜂生活的秘密，可是终究不敢靠前。我有点儿害怕牧蜂男人那一口似懂非懂的外地口音，也怕蜂子飞出来追着我扎。

鞭子爷对我看地的请求不置可否，一到天擦黑就赶我们回家。"再不回家一会儿半道上让老仙抓了你们炼丹。"我知道再多说也没用，鞭子爷比大黑话还少，我只好起身离开。大黑蹲在窝棚边同情地瞅着我，眼睛在昏暗的夜空下格外明亮，里面好像汪着两口井水，井水中有我的影子，也有夜空的影子。

露水漫过脚面

立秋前后，露水就站住了，太阳挺老高也不化，树上、墙上、草上、菜叶子上全是密密麻麻的水珠，就好像夏天出的汗。这时的露水仍然黏稠，懒洋洋的，碰碎了也不觉得凉。可再往后就不行了，随着气温下降，它们忽然有了霜的个性，一颗颗微小又密集，看似成片却独立地凝结在大地表面，每一颗都十分完整，互不依存，如同刚刚脱壳的珍珠，从天边一闪一闪的露水闪中下到凡间，"闪打一千，雷击八百"，它们也像即将破灭的泡影，在阳光下映射着最后的光芒。

我们上园子的辣椒地里摘红透了的线椒，奶奶要腌辣椒咸菜了。秫秸帐子上爬着茂腾腾的打碗花，这花越冷越精神，此时开得正热烈，直把藤蔓伸向半空仍不罢休，触须子像电线似的在半空挽了好几个螺丝扣才和上面的露水一同跌落下来，搭在帐子上，那秫秸简直快要不堪这些植物的重量了，摇摇欲坠但又很开心地背着它们，邀功似的笑着迎接由此进出菜园的主人。

秋后的菜园晨露未退，走一趟，裤脚全都打湿，露水从双腿淌下，滴在脚面，冰凉湿滑。辣椒花却因为经过昨夜一场霜露的考验而越发精神，水灵灵的小白花在茂盛的枝叶间盛开，一些细密的花苞躲在它们的身后排队等待出场。园子里好些蔬菜都是经过一场霜打之后更加成熟的。此时若是能在枯萎的茄子秧下面找到还没来得及长开的茄包，摘下来咬一口，那滋味比任何时候都要甜，露水似乎完全融进茄子里面，化作了天地之间的一滴汁液，那就是甘露的味道吧。西红柿也一样，这时候如果有经验，在罢园的柿子地里找到残存的西红柿，哪怕是还青着的都不要放弃，把它们摘回去用棉被盖着，三五天之后再看，竟然都成熟了，青皮里红丝隐现，比通红时更令人沉醉。这时候你可能会想，是不是被露水亲吻过的西红柿不愿意被摘走，所以才青着脸假装还未成熟。植物的生物钟，来来去去与钟表的秒针比也不差分毫，它们懂得什么时候该干什么事，不像我们总抓紧时间忙这忙那。其实我们根本抓不住时间，好多事都是越抓越紧，越忙越急。就说那些高大粗壮的甜秆，它们早已长成了身体，但是不经过一场霜冻，甜秆是不会有滋味的，你再着急也没用。所以我们要有点儿耐心，等时间一节一节从大地走到秆梢儿，等露水在它的穗子上沉甸甸地落下，才刚刚好。生活的甜是时间自己酿造的。

辣椒地这时节正要丰收，红辣椒、绿辣椒、没长成的小辣椒，遍地茂盛。捡过一篮子辣椒，奶奶再薅一把芹菜、摘一捆香菜，把它们统统拿到井沿，并指使我压水冲洗一番，然后一同腌在坛子里，一个星期就能吃了。这样的腌菜咸、鲜、香、辣，光靠它们也能吃下两碗高粱米饭。坛子里的腌菜一直能吃到来年开春。

十一过后，早晨起来，大地和房山白茫茫的，似乎蒙上了一层盐粒，随着太阳越升越高，盐粒慢慢消隐在土层里。经过一春一夏的风吹雨打，我们家的两间半土房已经显出了疲态，大雨过后的水流把墙面冲刷出一道道水沟，就像小孩哭过后的脏脸儿，房顶上虎尾草摇曳生姿，长得已经有模有样，不知道是从哪里飞来的一片榆树钱竟在房顶的泥土里发了芽。爸爸站在院子当中看了好久，抽了一口烟说，这星期扒炕、抹房。

太好了，我早就等待这一天了。

扒炕、抹房是农村人家每年必做的功课，有时候是春天，有时候是秋天，庄户人秋收忙，一般都春天做这件事，我们家没有地，秋天就把这个活儿给干了。其实早干也好，往后的日子，整个冬天房子都是牢固的、暖和的。但是扒炕和抹房子在乡下可不是轻巧活儿，一个人根本完不成。我们要去村头的甸子上挖来一车黄土和泥。这土也有讲究，不是随便什么土都行的，要那种碱性很大、黏度很强的黄黏土才行。拉回家后，我们要在土里加上轧碎的羊草（又名碱草，耐践踏，绵羊、山羊特别爱吃，故名。），然后在上面浇水搅拌成泥，和好的泥要闷上半天或者一宿，就像发面一样；再用一种木板制作的模具把泥脱成一块一块大小相等的土坯，湿坯整齐地码在院子里晾上五六天，待它完全干透，就能用了。土炕就是用这样的泥坯搭成的。

老炕经过一年的烟熏火燎，大人躺，孩子蹦，加上里面已经积满烟尘，有些坯已经不堪重负，开始塌了。扒炕就是掏炕洞里面的灰，换掉坏了的坯，然后重新用泥抹上，待烧干后，铺上炕席，就能用了。新炕通透，烧着欢畅，上热也快，保暖时间长。

脱坯剩下的黄泥就用来抹房子。一般这个时候，我大舅就会从江沿赶过来帮忙，大舅和我爸一个在地下和泥、运泥，一个往房上抹。不管和泥还是抹房都不省事，但看起来，和泥似乎更累，爸不好意思让大舅和泥，就让大舅上房抹。其实大舅在房顶上又是端泥，又是抹的，也累够呛。我看着两个人干活儿，一点儿忙也帮不上，于是一会儿追鸡，一会儿撵狗，一会儿逮蚂螂（蜻蜓）。秋后的蚂螂有点儿傻，可能是早晨被霜打了一下，翅膀的露水还没干，飞不动似的，很好逮，不一会，我手里的蚂螂就捏不过来了，索性扔给那些满院子刨食的鸡们去争食，蚂螂扔到地上又腾地飞起，飞不多高又一头栽到地面，鸡们被这些从天而降的家伙先是弄一愣，等反应过来就群起而争之，咯咯叫着满院子追赶。这些都玩够了，我就看大舅他们俩干活儿。大舅手里的泥板子真厉害，一堆稀泥，经他手里的板子一刮一抹，全站起来了。原本伤痕累累的墙面立刻换了一副模样，就像穿上了件新衣裳。都说烂泥扶不上墙，这就得看谁扶了，我爸和我大舅不正在把它们往墙上扶嘛。泥板子很了不起，它能化腐朽为神奇，把毫不相干的几个东西——黄土、干草、水变成一铺炕、一堵墙、一座坚实的堡垒。

我们在这个小破屋里年复一年地生活，屋里照样盛满人间的喜怒哀乐、悲欢离合，还有比它更具人情味的发明吗？其实我们用在生活里的那些平凡的工具最能代表文明的发展，尽管它们看上去有些粗糙。最早人们只会用石头砸、割、穿，然后会烧制土陶，打造工具，再从住山洞，挖地穴，到用夯土筑屋，这期间我们经历了怎样艰苦漫长的岁月啊！我们站在一座老屋面前，常常会不由自主地感叹生活的艰辛、岁月的无情，其实，我们是被老屋引向了时间的深处，那是我们来的地方，是我们的出处。我们一直怀念那个叫故乡的地方，其实想念的就是这座老房子。在乡下，很少老房子是被人为扒掉的，如果不是要翻盖，那些老房子一般都会自然倒塌，慢慢地在风雨中凋零，这也是不忘本。乡亲们对这些老房子就像对自己的亲人一样，有嫌弃，有尊敬，有卑微，有骄傲；想摆脱，又怀念，想回归，又不舍。那是一种无法说清的感情，因为它也象征着我们自己。

这些年，我一直住在城里，高楼大厦外面的露水不曾打湿过屋里的一草一木，但是我知道，属于我的秋天已经来临，就算我住的堡垒再怎么牢固，也不会有过去老房子那样的温暖了，没有一张"泥板子"能再为它抹上新泥。

被我爸和大舅修葺一新的老房子在秋阳里蒸腾着丝丝缕缕的烟气，似乎它也在为自己喝彩，"看，我这身衣裳漂亮不"。其实它还是那么简陋，低矮、粗糙，不过没关系，这足以养活一家人了，这里的烟火同样直达天庭。这时候，套上新衣的老烟囱又冒出了炊烟。屋里的炕不搭完，灶是不能用的，北方的灶连着炕，烧火做饭连带着把炕也烧热了，要是没有了炕，烟就失去了通道，满屋子跑。有时忘记了打开安在炕梢墙上的烟插关，烟被憋住，出不去，憋到一定时候就会嘭的一声，把炕崩起来。我们管这叫炕打呛。呛响过后，满屋子烟灰，细密的炕洞子灰就像蜘蛛网似的粘人一脸，鼻子眼里都是。被子啊、衣服啊、家具啊统统都得洗刷一遍才行。

我最喜欢喝我爸兑的那碗空汤了。所谓的空汤就是汤里除了水什么菜也没有。刚搭好炕的灶间来不及做什么饭菜，爸就让我们在外边烧一锅水，然后在锅里倒点酱油，放些咸盐，捏些味精，撒点儿葱花，最后放一勺荤油。荤油细腻乳白的油脂瞬间在开水里融化，油花浮在汤头，香气四溢，就着昨天蒸好的馒头，那是盼望已久的美食呢。从我爸一声扒炕令下，我就等着它了。

一晃多少年没睡过土炕了，后来我在新宅的一间屋里搭了个榻榻米，勉强算个炕吧。可那怎么能和老家的土炕比呢，它不用烧，给上电就热，但是热得干巴，睡了上火，这个炕有一点好，不用扒，可是不扒的炕还是炕吗？它距离真炕至少还差一碗空汤。

九岁以前

那么小能记住的事不多，堪称难忘的更是少之又少，我是想赶紧把那些模糊的往事回忆起来，省得哪一天全忘了。这个回忆权当是为故乡和我有关的那个时代做个记号吧，虽然代表不了什么，但毕竟在那个叫五棵树的天空下生活了九年。故乡这些年在我的脑海里出现的频率越来越高，好些人，好些事，好些景物都时常出现在梦里，可是醒来的时候想想，过去和现在又总是被弄混，就算全是过去的事，也会时间颠倒，人物偷换，挂一漏万，所以写下来的也未必就是当年真实发生的。不光我，其实很多人都是这样。

我小时候经常做那种从一个高处往下掉的梦，老是掉不到底，心里急得要命。这个高处有时是柴火垛，有时是仓房，有时是一个莫名其妙的山顶，甚至是云端。我们家那是个大平原——松嫩平原，叫它科尔沁大草原，但就是没有山。我怎么可能从山顶往下掉呢？更别说云端了。这听起来像扯淡的事，但请你相信我，我绝不是胡说。每当这时，我都会被吓醒，脑门子出一下冷汗，胸口也是，再躺下时，我就把眼睛瞪得溜圆，久久地凝视着黑夜，不敢入睡，强挺着，宁可熬到天亮也不愿再回到梦里。我不知道人为什么会做这样的梦，在我的概念里，那就是死亡，我当时不知道死亡的具体含义，但绝不愿意从高处一直坠落，哪怕摔折胳膊摔折腿都行，我宁愿咬牙忍着，就像忍着打屁股针的痛感一样，绝不吭声。可是我妈却说，这是好事，大了就做不成这样的梦了，这是搅灾的梦。搅灾是什么意思？是撞见了灾难还是躲过了灾难？撞见和躲过大概都是大人自圆其说的吧。我问豆豆，"你做不做这样的梦？"他说，"不敢做。"可做什么梦难道是可以控制的吗？

三岁以前，除了奶水不足，我一直是个健康的孩子，不缺胳膊不少腿，不到一岁就会走，各种情形观察下来，我没病。但三岁那年我发了一次烧，抽搐不止，自此我落下个病根，一哭大劲儿就抽，一抽就浑身发紫直到昏死过去。这些情形我大体是没有印象的，多数来自我妈的描述，和我姐姐们的诉说，她们总要被迫地哄我玩，换班背我溜达。不过我似乎也有点儿感觉，蒙眬之中就觉得有一把大手揪住我往下拽，就和做的那个往下掉的梦一样，很快地下落，不知道是风还是什么把我割削得越来越小，越来越瘦，忽然耳边传来我妈的喊声，这一切瞬间又消失了。

再后来我大了，觉得那个症状大体就是现在说的癫痫，发烧把哪块神经烧坏了，引发抽搐。这个病其实好治，但那时缺医少药，拉痢疾、起水痘和肺结核都会死人，更别说口吐白沫、眼白翻起了。我不怪父母，更无心声讨那个时代，那个时代有那个时代的活法。时代在我的喉咙上留下了烙印，我的生命从此一跃而起，我一路奔跑，连那个仍然不停息的梦都无法使我坠入深渊。不知道是谁给我取的名字叫赵景峰，这三个字到底来自哪里，为什么就偏偏和我有关？它们是在没有我的时候就在什么地方等着我了吗？我估计起名字的人也不见得知道。不过这个名字挺好啊，后来我走遍大江南北，登过无数山峰，我觉得皆拜这个名字所赐。遗憾的是后来我改了三次名字，当然，皆非我所愿！赵景峰，我要记住这个名字。到最后我仍要找回它，它在我没出生的时候就是我的了，我把这三个字冷落了几十年。

长大一点儿（大约五岁），我"出落"得越发好看，当然，这也是我推测的。我童年时照过的唯一一张照片现在也不知道在谁的手上，如果在我二姐那，那就只好等到我和她再见时讨要了，我知道，她现在一定和我父母还有奶奶在一起，先借她们看看，免得再见面她们不认得我。

那年似乎是个冬天，也可能是春天。我老姐和她的小伙伴照相，她们忽然把我拉上一起照，可能就是因为我长得像闪闪红星里的"潘冬子"，那个场景是后来我从那张发黄的黑白照片里慢慢回忆的。我的脖子上扎个老姐的纱巾，头上戴着一个带揪儿的毡帽，上身的衣服是我二姐穿旧的烫绒外套改的，有点儿长，我妈特意那么做的，她是想让我多穿几年。这样一来，我的腿就显得很短，膝盖以下几乎只剩一双棉鞋。我的左手握着一把木头削的匣子枪，我自己削的，说是枪，可能也就我自己信吧。右手无处安放，缩在袖子里，好像缺了只胳膊。我们的身后是闪闪发光的北京天安门，我笑得极不自然。笑得最好看的是老姐的伙伴，她的脸像一朵月季花一样。她妹妹和她长得差不多，也很好看。

生命的最初都是无意识的，这种无意识有天然的成分，也有本性使然，看似毫无区别，每个人都在漫不经心地成长，可是长着长着个性就显露出来了。三岁看大，不是没有道理。我肯定在懵懂之时经历了很多不可避免的事，虽然记不得，但有一种感觉一直存在，它潜移默化地改变着我。再大一点儿之后（七岁奔八岁吧），我的性情大变，最突出的变化是不哭，怎么打都不哭。每回我妈掐我的大腿里子，我知道疼，但不觉得难受；和人打架，就算把什么地方打坏，打出血了，我也不哭，而且我一看见哪个孩子哇哇咧嘴哭就特别生气，想上去揍他。我妈说我，完了，这孩子属贼皮子的，将来不定会惹出多大的祸。我奶说，这样的小子有出息。可惜她们现在是看不见了，但她们谁都没说对，到现在为止，我既没惹什么大祸，也没什么大出息。所以老话并不都可信，我们只是被它套牢了，习惯了相信。连写作这种事都是这样，过去人怎么写，我们也习惯怎么写，结果新壶盛旧酒，模样差不多，味儿却不对劲儿。所以生命一直是个突破束缚的过程，我们一边往里钻，一边往出挣，总觉得前面就快到头了，都看着亮了，却无一例外地倒在途中。

那年秋天，父亲带我去大舅家打羊草，大人们忙活，五表姐领我去江沿儿采菱角。江边的菱角藤铺天盖地，苇子长得比我都高，野鸭子在藤下啄食水中的虫子、草籽和嫩叶，偶尔也在苇丛中追逐打闹。水草越密的地方，鸭子越多，我想抓两只回去玩，它们根本不怕我，我蹚水往水草深处走，它们不躲，也不惊叫。我喜欢这样的鸭子。我越追越远，越追水越深，一脚踏空，水没了脖子。我一下慌了神，等连蹚带踹地扑腾出水面时，已经被水灌饱了。我抓着苇子死死不放，可是它们只能暂时缓解我下沉的速度，好在我也没之前那么慌了，这时我在扒开的苇丛里看见一艘木船，木船空空荡荡地泊在苇丛里，船帮上蹲着一只青蛙，它一动不动地看着我，好像在鼓励我使劲，来呀，来呀，你能行！这条船一定是谁事先藏在这里等我溺水急救的，否则不可能那么巧。它虽然是空的，但我分明感到有个人刚刚离开，而且甲板上还留着他的水叉和鱼篓。幸亏我在家那边的碱泡子里学了点儿狗刨，费尽力气终于爬进了船舱。船舱里积着水，散养着些鲫鱼，这个人是来起挂子的，鱼都没着急往回收，他一定还会回来。五姐呼唤我的声音从苇丛外面隐隐传来，我并不着急答应，这声音渐渐离我远了，后来就彻底听不见了。她一定以为我发生意外了。这条江每年都取走几条人命，如果这一年还没有淹着谁，人们反倒纳闷，似乎是不正常的现象。我在小船里静静等待，肚子一点儿都不饿，可能是水喝得太多了，鼻子里时常还流出一股热乎乎的水流，蛙鸣鸟鸣此起彼伏，起蚊子了，天暗了下来。大舅妈怎么也没想到，我自己回来了。她已经求人帮她去江沿儿打捞我了，我被给起卦子的曹兴有带了回来，他看我舅妈娘几个不敢相信的样子，说，你家这小子真尿性，自己蹲小船里一声不吭，差点儿没让蚊子吃喽，连颗眼泪疙瘩都没掉。落水淹着这事，到最后我爸和我大舅也不知道，我们都不敢和他们说。话说哈尔淖那年的水草咋就那么高啊，那么深，扑扑腾腾的，仿佛使人置身另一个世界。我从另一个世界重回人间，这也算一件不能忘的大事。后来我在外地上学的时候和同学们去野泡子游泳，一个家伙不咋会游，淹着了，当时谁也没发现异常，以为他扑腾得挺欢呢，我一看不对，这不和我当年那情况一样嘛，于是三下两下游过去揪住他头发拽回岸边。这小子那天请我们大吃一顿。

七岁那年我得到一本《杨家将》画本，画本是从哪来的我忘记了，讲些啥我也不太明白，那时我还不识几个字，我妈我奶更不识字，我的姐姐们没人愿意给我念画本，我只知道骑在大马上的那个武将是杨六郎，他手中的一杆大枪把一个帽子上有狐狸尾巴的番邦将军捅得仰面朝天，脖子上还往出崩血，那个被杨六郎捅死的人拿着一把月牙铲。我迷上了画本里面的画。那段时间，我像着了魔一样在各种纸上画小人书里的人，画盔甲、画兵器、画战马，想象穿盔甲的人是我，威风凛凛地骑在马上。没有纸，就偷我姐的作业本，我姐发现自己的本被我涂得乱七八糟，气得直跟我妈喊。我妈看我这么爱画画觉得也是好事，起码不出去惹祸了，她也不用到处和人家赔不是了。于是就在供销社买回一捆黄钱纸，拿剪子裁吧裁吧，用麻绳系成个本儿，让我画。这捆上坟烧的黄纸给予我的不仅仅是一点儿希望，还有信心，我做的事不全是被大人反对的。我越加兴致勃勃地开始了临摹。后来，画出的古代战将竟然也有模有样了，我看见我姐奇怪的目光，那是不敢相信的眼神，我还看见我爸拿着画合不拢嘴的样子，我奶夸我是从不避人的，看看，我老孙子多能耐！这才多大个孩子呀。我想，我一定是具备绘画天赋的，只不过随着兴趣的消淡，渐渐荒废了。在和我一样的年龄、一样的环境，多少孩子的天赋就是这样在平凡中闪现，然后又是这样在平凡中消失。所以说，所谓的天才，是多么不容易的事情。

这都是我九岁以前的事。最后，我要说，我九岁以前和你九岁以前一样，和生活有关的一切都和我有关，不骗你。

过去的甜注视着我

甜秆儿是不是水果

在我的家乡，有一种植物可当水果，那就是甜秆儿。甜秆儿是专门种来给孩子当零嘴吃的。它的样子和高粱差不多，同样粗细，同样的个头，一节骨一节骨长，最上面是一蓬如高粱一般的穗子，穗子成熟也红，同样结满籽粒，但我始终不知道它的籽粒能不能像米一样做饭吃，没试过。可不当米，它们干什么用呢？喂鸡？做种子？真不知道。也有管甜秆儿叫甘蔗的，这种甜秆就比前面说的粗多了，也高很多，它们的穗子散落，能拿来扎笤帚，刷锅，扫炕，扫屋地。我说的甘蔗可不是南方的那种长得像竹子一样的甘蔗，那是两回事。我们这种甘蔗比一般的甜秆儿成熟晚，要到老秋，经霜打了之后才上甜。

谁最先发现的甜秆儿呢？真神奇，它们和高粱长得几乎一模一样，高粱秆儿就不甜，不光不甜还糠，都咬不出水分。在高粱里发现甜秆儿的这个人了不起！他说这是甜高粱，于是我们就有了一种从天而降的"水果"。我小时候对水果没什么概念，一年当中除了过年时啃点儿冻秋梨和冻柿子几乎吃不到什么水果，即便如此，我们也从没把冻得杠杠硬的梨和柿子叫过水果。所以我仍然认为甜秆儿不是水果，它和水果有着本质的区别，甜秆儿的果实应该是穗子上的籽粒，它的秆儿不过是支撑籽粒成长的身体，就好比果树。我们吃苹果，吃梨，吃桃子，你能把这些果树当水果吗？问题还是出在甜秆儿的身体上，它太甜了，以至于在那些没糖可吃的日子里，人们忽略了它的果实，直奔它的身体，这就有点儿像见色起意，没有人在美色面前先想到结果。

春天，家家户户种园子，每家的孩子都眼巴巴地瞅着，看大人在哪块地里种进去了甜秆儿的种子。每个父母都不吝惜把这样的幸福时刻拿出来和孩子分享。一年里，农家院这样的快乐时光不多，它将承载一个孩子在漫长季节里几乎全部的希望，它和他们一起长大，一起收获，一起甘甜。自从种下，孩子们便日日盼望着甜秆儿的成长，一个雨天，他趴在窗台望向园子，他的眼中似乎看到了雨水正在每一节甜秆儿里流淌、循环，那时恐怕他自己也变成了甜秆儿，同样站在林立的甜秆儿中间，仰望雨季。他们都需要雨水，就像泥土等待雨水的润湿，等待滋润后身体的饱满，等待孕育和收获。甜秆儿是泥土做的吗？我也是泥土做的？没人告诉过他。他无意识地思考着生命的含义，并且因为这样的思考而感到眩晕，并且因为无知而感动。这也许比任何教育都更有意义。

当我们用牙撕开甜秆儿的皮，一条一条，小心翼翼，像梳理一头秀发，像打开一个礼物，里面露出了甜秆儿洁白的身体。好比一个甜蜜的亲吻，它全部的滋味在唇舌还未接触的刹那最为丰盈，其实，在你小心剥开它外衣时，一丝清澈的甜就渗透到嘴里了，它将带领你直奔主题。这时，它不是水果还能是什么呢？或者，它是不是水果还重要吗？此时，不是它与水果有没有关，而是我们与水果有关。也许那时我们根本没想过要与水果相逢，只想让自己的生命能够得到一点点甜，一些自由，如同土壤里的种子借助雨的力量，钻出地面，长成比我们还高的甜秆儿，只想呼吸到自然的空气。那时，我们也没有更高的目标，我们没什么见识，不知道从甜秆儿身体里流出来的甜会把幸福带到什么地方，我们不会拒绝去更遥远的地方，但我们十分享受此刻那股清冽的甘甜在嘴巴和喉咙里的跳跃。后来我真的去了很远很远的地方，尝到了各种稀奇古怪的水果，不得不说，它们也甜，但甜得齁得慌，甜得不幸福。后来我还老能和甜秆儿相逢，在早市上，在农村的谁家园子里，可能它早就把我忘了吧，我们彼此陌生，它就像我的前任，我们再无亲切感，模样还对，但味儿变了。它再也无法带给我生长的气息，无法令我喜悦和振奋，也感受不到当年的甜蜜。

糖稀是不是糖

回忆像从拔丝地瓜拉出的长长的线，穿过岁月的云层。红的、白的、黄的、琥珀的由软及脆的甜蜜往事，让人凝视那个瞬间，看到静止在丝线上的糖稀，包括熬糖稀的人。

甜菜疙瘩是农村常见的东西，所谓常见，也是过去的事，我小时候常见。现在的孩子，你问他甜菜是什么，他不说成是沙拉就算不错了。当然它们也有共同之处，都甜。甜菜搁在过去的时光里，无论是在谁的餐桌上，都是一幅甜蜜的构图。孩子的笑脸是甜的，母亲的眼睛是甜的，奶奶的神情是甜的。岁月把甜菜熬成一锅糖稀，把少年熬成男人，把女人熬成婆。这个画面里，同样不能缺少那些消失了的牲口们，三头黑猪顾不上去想从天而降的甜是什么东西，只专注于啃食；牛马驴羊，全当它是一份野草，仔细地咀嚼，回味……甜菜让它们觉得，天下最美的事莫过于甜了。

甜菜长在大地的时候毫不起眼，羊倌的羊如果走散了，跑到没人看管的地里，它们会啃食长在地上的甜菜缨子。那时的天已经很冷了，甜菜缨子上结了霜，越发翠绿，咬着又拔牙又解渴，是好东西。但牛、马这些大牲口很少来，它们不爱吃？或许它们比羊有身沉。那时候人们要的是甜菜疙瘩，没人在乎甜菜缨子，所以羊吃了也就吃了吧。不像现在，很多网红在直播间卖晒干的甜菜缨子，宣传它如何如何好吃，如何营养，配一碗辣椒酱，一吃一个不吱声！说得就跟真的一样。我一看，这不就是连鸡都不得意的东西吗？怎么就突然成了网红食品了。细思，这是一个需要概念的时代，很多东西经过岁月的洗礼，被风雨吹打，被阳光晒过，再把阳光和雨水变成包装的语言扔到一个偏僻落后的乡村，于是就有了新的价值。流行是循环往复的，自然界统共就那些东西，早晚会轮到。

一小盆糖稀大约半斤，农村烧柴火的大锅要一大锅冒尖儿甜菜才能熬得出。我在网上看到很多甜菜的照片是紫色的，好像圆葱。我可没看见过那样的甜菜。我家乡的甜菜疙瘩是青白色的，和八寸大青萝卜一样，大小几乎赶上我脑袋。它可是名副其实的疙瘩，浑身坑坑洼洼，灰头土脸，熬糖稀前要好好擦拭，反复清洗。接下来熬呀熬，火不要太急，太急熬不透，太久容易糊锅。熬糖稀就像过日子，慢慢过，不要急，不要躁，时候到了事自然成了。人大概就是在这样的熬炼中长大，变老的。再回首时，所有的时间都是刹那。

大约三个小时吧，冒尖一锅甜菜块全塌了下去，每块单独夹起来都变得软糯透明，里面含着的甜似乎吹弹可破。把它们捞出来晾凉，再把甜菜块裹在纱布包里挤，把里面藏着的糖全挤出来。这时，锅里剩下的糖水也已经有些黏稠了，拿筷子一挑，如蜂蜜一般的汁液悬而欲滴，色泽酱红，宛如琥珀。辛苦酿得的那份甜格外动人，我不知道那里面藏着的意义，只知道它远比轻易获得的白糖或者糖块更让人珍惜。

但这还没算完，把甜菜块里含着的糖水挤到煮它们剩下的糖水里继续熬。关键时刻，千万不要着急，一着急就会糊锅，一锅甜变成一锅苦，甜和苦如此之近，只有一把火的距离。后来我发现，成功和失败也如此之近，人真的可以像雪花一样飞很高又落下。好了，我们终于获得了一小盆糖稀，记得，它是糖稀，不是糖。在未来的日子里，作为礼物，也作为一种生活的仪式，我们可以拿它蘸饽饽、蘸豆包、过生日、治感冒，在充满希望的那滴甜里熬过所有的不容易。

如此说来，我还要感谢直播间里的网红，没有他们的宣传，甜菜疙瘩恐怕连缨子都不剩了。它们代表的甜实在太朴素无声了，幸亏有人关注。现在的超市糖多得堆积如山，在农村的地里，却再也看不到成片的甜菜地，遍地金黄的稻谷，没有了童年甜菜们的容身之地。和甜菜一起消失的，还有朴素的诗意和那些熬糖稀的人们。

豆包是不是干粮

春节老家人来家串门，带给我一塑料袋冻豆包，看着那一个个黄澄澄的小家伙，我觉得离童年又近了一步。过去我也是在春节前后才能吃到豆包，母亲扎着围裙站在热气腾腾的灶台前，一锅接一锅豆包被端到屋外的墙头冻上。我负责守卫豆包，防止被鸡呀、猫呀什么的祸害。当然，最主要的还是监守自盗，能偷吃。

天天过年多好啊！过去怎么不蒸呢？不会是忘了吧？我被自己的想法启发到了，决定提醒一下我妈和我奶她们。

豆包的历史有多长，我们屯子的历史大概就有多长。豆包的历史不知是从什么时候开始的，明朝？前清？好像比那还远。没人写过豆包在时间里的故事，如果有，那可能会比村东头的东江还长。

我们这一代人里谁的身上没有豆包的影子。它对我们来说，不是一种食物那么简单。我老家的人春节来串门前，一定合计过给我带点儿啥好，现在大家的日子都好过，谁都不差一口吃的，但是他首先想到的是豆包，这就是说豆包在我们的记忆里扮演着很重要的角色。那里包裹着我们的童年，凝聚着我们的乡愁。

　　豆包被冻好藏在缸里，那口缸就成了我们一早一晚的期盼，这时候的豆包已经不是简单的干粮了。别看它藏在缸里，却认识我们屯子的每个小孩儿。我家的豆包熟悉郑三妹的说话声，三妹家的豆包能听出老球子的脚步，老球子总是想法用他家的黄豆包换我家的白豆包。可我不喜欢白豆包，到现在我也不认为白色的是真正的豆包。它是用江米面做的，吃着应该比黄米面细发，可有些东西不应该细发，并非细发不好，而是本色更真。所以起豆包那只能是黄黏米做的，我的这份固执的感情恐怕只有豆包能理解吧。

　　我说的郑三妹小时候就叫豆包。为什么叫这么个小名呢？她长得小，小脑袋、小鼻子、小眼睛、小个子。不光小，性格也像豆包，艮揪揪，肉乎乎，可你说她慢吧，却很有嚼头，你说她肉呢，她总会做出些让你意想不到的爽快事，比如大家一起玩，都稀罕巴巴地炫耀自己兜里揣出来的豆包，她就能舍得把自己的那份给嘴快舌长的老球子。给你，看把你馋的。这事我可做不出来，舍不得！后来三妹长大了，成了大姑娘，可是脸啊、头啊、眼睛鼻子啊还那么小，好像没张开似的，但个子窜起来了。她算不上是美人，但你绝不能说她长得不好看。她的魅力在内里，她身上总有那么一股劲儿。

　　豆包就好像我们家园子的甜秆儿，一节骨一节骨粘连着我们这个家族，我爷、我爸、我……长在地上的每一节骨都是一代人，而地下的根须更为深远，更为庞大，更为扎实。我们整个村子都与它黏在一起，前世今生，循环往复、生生不息。

　　我说没说过，豆包蘸糖稀，那没有比的了。

想起一匹骒子

对那些无法说出的事，我可以写出来。无法说出，不是羞于启齿，而是说不清楚，虽然我知道即使写，也写不明白。那些事可能永远面目不清，但你不能否认它的存在。就像一个海螺，肉身已经被你吃掉，把空壳贴在耳边，还是会听到海的声音。所以你要相信，我说的话绝大多数是真的。没有人能让过去的事一丝不差地重现，生活中从来都只有"惊人的相似"，真正穿越生活的只有你手中的笔。只要笔是诚实的就够了。

那我就开始说。

有一个清晨，我回到了九岁时常去的一个马厩，去看一匹大青骒子。

那天我是从正门进去的，平时我不敢这么走。那天大木门不知道为什么敞着，我想都没想就溜达进去了。这里平时没什么人来，很偏，偏得连出去一趟都嫌费事。但它总关门的主要原因是怕那头不安分的公驴跑出去，不是怕人从外面进来。每次外面一有母驴嚎叫，公驴都特别兴奋，会迅速做出高亢且持久的响应，嚎得全农场都能听见。它还会想尽一切办法往外面冲，比如把驴脸挤出门外，或者把前蹄搭在墙头，实在不行就满院子尥蹶子，但好像从来没有成功突围过。

把一条成年公驴憋成这样是不道德的，但除了"老山东"我们谁也做不了它的主。

老山东是马厩的看守员，但他全身都是迷。从哪儿来？家里有什么人？为什么这儿总是他一个？他屋里为什么常年挂着钢鞭？他到底会不会耍？完全没人知道。听老郑婆子说，他和牲口一样强壮。这话我信。

他和牲口们住一起。马厩最西边隔出一间小屋，是他的。小屋一铺炕，炕上一件行李铺在毡子上，白天连毡子一起卷起来，晚上展开，从来不叠，从来不洗。屋里和屋外一个味儿，有草料的清香，也有马尿的臊气，马粪、驴粪和猪粪不一样，不臭。反正说不上具体是什么味，倒不难闻。他身上也是这味儿。

我感兴趣的是挂在小屋墙上开关旁边的那条七节钢鞭。老山东的钢鞭是用铁线编的，通体乌黑发亮，鞭梢环着个扎枪头，鞭把儿用皮绳缠着，也被手攥得油亮，鞭尾上系着红布。可惜呀，可惜，我从没见他耍过，但我坚信他会武。

我和老修曾经藏在马厩的房顶上等他耍武术，趴了大半夜，月亮照得大院通亮，我俩等得昏昏欲睡。正当我们要下房的时候，马厩的汽灯亮了，透过屋檐下蛛网和秸秆的缝隙，我看见老山东解开拴驴的绳子，把它往黑马那边牵。我有些好奇，还有点儿害怕，不知道他要干啥。我不敢出声，也没敢喊老修来看。眼看再看下去身子就要从房上滑下去了，我俩赶紧悄悄地溜下房顶。

大青骡子就是黑骒马下的，它是公驴和黑骒马的崽儿。不用说，这肯定是老山东干的好事，他看公驴憋得实在难受，想出了这么个办法。后来我想，他是怎么完成的呢？驴那么矮，马那么高。

老山东还干过许多好事。

那时候我们谁家要是上城里接站，看电影，赶上老山东高兴，他会套上那头公驴，赶着小车拉我们去。我们这离城里很远，有一段路还被水泡了，路面返浆，特别不好走。但驴车厉害，坑儿、洼儿什么都挡不住，老山东一声"驾"，公驴一猫腰，就过去了。我们坐在上面特别风光，一城的人都在看。

用驴车，老山东从来不和我们讲条件，他想去就去了，不去你也别求，没用。他从来不吃任何人家的饭，帮完忙转身就赶车回马厩了。

我觉得老山东给他的公驴找对象是对的，因为马厩就有现成的。可是他自己为什么不找个对象呢？我们这儿也有不少适龄的女性呀。

那匹混血的青骡子特别有劲，又高又壮。除了不能生育，农场里没有它干不下的活儿。驾辕一点儿都不比它妈差，拉起磨来比它爸强多了。而且从不偷吃碾子上的粮食。可是不知道为什么，它很不着老山东待见。他把它拴在最边上，不给什么料。大青骡子总是很孤独，高高大大、傻乎乎地呆站在一边，好像它不是它们亲生的。

我们还是愿意让驴车拉着去城里，倒不是不乐意坐马车，马车不是我们能指使动的，得管后勤的郑主任批。骡子车不用批，但我们不愿意坐。

郑主任说起青骡也是一脸嫌弃。

郑主任和我爸每天有说不完的话。晚饭后，他早早地坐在墙头的另一边，把茶水沏好等着。我爸是食堂做饭的，郑主任是农场的后勤主任，他们有什么好谈的呢？我听了几次，都是郑主任在说，我爸在听，说的都是别人的事，我听不懂。

我们两家一样穷，我感觉他家比我们家还穷，他家孩子多，两个小子，四个姑娘，最小的比我还小。除了坐马车他家比我们方便，再就是他家总能见着荤腥。他家老闺女一整就满嘴巴子油地跑我家找我玩。

我们常去玩的地方就是马厩房后，那里的几棵大榆树太大了。春天里满树的榆树钱，好像光长榆树钱忘了长叶。每一棵树都有青骡子身子那么粗，一人高以上的树干上结着比我们脑袋还大的树瘤子，再往上，树身就向马厩房顶上倾斜，最后，一半以上的树冠都盖在房顶上空。我和老修就是爬树上的房。

有一次我爬到树顶上去了，仰头看见一群鸽子飞过来，我跟它们打招呼，但它们好像正在为什么事争吵，都没搭理我，呼呼从我头顶飞走了。我忽然发现树叶不知什么时候落光了，树上只有我孤零零地骑在枝头，就像一只孤单的鸟。我突然不知道该怎么下去了，一着急就掉了下去，却怎么也掉不到底，吓出一身冷汗，醒了发现竟是一场梦。此时白花花的月光落在老山东的小屋地上。刚才我来的时候明明是早晨，怎么搞的，我在这转了一天了吗？那匹青骡子怎么还没回来呢？奇怪的是，我怎么大摇大摆地就进屋了呢，这是从来没过的呀。老山东人呢？墙上挂钢鞭的地方有一道印儿，钢鞭好像嵌了进去。我拿手指抠，印痕又没了。

　　好多事都是一个草率的举动形成的结果。是老山东创造了骡子吗？还是骡子本来就有它的命运。马可以接受交配，驴也能释放激情，它呢，非驴非马，毫无血性，没有血性哪来的命运。

　　它可能早死了，给杀了当马肉或者驴肉卖了。要是当驴肉卖能值点儿钱。

名字里的一场风

　　我的名字里有个风字，小时候没有人知道我大名，所有人都"风啊""风啊"地叫，好像我是一股风。到现在家里的兄弟姐妹还这么叫，所以我一听到这个名字就知道是他们在喊我。只是今天，已经没有父母的声音了。

　　我的记忆里存下了风。那个叫五棵树的家乡，是风停住的地方。树遮日头也挡风，风停在树上，人歇在树下，挺好一块土地，平平展展，草木茂盛，有条江被风刮得不住脚地流。江里有鱼，岸边有树，树上有鸟，鸟飞过另一侧平缓的大平原，一个村子大约就这样诞生了。

　　有的村子叫两棵树，有的叫三棵树，我的村子是五棵树，苏童的村子叫枫杨树。我想大概是风很累了，它也想找个地方落脚，高飞的就停在云上，低飞的在大地上就选择了这些树、这些村庄。乡亲们一般不会对风的去向赋予什么文化上的意义，他们比不了苏童，但他们能记住一个地方的特点，这个特点很多时候都跟树有关，和风有关。你看那些什么窝堡、铺子、屯子、几家子啊……都是，都在自己的身体里存着风。风停在村子里头，停在村头的大树上，也存在人名里。风把人吹来，又把人吹散。我们是被一阵又一阵的风刮到这个世上的。

起风了，田野里嘶嘶啦啦地响，干枯了的苞米叶子无心阻挡风，簌簌地颤抖着。我哥他们那些干活儿的社员用镰刀割下苞米秸秆，这回它们终于彻底松了口气，躺在田垄上，看头上的白云一团团地聚拢、分开，再聚拢，再分开。从春到秋，它们站得太累了，为一穗苞米，它们不知道迎接了几场风了。这回终于可以踏踏实实睡一觉。

我来到这个屯子的时候是秋天，那天风不愿意在村子待，东窜西窜。田野里鸟鸣狗叫，人喊马嘶，都在忙着秋收，豆秸和苞米叶子飞上了天。风把粮食送到人们手上，它当然不会错过这场盛宴。它有些兴奋，村子里的一家人有个小孩正要出生，它得赶上这场热闹，于是就急急火火地沿着巷道找，正赶上萧婶出来倒水，把我家门帘子挑了起来，它顺势就钻了进来，我就是被这场风刮来的。它和田野里的风是两回事，两场风各有各的事，互不相识。

后来，那阵风把树上的鸟刮得一个不剩，把院子的鸡屁股掀起来，鸡停不住脚地往前跑，一个趔趄把头扎在柴火垛里，不出来了。我妈说，你从小就不是个省心的孩子，天生就作妖，不知道那天的风咋那么大。大酱缸上扣着的破铁锅都被风刮到地上，轱辘出多远，苦酱缸的布帘飞到了天上。

奶奶说，我们屯子的名起得好，里面有五棵树呢，要没有它们，怕是半成人都留不住的。她是说风会把那些小的、老的都带走吗？有一天夜里我尿急，问谁陪我出去谁都不干，我妈说，那么大小子，尿尿还得人陪，不敢去就憋着吧。我战战兢兢地来到窗户底下，越着急害怕还越尿不出来，不知从哪来的一杆风，把我的尿扬了一脚面，把我的影子吹得比电线杆子还长。风在墙头的栅子上吹出了响，响得瘆人，我浑身起了一层鸡皮疙瘩，也不知道尿没尿完，撒腿就往回跑。进屋狠狠地把门插上了，生怕那些风进来，我感觉它是要把我带走。

一定有五棵大树的。

后来我找了很久，怎么也没找到我们村的那五棵树。我坐在一棵老榆树下看天上的云，它们每一朵都不同，是风改变了它们的样子吗？每一朵云又都相互追赶着，仿佛去赶赴什么约会，它们也有自己的影子吗？让我们老辈人住下来的五棵树是榆树、杨树还是柳树呢？也许只有风和云知道。可以肯定它们不会是松树，我们这儿没有松树。它们是直的还是弯的，也没人知道。村上没有为它们修史，县上没为它们编志。老杨头说，也许真有这样的几棵树，它们八成早就被伐掉了，成了谁家祖坟的棺材或者谁家老宅房上的大梁。这些事情不说，同样也没人知道。

没有树的遮挡，风在我们村便肆无忌惮。在土道，在胡同，在房前屋后的柴火垛、猪圈、牛棚……横行霸道。

那年，我大姐被一阵风刮走了，去一个林场当知青，她走的时候将将有园子门高；然后是我哥，他被风刮到哪儿我忘了，只记得他再回来的时候给我领回一个嫂子；后来我们家也被风刮到县里，我奶不愿意走，搬家车刚开出村子口她就哭了。我没见过她哭，吓得不知道怎么好。她说不知道风还会不会认得这块地方，她死那天把她送回来。人总是被风刮来刮去，能有个落脚的地方不容易，那不光要靠自己努力，还得看风咋想。这就是命运吧。我姐就是，自从被刮走就再没回来，这些年她就像一只断了线的风筝，越飘越远。

后来我们村又栽了很多树，但它们不行，看着高高大大，可是根扎得浅。东风来了往东倒，西风来了往西倒，离很远就听见哗哗哗乱作一团。我们家院南的树趟子被那年的一场大风齐刷刷地刮倒向了东面，之后再也没起身，像一群听话的学生，低着头听风的口令。老树就不这样，老树平稳，什么时候都一个样，不乱摇，不随风倒。根扎得深，树的主意就正。鸟都愿意往老树上落。落在这样的树上不害怕。

一棵老树就是一场风吧，一个老人也是，它刮了多少年了每一片叶子都记得，树和他活了多少年了，每一圈年轮记得，每一根须也记得。但最初他自己是不知道的，直到有一天，它们在地下的某一个地方相遇了，树的根须长进了人的骨头里，然后又在地上发出了新芽。

我是家里老小，我妈四十岁有我，我是秋后的新芽，这样的芽不容易成活，但是你不能耽误他发芽。我那时候不兴计划生育，来了就留下，谁家里有五六个孩子是平平常常的。我家东院姜婶十一个孩子，九个是姑娘。她家一吃饭就和喂猪、喂鸡一样，什么好饭坏饭，一盆高粱米水饭，一碟大酱，一把葱，一碗咸菜条儿，吃什么都香，抢着吃，不抢就没了。后来十一个孩子没了俩，其余的一个也没被风刮跑，真是奇迹。那时候的人咋那么好养，灌一肚子风就能活。

后来姜家不得了，两个孩子考上大学，两个孩子成了村里的万元户，其中一个养牛，另一个收苞米。哥俩不种地，日子过得比庄户人家好。姜家人丁兴旺，把日子过成全村最粗的树。人口少的人家，一到过年过节羡慕得不得了，唉声叹气，恨不得再生几个。姜家大小几十口，自己就是一场风。一天天把姜叔姜婶美得，成天嘴巴子吃得油光锃亮。没有办法，条件搁在那，怎么低调？

我小时候没少吃姜婶的奶。姜婶的身体是条河，河水夜以继日，川流不息。她生九姑娘时正赶上我饿得皮包骨，我妈没有奶，靠小米面粥将就我。姜婶一边一个，一头奶"九"，一头奶我。我一抱进她怀儿就跟小猪似的拱啊拱地自己就把奶找到了。真就奇怪了，她们家穷得叮当响，吃了上顿愁下顿，姜婶的奶水从哪来的呢？真是天照应啊。

姜婶和我妈说，将来把风给我当女婿吧，他和"九"吃一个奶长大，就是一家人。这句半真半假的话我一直记着，大一点儿就跟人说"九"是我媳妇；再大一点儿，一见着九姐我就跑；又大一点儿就开始恨她，我才不要那么埋汰的媳妇，一看见她我就拿土块扔她。现在，远在天边的九姐恐怕早就忘了一小蹭她饭的风了。听说她在外国定居。几十年不见了，不知道变成啥样了。

一场风改变了多少人命运，一场又一场风改变了多少家庭的命运，谁说得好呢？东风厉害时，东风压倒西风；西风厉害时，西风压倒东风。一条河也有三十年变数，一时河西，一时河东。都说往事如风，人在风中，能说什么，说什么也由不得自己。

那年我回村特意看望姜婶，她已经不在村上住了。姜家老宅和我家的都没了，原址立起一排新房子，位置没变，但感觉跟从前已经是两回事了，这哪还是原来挡风遮阴的那个家呀！我们的老房子被风刮走了，现在这里的是新长出的东西。姓赵钱孙李，就是没有风和雨。现在的村子也不再是我生活了九年的家乡了。

进村那条唯一的大道还是柏油马路，两侧被风刮歪的树，甸子上的泡子、农田，盘旋在上面的老鹞子，都在，竟一点儿熟悉的感觉都没有，都说近乡情怯，为什么我凝聚不来那种感觉。这么些年过去了，这条道上过了多少场风，还能有从前的脚印吗？也许故乡在我们搬家时就被抛弃在那年的风里了，风不会为任何人停留，只能把人和物吹散。

一朵云飘过来，又荡过去，始终不离我的头顶，是认识我的那阵风在里面看着我吗？我知道，被风吹散的炊烟不会轻易离开故土，迟早凝结成雾霭重回大地。姜叔不知道在岗上的哪块地里看守着故乡，只有他和我们的老村子永远待在一起了，还有那五棵大树，我知道，它们的根须都在这里，尽管现在这儿只剩下它们的名字。我来寻找的也只是一个名字。

那一刻，风停了下来。

我忽然觉得整个世界都是我的了。

那年冬天的一场雪

我爸要是老师他肯定当不了校长，关键他不是，所以他当了一回校长。那年代这不稀奇，别说工人当校长，就是农民当官也不新鲜。不去回忆这些了，这不是我要讲的重点，我要说的是我刘叔，一个在我家蹭了五六年饭的下放的天津的大学老师。

现在我还能想起我刘叔的模样，瘸着一条腿，下巴上一根胡子都不长，不是刮的。让我具体描绘他的长相我真不会，年头太长，印象虽然很深，也仅限于知道个大概，说不出来。总之他很白，皮肤很细腻，比我爸高，言行举止很讲究。对了，用现在的话说"有点儿娘"，剩下的你自己想吧。

我和我刘叔没什么感情，这不怨我。他不爱联系小孩，还有点儿讨厌小孩，因为他自己没孩子，他在天津的时候也没结过婚。不过烦我也可能是因为我埋汰吧。我一到他跟前，他就躲，生怕被蹭着。于是，我就特意往他身上靠，还拿鞭炮吓唬他，他特别害怕鞭炮，就像我怕耗子一样，看着就怕得不行，一响吓一激灵。这可就更好玩了。我一放炮仗就往他身边扔，把他吓得，因为腿脚不利索，只好背过身用一只手捂耳朵，另一只手拄拐棍，双手不能全撒开，撒开就倒了。可是这能怪我吗？他要像我爸似的，把二踢脚拿手上放，谁有本事吓唬他？白瞎我小鞭了，为了吓唬他，还得把鞭炮一个一个拆下来，有些捻短的都拆坏了。因为我拿鞭炮吓他，他肯定就更不喜欢我了。他回天津好几趟，一次都没给我带过糖。我吃的都是从我姐那儿分来的。

刘叔刚来的时候我爸还不是校长，那会儿我爸在学校小食堂给老师做饭。学校有两个食堂，一个大食堂，一个小食堂。大食堂学生吃，做"大锅饭"，"大锅饭"稀汤寡水没有荤腥。刘叔刚到学校那会只能吃大食堂，他是来改造的，没资格吃小食堂的伙食。

我爸是小食堂的师傅。后来我琢磨过，他老人家也没做过什么拿手菜呀，怎么当的厨师呢？慢慢地我有点儿明白过味了，那个年代，人们吃饱都是问题，谁还会挑这挑那的。我这么说可没有贬低我爸的意思，我是想说我刘叔幸亏得到了我爸的照顾，要不就他那身板，跟麻秆似的，很有可能……反正他熬过来了。我爸不但在学校偷偷照顾他，还把他领家来照顾。我们家其实条件也不好，但总还有口热乎的。反正我家除了我，我奶、我妈、我姐她们都不嫌弃他来。

刘叔住在学校的仓库里，和缺胳膊少腿的桌椅板凳、旗杆、彩旗、大鼓，还有成卷的旧报纸这些东西一个屋。仓库没棚，好几间通长，特别大，特别旷，屋里到处是灰，阳光透过窗子和天棚的缝，满屋扫射，就像机关枪打出的子弹。屋顶的檩条间结着厚厚的蛛网，看得久了，就越发暗沉、肃静，好像有什么东西藏在里面。全学校的声音好像都浓缩成蛛网上的一只甲虫，挂在网上，摇摇欲坠。窗子很多都破了，光我打碎的玻璃数都数不清，风乘机钻了进来，摩擦着碎玻璃的棱角，发出锋利的嗤嗤声。刚开始我们都像瞅怪物似的来这里参观他，刘叔坐在一张用几块木板垫起来的桌子前，神态平常，不露声色地保持着尊严，像一尊佛像。习以为常之后，我们就渐渐把他给忘了。

除了参加学校农场的劳动，刘叔没什么课可教。不论什么时候都是孤身一人，鸟么悄（默默、轻轻地）地靠着路边和墙根儿走。他总是最后一个去大食堂打饭，最晚一个出现在操场上。后来他自己在仓库里搭了个炉子。说是炉子，其实就是用砖头拿黄泥垒一个圈，连烟囱都没有，但没用几天就被后勤科的老郑带人给拆了，还严厉地批评了他，知不知道，这样会引起火灾！你这是搞破坏。那时候天已经渐渐凉了，要说那么大个库房，四处漏风，有这么个破炉子也不管啥用，但起码还能热热饭，暖暖手。可是拆了，就意味着他唯一的火苗也灭了。那可能是他向生活求取的唯一一点要求了，或者是犹犹豫豫伸出的一只希望的手。那之后，他的脸色更苍白了，人也瘦得像一张纸。

我特别纳闷，当年我爸哪儿来的勇气，在人人避之不及的时候偷偷照顾他呢？那些和我爸在一起的人，他们是怎么想的？我看不出这些人和我爸有半点儿不同，他们成天在一起，关系很好，我很尊敬那些叔叔大爷。难道只是因为他们不是学校的厨师，不方便出头吗？或者他们的善心隐藏得比我爸更深、更好？

我长大之后也没有猜透人的心思，那些隐秘的心思也在慢慢长大吧，而且长得总是比我快。一个外人很难走进一个新环境，这和地方大小无关。任何一个人群的关系都错综复杂，千丝万缕。你不知道对那里的水土服不服，它的咸淡早已成型，不会因为你的口味作出调整。有时你很努力了，觉得自己已经融入了这个社会，其实，还差得远，或者走过了头，从另一面走了出去。那可能就是排斥吧。我刘叔这特殊情况其实对任何人都不具备威胁，但不威胁还不如威胁，有威胁更好整，不威胁让人犯琢磨。有时人要想孤立一个人是很齐心的。

实际情况是这样的，他很孤独。刘叔一定做过一些努力，没有人清高得甘于无人问津。何况这里的气氛从表面上看并不冰冷，学校里没人明目张胆地歧视他、排挤他、斗争他。但是他和这里的人有着截然不同的语言，永远说不到一起，他一开口，这里的人只能还以礼貌，然后笑着走开。就连例行的批判会，这儿的人都不知道该使用什么样的语言对待他。这样的异己谁会接受呢？所以他只能是寂寞的。人其实是被时间磨损的，那种无人问津的寂寞噬心蚀骨，还不如遭受循环打击。所以我爸的关心和我家的接纳，对他来说意味着什么，恐怕只有他最清楚了。他的身上一定还藏着更深层次的痛苦，我们也只是隐隐觉得，无法说清。人可以简单到麻木，也能复杂到心灰意冷，从表面上是看不出来的。

我们这四处荒野，除了仅有的几块田地，遍地碱土，堪比戈壁。一刮风漫天白色尘烟，浊浪翻滚，天昏地暗。刘叔经常到很远的野甸子里去，没有人知道他去那里干什么。我想那应该是无法言说的孤独吧。那里地域辽阔，但他却不再感到渺小，环顾四周，他是天下的中心，一切都以他为轴展开，大地连一棵树都没有，他是天地唯一的存在，他可以喊，可以唱，可以笑，可以哭。在那里，他再不用躲藏，再不必坚守，他放下了懦弱，可以和大地讲课，和风沙讨论思想，可以做出不矜持的举动，说出羞于启齿的感情。那时的他是彻底放纵和自由的。

那天是星期天，他又出去了。田野被厚厚的云压着，天空暗紫，云彩靛青，太阳不知道藏到哪里去了。下午扬起了清雪，傍晚刮起了风，风不是很大，雪也不是很大，天却出奇地冷。白毛雪四处扫荡，在甸子上寻找一切立足不稳的东西，嘶嘶有声，如饥饿的狼，如冒泡的水。东北冬天这样的天气能冻死大牲口。

刘叔迟迟没归，我爸去给他送饭的时候发现仓库的破窗户底下积了一条厚厚的雪线，屋里没人，天已经黑了。雪天没有黄昏，直奔黑夜。

"刘老师可能是迷路了，这样的天气连当地人都容易不辨方向，应该去找找！"我爸和我妈说。我妈犹豫了一下，张了张嘴还是把话咽下去了。

谁会愿意顶风冒雪、黑灯瞎火地去找这么个闲人呢？收拾完食堂，我爸回家把毡筒套脚上，裹着羊皮大衣出门了。

那天晚上全世界都是白的，往哪儿走都只有自己脚下咯吱咯吱的一点儿声音，任你喊，任你叫，声音没等出去就又回来了。在茫茫世界，发出一个人的声音是很难的，很多人试过之后都放弃了。而刘叔也已经放弃了，他听见我爸的喊声也迟迟没有回应。他的坚强只够在我们面前掩饰懦弱，在这样的夜晚，掩饰懦弱已经毫无意义，他想死。也许我爸不应该救他，和生比起来，死何尝不是一种释放。也许他不忍心见我爸顶风冒雪地四处寻找，也许他心底毕竟还存有生的欲望吧，最终他喊了一声。

后半夜，我爸把刘叔背回家。他们的头上、眼毛、鼻孔、胡须、围脖、身上，到处结着冰霜，站在地当中两个人像粘在了一起，半天分不开，也说不出话。寒冷从他们的身上扩散，锋利地割破我们紧张的面颊。我爸喝了两碗热水，人才缓过来点儿，眉毛逐渐清晰起来，而刘叔还在昏迷。

刘叔的一条腿冻坏了，只能回天津截肢，他再回到我们身边的时候拄着一根拐棍。经历这么大变故，从他的身上，我们没有看出丝毫的沮丧和痛苦，好像本来他就应该是这个样子的。他给我的感觉始终就像是从天上掉下来的一片叶子，这片叶子先前被一场白毛风刮走了，接着又被另一场风刮回来了。如果前后有哪里不同，这次回来他好像比以前沉了许多，可能是那根棍子增加了他的体重。那根拐棍非但没有影响他的形象，还着重强调了他的分量。他显得更有文化了，奇怪的是，这文化不但没有进一步地拉开他和大家的距离，反而让他和大家走得更近，相处得更自然了。他把一条腿扔在荒野，这条腿和那里的春花秋草一并枯荣。我刘叔终于融入了这片土地。

我爸救了一个无人问津的人反倒引起了大家的关注，老赵看着不声不响的，能做出这样的事！这个形迹可疑的家伙也因此变得眉目清晰起来。一只脚的足迹远比一个影子可靠。人们对有些残疾的人或物总是首先报以同情。刘叔的日子变得好过了。相比众人，我爸的同情则是默默而长久的，如今我回忆当年的事，会这么想，他的举动一定不仅仅是出自简单的同情和本性的善良，里面一定还有对知识的尊重。这一点可能他自己都说不清，那是骨子里的东西，深不可测。我绝对不会拐弯抹角地夸我爸，毕竟没有人比我对他了解得更深。这么看，他当校长也不奇怪。

1979年，我九岁。那年纠正错划右派，刘叔回天津了。前前后后他在我家混了五年整六年头，不短了。直到他离开，我才有种失去的感觉，不是失去他，而是失去我们自己。这话是怎么说的呢，不在其中你很难懂得。这里是我们的家，他是过客，但我就是觉得他是主角我们是配角。这些年，无论苦难，还是转折，我们都是他的背景，影响他命运的从来不是我们，我们只是观众，或者是群众演员。有那么一段我们以为懂得了他，其实我们只弄懂了那个时候的自己，而他一直不远不近，闪烁不明。

在这片土地待这么久，最后时刻，他也许感到时间已经在身上停下来了，觉得已经属于这里了。这里的人，水土、阳光、空气都接纳了他，他却忽然又被过去想起，马上要和这片土地告别。对此，他是否感到措手不及？人生的滑稽不分场合，毫无道理。时代一直在飞快向前，他是一场风刮来的纸片，只是我们还没有认全上面的字，他又被风刮走了，好像从来没有来过。

我还记得那个分别的场面，只是不想回忆了。那是我第一次懂得了大人之间的依依不舍。

许多离开故土的人最后都没有回来，但是我相信刘叔一定会记得这片土地。他的一条腿还在这儿，怎么可能忘呢？忘了谁也不该忘了自己的身体吧。但他最终还是没有回来，可能是死在外面了吧，或者没有时间回来。我们都一样，我自从离开家乡就没怎么回去，也不是没有时间，是找不到回忆。我爸我妈自从离开家乡就再也没有回去，再也回不去了。是我们找到归宿了吗？没有。否则我们不会总是回忆。

今年的冬天雪小，眼看来到春节，还没下两场正经雪。东北的冬天竟不下雪，不像冬天。

东江

　　我一直以为江沿儿离我家很远，长很大了还是那么以为。其实它能有多远呢！我大舅是东江渔场的会计，他家在江沿儿，离东江最近，我总觉得到他家就算到江沿儿了。但完全不是那么回事。一条江很长，东江其实是先经过我们屯子，然后才奔我大舅家去的。我被自己骗了很多年。

　　我小的时候家门前经常有推自行车来卖鱼的。车后架子上对称绑着两个水桶，车把上别一杆秤，秤盘子被一条细铁链拴着，粘着嘎嘎巴巴的鱼鳞；也有绑一个桶的，那么绑，推起车来就趔趔趄趄，很费劲。他是怎么骑来的呢？我虽然小，也觉得这么干有点儿虎，所以，我们都愿意买他的鱼。

　　桶里啥样鱼都有，有鲇鱼、鲫鱼、嘎牙子、麦穗、黑鱼棒子、老头鱼，有黑的、白的、黄的、花的，大的、小的，死的、活的。我们都说：瞅你，啥鱼都往里掺，让人咋买呀。其实这没什么太大关系，这样称，合适的总是我们。因为这么买便宜，挑出好的，人能吃，人不吃的馇猪食，猪和鸡鸭鹅都能吃。那时候没人吃黑鱼棒子和老头鱼，说是会勾起老病。哪像现在，把当年不吃的东西当宝贝。

"卖鱼喽，一块钱三斤。"

一声嘹亮的吆喝从村头传到村尾，全屯子都在这声吆喝中醒了。

卖鱼的起早从江沿儿过来，身上带着水汽，带着腥气，鞋和裤脚还没干。他们不是我们屯子的人，这帮人没黑没白地在东江里下挂子，晚上也不走，搭个草窝棚住在江沿儿，也不点灯，抽着旱烟，喝着小酒，吃着新鲜钓上来的鱼。

我一直想去东江看看，可是我妈不让，她说江沿儿总淹死人，小孩儿不能去。我们村的人八成都怕淹死，所以没人去整鱼。那年老萧家我三哥去了，结果真淹死了。他喝完酒跟外人上江里下挂子，不知怎么整的，水衩漏了，人陷进水里没出来。萧婶子听着信儿，没命地往江沿儿跑，最后只捞回来一件红线衣和一双黄胶鞋。三哥刚过门的媳妇当天晚上就回娘家去了，再也没回来。这些年我们屯就去这么一个打鱼的，还稀里糊涂地死了，我们东江的鱼"活该"给外人打。

一条江不向着跟前的人，向着外人，为着什么呢？

我听说东江早些年被我们屯子祸害坏了，一气之下，才开始专挑我们的人淹的。

那时我们屯子家家打鱼。只要地里一挂锄，男人们就惦记起仓房的那些渔具了。晚风习习，风里飘荡着蛙鸣，蛙鸣低一声高一声，叫得人心直长草。人们纷纷走出家门，直奔东江。下挂子的，撒网的，插薄的……扔了一冬一春的江面热闹起来，农人们打鱼摸虾的手艺和摆弄庄稼一样麻溜。

那时江里还能打着鳌花、季花、鳊花这些稀罕玩意儿，至于江水中往来的鲫鱼，一网截住一片，大小通吃，成水梢、成草袋子装。据我妈回忆，那前一到夏天家里鱼多得吃不了，得晾鱼干，糟臭鱼，谁家花钱买啊！但老百姓讲话了，生孩子还得让人喘口气呢，这么个打法咋能行？把河神的子孙都快整绝了，冬天窜冰窟窿还打。

"那咱们打鱼的时候没淹死过人吗？"

我始终想问，但大人们从来不提，我也就不敢一个劲儿问了。

我还听说一个地方兴旺的时候，火苗就高，火苗高，人也厉害，这个地方一般就不会出什么横事。但这种时候我没赶上，我正好在这个地方火苗低的时候出生了，所以有些事你就碰不得了。于是，我们只好放弃了东江，或者说东江放弃了我们更合适。对它，我们这茬人是不能说，不敢想，也不能忘。

一条河，要走多久才会抵达一个村庄？

有一段时间，东江累瘦了，瘦得几乎断流。但在我大舅家，水面似乎还是原先那么大。

我大舅家那的江是一片大淖。其实不光这片大淖，我说的整个东江都是嫩江在吉林省镇赉境内的一段。嫩江从大兴安岭的山上下来，穿过牧民的马蹄和羊群的缝隙，兜兜转转来到这片平原，在这儿盘旋成淖，然后继续向前，画一个月亮泡，流向查干湖，最后注入松花江。一路绵延一千三百多公里，流经两个省。

当地人管这片大淖叫哈尔淖，哈尔淖是句蒙古话，汉语没有这么叫的。蒙古话哈尔是"黑"，但组成词就有清澈、透明的意思了。这个名字起得好！夏天傍晚，满天红霞，水面红霞的倒影，比天上还盛，岸和淖里的苇草却是黑的，红与黑，黑与红，渐渐全都"哈尔"下来了；白天，天、地、水一片湛蓝，阔大无边，燕鸥在大淖上盘旋，蒹葭苍苍，却不是大河的对岸，万物澄明，没有倒影。

我怀疑这儿还有一条我们看不见的河，是从地里往外长水的，所以大淖的水永远不断。

我一去大舅家，几个表姐就领我到大淖边上捡菱角。菱角好吃，生的也能吃，搁灶坑里烧熟吃更香。这种东西在我家那很少见，但其实它们在河滩里特别厚。水面不开阔时，要划船进去把它们清理掉。掘出水面的菱萝呼啦啦没头没脑，越拽越多，像张大网，带出不少倒霉的小鱼小虾，惊慌失措地在叶子间蹦跳。

大淖有好几股水流注入，浅滩往往长很密的芦苇和香蒲，芦苇的穗儿苍白柔软，风一吹，像一阵烟，看着让人难过。蒲棒短粗，红得瓷实，在锋利的叶缝间躲躲藏藏，似乎想说什么。这些草长在水里，叶梢却是枯黄的，总像受了很大的委屈。屯里的鸭子天天长在江面，天不咋亮就在里面游来荡去，或者一个猛子扎进水里，很久，从另一个地方又冒了出来，它们把自己洗得比野鸭子还白。芦苇丛里家鸭好像比野鸭子还多，里面有很多鸭蛋，我和表弟曾经一次捡回一篮子。我怀疑很多鸭子是不回家的，下了蛋就在里边直接孵小鸭，可惜蛋总是被人捡走。这件事很让我苦恼过一段时间，如果我们当初没有捡走里面的鸭蛋，东江会不会多出很多鸭子，它们出生就在江里，应该算家鸭还是野鸭呢？冬天来了，它们是跟着家鸭回到江沿儿的屯里，还是随野鸭飞回南方？但是这样的担心终究还是没有发生。是我们解决了东江的一个难题，这么说我也是为东江做过点儿事的。

沿江而上，我走进了大兴安岭深处。

这么大的水，它的上游可不是这样的，有时候水流细得就像麻绳一样。从山上下来时，水是黑的，捧一捧，扎手，瞬间扎到骨头，那是凉到极致的错觉。黑水透明，像流动的空气，从指尖逃脱。它是怎么变成东江那么大的水的呢？也是一点点长大的吗？我长大了，找到了它的小时候，它能找到我的小时候吗？如果一条江，一生也分好几个阶段，每个阶段都能找到，我们一生的几个阶段在哪儿？成长是一个自己都不知道的秘密过程，有时候它大了，走了很远，有时候它一直站在原地，傻呵呵地发愣。

今年入夏，我和朋友去哈尔淖拍水鸟，回来时竟然走丢了，差点儿没绕到对岸的肇源。

大淖长水了。过去水盛的时候江面也没现在宽，如今是真大呀！环顾四周，波光粼粼，看久了让人眩晕，人就好像站在天地的中心。江滩上簇拥着多年不见的河柳、红蓼。小时候的芡实、香蒲也都冒了出来。我们弃岸登船，在苇丛里荡漾，如在草上行走。苇草也如波浪翻涌，起伏得让沙鸥无处落脚，悬在半空，两只吊在肚皮下面的爪子，随风晃动。一只野鸭不知从哪钻了出来，看看船，又游走了。

是有人专门在苇丛中砍出的水道，还是它们本就那么生长的？从前的芦苇没有这么高这么壮，也没有这么密实。终于从密不透风的芦苇荡中找到出路，穿过苇海，闯进湖面，湖面把世界笼罩，阳光只在眼前的一块水上撒下一张金色的网。回头再找来时的路，已被苇草掩藏，我们是从哪儿来的呢？几只白尾海雕跟着我们飞，离头顶很近，爪子在空中乱蹬，真担心它们会忽然冲下来。各种鸟鸣声此起彼伏，云彩就落在前面的沙洲上。

水草茂盛，鱼就肥，以前淖里打上来的鲫鱼就比我们家那的大，一条足有半斤，现在水这么肥，鱼得多大呢？奇怪的是，江的源头是冷水，鱼也和这里的完全不一样。为什么走到了这里，又是另一番光景？嫩江在这片平原转了这么大一圈，一定不是傻呵呵地站在原地发愣，忘了远大的前程，它应该是为了了却一个隐秘的心愿吧？

那天我在乡下喝酒，这家人做了几个家常菜，我一口吃出了小时候的味道。那盆鸡和那盘鲫鱼，咸淡都和过去一样。我不禁出了神，忘了正在进行的交谈。院子里有条大黄狗，趴在稻囤边，隔窗望着我。走过去几只鸡，试探着往粮囤边凑，狗抬头瞅瞅，鸡识趣地走开了，狗重新把头放在爪前。这和我小时候养的那条狗一模一样。时间在这个院子里，好像被拴狗的绳子绊住了，忘了离开。

我回过神，问老板怎么把鱼做这么咸。他不好意思地说，农村人口重。于是，喊来老婆要重做，我赶紧说，误会误会，实在不是这个意思，我是说江边就是这个滋味。他说对，这儿就是东江边。我愣住了，我早知道这是我老家下边的一个村，但没想到竟然到了江沿儿。一时间，时光飞速倒转，阳光奔涌向前，两束光结结实实地挤了满屋，似乎还有一些正在赶来的路上，窗子斑驳而明亮。

这家人院子里堆着当年打的稻子，还没卖出去，很大一堆，能出不少钱。江边人会种稻子，嫩江稻子和别处的不一样，江水的温度包裹在米里，几辈人的心思浸在米中，蒸出的大米饭油汪汪的，特别香。

这家是个大户，夫妻双方的老人都住在这里。我们吃饭的西屋是小两口的，东侧还有三间正房，一个堂屋和一个厨房。全是一砖到顶的北京平。房子有些旧，但很敞亮，我们坐在炕里，墙面的白石灰被烟道熏黄，看着格外温暖，似乎岁月被围困在里面。我忽然想去江边看看，却始终没说出口。东江在抵达嗓子眼儿的时候忽然哑了，我和东江是近亲，但此时我更像客人。那一瞬，我切实感受到何为近乡情更怯。

可能是酒劲上来了，我的脑袋发胀，眼睛通红，好几种力量凝成一滴水，裹着屋里、院外、炕头、黄狗……过去和现在，我经历过的，我正在经历的，我还没经历的，一起抚摸着眼眶，害得我眼睛都不敢眨。我怕一眨，过去就消失了，也怕一眨，现在就认不出我了。

这时候院里开进来一辆轿车，是来看稻子的。大黄狗慢悠悠地站起身，看着从车上下来的人，从容不迫，不怒自威。我知道这种狗最厉害，从不咋呼。主人出去和来人交涉，我赶紧趁这工夫把那滴酸水抹掉。大伙一起进屋了，过半天还没见人出去，原来是在堂屋吃上饭了。主人说，赶上饭点了，买不买的吃完再说。

那天我喝得真有点儿多，本来就没什么量，触景生情，又禁不住劝，后来都忘了是怎么回去的。我记得和东屋的几个老人唠了一会儿嗑，其中有个老人竟然记得我父亲，知道他在镇中学做过饭。父亲要活着的话应该比他大一些，不知道那时候他是中学的学生还是老师，我不记得问没问他了。

老人说："那代人里最小的也像他这个年纪了。老不死，咋整，东江不收啊。"随即，哈哈地笑了起来，声音爽朗，不像是八十多岁的人。

我说："为什么死呢，活着多好，儿女都这么孝顺，更好的日子正一天天向这里走呢。"

老人回身打开炕琴，从里面拿出个帆布兜，打开问我，还记得这玩意儿不？我一看，菱角！老人说："你瞅瞅，江里又长上这东西了，这江越活越年轻，我忙啥死。"

走时，我在院子的窗台和晾衣绳上看见一张晒着的渔网，醉眼昏花，这物件就像从幻灯片里跳出来的一样，一会儿模糊一会儿清晰。一阵风吹过，网眼嗖嗖有声，如遥远的呼唤，我知道是东江在用一种特殊的声音与我重逢。我还知道此时在粮囤，在树上，在斑驳的窗户和门楣，都有它的气息，它们正在一一复苏，又在一一道别。我仿佛又回到了大舅家的那片芦苇荡，风过水面，芦苇齐刷刷地向眼前压过来，几只水鸟从里面噗噜噜地飞起，样子笨拙，飞得吃力，苇花被它们的翅膀击打得纷纷扬扬，无处可落，久久无法摆脱苇丛的包围。

第二辑

想起一个晚上

遗落在乡间的果实

沙果

沙果是我最爱吃的水果，到现在也是。那个时候，我们对水果两个字没什么概念，我们管过年吃的黑球球叫冻梨，管冻得杠杠硬的黄皮球叫冻柿子，它们都有自己的名字，但没有统一的叫法。在我们贫穷的乡村连苹果都很少见到，你让这些孩子把吃沙果、化冻梨、啃冻柿子叫吃水果，那简直就和跟着妈妈屁股后喊母亲一样生分。

小时候跟我妈上桑姥姥家串门，她特别喜欢孩子，每次都会笑眯眯地摸着我的脑袋说，看看，又长俊了，猜，姥给你准备什么好吃的了？不等我回答，老太太忙不迭地从炕上爬起身，颤颤巍巍地从挂在墙上的花筐里掏出一把东西。看，这是什么？

沙果！这小东西圆圆的脑袋，红扑扑的脸蛋，从老太太干瘪的手缝里露出来，不用猜我就知道了，它已经把我的口水勾了出来。于是，大人、孩子都乐了，笑声瞬间充满平常简陋的泥草房和农家院。

沙果通常没有野生的，反正我的家乡没有。但我们村子有很多长在野外的沙果树，它们并不属于谁，也没有人特意照顾，这些果树大概是农民们闲来无事，随手栽在田间地头的。春天来了，沙果树花在杏花开败之后慢慢地发芽，眼瞅着花苞一日日壮大，终于小心地绽放出三两片粉红的花瓣，暗香萦绕，农民下地途中经过，感觉一缕温馨舒爽，清苦疲劳的身心遂得到一丝安慰。这何尝不是一种朴素的民间烂漫。

不过，这些果树终究还是属于我们的，我们可不在乎它给别人带来什么样的憧憬，我们在等待树上的花开败之后结出的果实。小小的果球在枯萎的花瓣后面冒了出来，好像花偷偷下了一颗蛋。这个时候的果还是毛茸茸的，手碰一下就会化掉，有时候遇见坏天气，比如一场倒春寒、一场大风、一场大雨都会把刚结出的果儿化掉。沙果其实挺皮实的，但它们长这么大也经历了成长所有的考验。这有点儿像我们和现在的小孩，我们长这么大，也经历了和现在孩子一样的成长考验，也许比现在孩子经历的还要多。我们小时候谁管你呀！大人们一天忙到晚，活儿都干不过来，一家五六个孩子，照顾哪个好啊！所以，说我们是野生的一点儿也不过分。可我们当初那批孩子不也都长这么大了吗，而且也没耽误谁有出息。打听打听吧，哪个村子没个老谁家的小谁是干大事的，自古寒门出孝子，也出秀才，在这一点上，不分过去和现在。那时，我们就像父母随意栽种在田间地头或者荒坡河谷的沙果树，既是他们的希望，也是他们的果实。

夏天来了，暑热隆重，我们挂在沙果树的大杈上，把还没熟的青果摘下来，骑在树上龇牙咧嘴地啃咬，青沙果喷射出的汁液酸得我们不禁浑身一激灵，脖子都缩到后背里去了。这也是一味消暑良药，小伙伴们浑然忘了中午的大太阳，吃够了还不忘把书包和挎兜装满，带学校给好朋友尝尝，或者在那些吃不着的同学面前显摆显摆，当着他们的面故意咬一口，然后做出夸张的表情，哎呀！酸死了，酸死了。等对方的眉头也跟着皱起来，好像也吃到了青涩的沙果。我们则满意地吐掉嘴里的渣滓，扬长而去。现在想想，那样的童年虽然艰苦寒酸，但也是有趣和富足的。不过，也唯有体验过那样艰苦中的快乐的人，才更珍惜现在的生活。

很少有沙果能在我们的看守下走到秋天。那时候的孩子实在没什么可解馋的，哪还能等得及沙果成熟呢？躲在树尖的沙果也将将熬到红了半边脸就被我们用土块打下来了。待到那些长在人家园子里的果树红彤彤一片时，我们已经没果可吃了，只能站在人家院墙外干瞅着。

别人家的沙果又大又红，压得树枝都垂了下来，有的竟然压折了树枝，劈了的枝子上的沙果也照样水灵，折在那里就好像专门逗引我们去摘似的，来呀，来呀，吃我呀。我们知道那种麻面黄心的沙果最好吃，那是海棠果，越冷越甜，一咬，嘎巴嘎巴脆。可是那些果树怎么能让我们随便上呢，那是人家自己栽的，又剪枝又喷药地从小伺候大，自己家还没舍得吃呢，能让你"祸祸"吗。再者说，也是最重要的一点，都是一个屯子的，全都认识，咋好意思偷人家东西呀！馋死算了。

真是老天可怜！后来我们发现一个隐秘的地方。

那户人家院里长着两棵大沙果树，两棵树几乎占满了整个小院，树尖高出房顶一大块，树冠把屋子的窗户都盖住了，这家人人口好像很轻，平时看不着啥人，最主要的是她们家离我们屯子远，在中学的紧东边，一左一右孤零零地没几户人，这儿的人可能都是外来户，我们这的人和他们都不怎么熟。

这天，我们几个终于决定对这家的沙果下手了。几个小伙伴商量好对策，谁负责上树，谁负责放哨，便开始行动。奇怪的是把我们紧张够呛，行动却出奇地顺利，整个过程没有一个人从屋里出来，只有一条狗无精打采地从院外经过。事后我们躲在壕沟里贪婪地享受着偷来的沙果。哎呀，怎么那么甜呢，早知道沙果长到现在会这么甜，干吗那么小就都祸害光了呀。我们一边吃一边后悔，发誓明年一定要留着让它慢慢成熟。

很快，我们就把胜利的果实吃光了，吃得腮帮子都有点儿麻木了。这种事就怕开头，一开头就再也收不住了。自那以后，隔三岔五我们就行动一回，也不多摘，够几个人吃了就跑。所幸的是没有一回失手，这就更壮大了我们的胆子，有段时间不去，心就像长草了一样刺挠。

常在河边走，哪有不湿鞋，后来我们还是让人家撞上了。这天放学，我们趁着天刚擦黑，又来到这家院外，这回轮到我上树，他们几个放哨。这套把戏我们已经熟门熟路，就像进自己家一样，我竟然骑在树干上吃了起来。这时屋门开了，从里面走出来一个老太太，手里端着个盆，大概是要喂鸡。小伙伴也发现屋里出来人了，一个劲儿压低了嗓子喊我下来，我正吃得过瘾，竟然没听到，反倒是老太太发现了不对，看见了树上的我，她急得一个劲儿摆手，站在原地不动，嘴张得老大却喊不出声，看见我发现她了，终于喊了出来了，孩子，别害怕，摘吧摘吧，没事，慢点儿哈，别摔坏了身子，我不知道你们来，知道我就不出屋了，往回你们都是晌午来。

这个老太太就是我妈领我去串门的那家人，我妈叫她桑姨，桑老太太是个孤老婆子，两个姑娘住得远，一个在镇上教书，一个在林场干活儿，都成家了，不常来，这个小院就她一个人住。这两棵沙果树还是大姑娘上林场上班前栽下的。现在大姑娘的孩子快赶上我们大了。

悠悠

听名字你一定知道我说的是啥，但是看字面就不一定了。这是啥意思？慢悠悠？晃晃悠悠？反正咋想你也想不到那个紫溜溜、黑澄澄的小果子身上。

也有叫天天的，好像叫天天的地方多，后来我知道这个东西有大名，也就是学名——龙葵。听着是不是挺厉害的样子，不知道的还以为是多么大个东西呢。其实就是比草高一头的植物，嫩嫩的茎、绿绿的叶子，撸一把整满手焦绿，蹭都蹭不下去。它们也开花，但开的花根本没人注意，到现在我也说不好那花是紫色的、白色的、还是黄色的，反正不大，单朵没有绿豆粒大，挤挤插插的一堆一串。花期很短，眨眼工夫就开完了，然后结果。刚开始时候果儿就像实心的小米粒，不知怎么长着长着就变成皮包水了，小小的圆球一天比一天水嫩，先是淡绿色，透过皮能看见里面的籽，一颗一颗籽像要撑破皮挤出来。这个时候的果还不能吃，要是着急吃了，会涩得舌头麻掉，说不成话，半天缓不过来。听我奶说这时候的悠悠有毒，不能吃。它们的叶子和秆儿也有毒，但熬熟了能喂猪，生的猪也不吃，估计它们生吃了舌头也麻。牲畜这东西挺有意思，它们知道啥能吃啥不能吃！到底是谁告诉它们的呢？这件事我始终没想明白，就和我不明白为什么悠悠开始有毒，怎么长着长着就能吃了一样。

悠悠可能是乡间最廉价的果实了。那黑溜溜小球咋就那么好吃呢！甜滋滋、酸溜溜，小心翼翼地摘一串，轻轻放嘴里，它自己就快要化了。但一定要拣黑透的摘，看好喽，别不管不顾地急着往嘴里送。要是遇见厚厚的一片悠悠秧，那你可就有福了，吃也吃不完，摘了一串前面还有很多，丢下眼前的挑前面大粒的摘，可前面总还有更大粒的。这时候最好手里有个罐头瓶子，或者小盆，好把那些小黑灯笼装里面，拿家去慢慢吃。不过这样的时候不好碰，通常是一帮小伙伴连喊带叫，一惊一乍地就把一个大块地的黑悠悠吃掉了，哪还来得及让你往瓶子里装？除非在只有你一个人遇到时，才能有那样的好事。比如说你和大家共同发现了一处悠悠秧，可是这片地的黑悠悠被摘得差不多了，就剩下一些青的和花还没开败等着结果的，那你就在附近做个记号，盯住这片地，让它长两天。这东西熟得快，兴许一觉醒来，刚好赶上夜里下了一场透雨，这时候你去吧，保准大片大片的黑灯笼等着你呢。雨后的悠悠挂着露珠，圆润又水灵，冰凉的，简直漂亮到没朋友。悠悠秧上的小花朵开心地笑出了眼泪，又开始酝酿新一批果实了。这东西厉害呀，怎么祸害也不死，摘了一茬又一茬，怎么吃也不没，一直长到霜降，地里的茄子辣椒西红柿都罢园了，它们还坚持着开花结果。

悠悠的生长不挑地方，它甚至是低贱的，专挑那些埋汰地方长，越是不起眼的地方越多，你上野地里、大田里特意去找还真不好碰，反倒是在粪堆旁、猪圈边、马路边、厕所周围、破败房子里最常见。这就像很多穷人家的姑娘，父母长得也不出彩，家里困难得吃饱都成问题，天天苞米馇子粥就咸菜条儿，什么营养不营养的根本谈不上，但这家孩子个个出息得像朵花一样。你说怪不怪吧。

邻居我郑婶家五个姑娘，一个挨着一个，老五比我大两岁，那时候就大概看出眉目了，怎么讲呢，用我奶的话说：这孩子，鼻子是鼻子，眼是眼。那时候我五姐还不知道打扮自己，也不知道干净埋汰，成天跟我们这帮小子在一起玩，造得小脸一天魂儿划的。我们一起捉蚂蚱、逮蜻蜓、抓蛤蟆、偷沙果、找悠悠。

郑婶喊，"老五啊，吃饭了。"喊半天也不见人，隔着墙头问我奶，"大娘啊，你老孙子回来了吗？"

我奶说，"没有啊，你家五丫头没回来他咋能回来呢，放心吧，饿不着他们。这帮孩子说不上上哪儿打食去了。"

郑婶说，"嗯呢，这俩孩子，一天扒开眼睛就在一起。有一天我抱柴火烧火，这俩玩意儿把柴火垛掏个洞在里面亲嘴呢，把我吓一跳，我说你俩干啥呢？你老孙子说，我俩结婚呢。你说说，大娘，我这姑娘还能不能要了，干脆说给你家小风当媳妇吧。"

我奶就哈哈笑，说，"那可怪好的。我得意五丫头，就是比我老孙子大好几岁，要不真行。"

郑婶说，"那管啥的呀，大娘，女大三抱金砖，多好。"

老郑家姐五个一个比一个好看，但一个比一个命不好。老大性格老实、本分，嫁给渔场农业队的一个农民。那年开春，大姐夫和几个人偷鱼，春天湖面的冰看着挺厚，实际上已经脆了，咔嚓一个没禁住，掉冰窟窿里去了，等捞出来人都冻得不会说话了，后来命算保住了，但锯掉一条腿。老二喜欢上一个城里来的知青，郑婶郑叔说啥也不同意，结果还是没挡住，两个人差点儿没把孩子生了，这事一时间成了全屯子的笑话，人们谈论了好些年。郑叔郑婶觉得脸上无光，始终不让这两口子进家门。背地里却又经常给两个外孙子好吃的。虽然，二姐家日子过得艰难，但是她男人对她挺好，为她城都没回，留在了农村，可她男人不是农村户口，没有地，二姐那点儿地根本不好干啥的，他们只能四处打零工维持生活。老三看似命好一些，五姐妹也数她最好看，那年嫁到了城里，男人是城里一个物资公司的销售员，能说会道，哄得郑婶一家那个开心，可重视这个三姑爷呢，拿他当荣耀，一来就给杀鸭子吃。后来这个销售员在外边搭上个女的，被三姐发现了，领着二姐两人给那女的一顿揍，结果把自己打离婚了，后来也没再找，一直自己带着孩子过。老四最爱学习，复读好几年终于考上一所师范学校，毕业后在镇中学教书，三十好几了还没对象，眼瞅着成了老姑娘，自己一个人在单位住，也不回家。再有就是老五，我们俩从小就亲过嘴，但说这话时，我们大概有三十年没见了。那年回家，在南市场一个馒头店我看见了她，我怕她尴尬，也没和她说话。她也没认出我来。她胖得和郑婶当年一样，完全没了小时候的样子，身上、脸上、眉毛、头发都蹭着白面，里里外外不住脚地忙活，都没顾得上抬头看我，只是习惯性地问了句，你要馒头还是花卷？见我没答话，也没再搭理我，随即招呼别的顾客去了。

我还记得悠悠汁粘到五姐嘴上的样子，那个紫色比口红还鲜艳，有点儿像火烧云的颜色，这抹岁月的紫色永远长在我记忆的天空了。悠悠，乡间的果实，它们平凡，甚至卑微，它们也伟大，完全称得上高尚。它们伴随着我的成长，不夸张地说，没有什么水果比它们更美味，更没有什么水果能够代替它们在我心中的地位。

菱角

小兄弟找我吃鱼，说是刚打回来的，很新鲜。他领我上厨房看，大鲫瓜子、小船钉子、老头、黄瓜子、白票子都有，大大小小混杂在一个洋铁皮桶里，里面还有水草和沙石泥土，真真是新鲜出炉，就跟我小时候吃的鱼一样。灶台上有个铝盆盛着黑糊糊的东西，乍一看，没敢认，凑到近前仔细看，呀！菱角。这玩意儿多少年没见了，都不敢相信了。

这盆菱角熟透了，颜色全是黑的，里面有不少没有角、光是一个圆肚的菱角，很少见。我们老家的菱角大多是两只角，样子就像个牛头，角的尖儿和牛角一样弯下来，呈一个勾型，看着挺凶，但并不伤人。菱角的样子有点儿像我们家乡的男人，黑不溜秋挺吓人，心地却很善。

小时候的菱角咋那么多呢？

现在想想，在我们老家，菱角自然生长的也有，但长成江沿那么大一片水域的应该是渔场专门种的。这东西生长很快，种一次来年就不用再种了。它的种子——也就是"菱角"落在泥里，转年就会生长，子子孙孙无穷无尽，连带着附近泡沼也繁衍开来，菱角籽是怎么被传播出去的呢？被鸟叼来，被小孩遗落，被大风刮来……都有可能。菱角喜欢浅滩，但对水质要求挺高，死水，僵水，臭水沟子不会长菱角。它们需要活水，唯有活水才可能留下它们。别看它个头不大，却是通达之物，有灵性。据说菱角可入药，性寒凉，能除百病。

渔场边上有个叫大官营子的屯子，我舅爷家在那儿。我那时小，不知道这是怎么个舅爷，心里也曾犯过琢磨，他那么小，还没我爸大，咋就成爷了呢？不过当时想想也就算了，没往心里去，其实就是往心里去了也想不明白。农村的亲戚是怎么来的谁说得清楚！坐在炕上唠家常，不用一袋烟工夫就能论成亲戚：这是你三舅姥爷，这你得叫二姑父，要从那么论的话你得管我叫大表姐呢……这种嗑你就扯吧，能从天黑唠到第天天亮。

不过我这个舅爷对我可真好，他应该是我妈的实在亲戚。我一去他家，他就把我架到脖颈上，带我到处玩。我就是在那认识的菱角。那年好像是八九月份，天没那么热了，早晚甚至有点儿凉，江边的风比别的地方硬，天愿意下露水，早上起来，园子里的菜和草湿漉漉的，走在里面，脚脖子冰凉。

那天舅爷领我上江沿割菱角秧喂牲口。哇！好大一片水草啊，近岸边的江滩，水面全是绿叶，有的还开着白花，那白花好像受了凉，花瓣没完全展开，憋憋屈屈的。叶子边沿带锯齿，摸上去上面好像有绒毛。舅爷从叶下找到一把根一样的东西，抓着它从根下摘一串紫溜溜的蛋，那蛋就像地里的花生，一撸一把，很厚。舅爷说里面的仁好吃，但要把外边的皮撕下去。我手没劲，急得用牙咬，舅爷看我连皮带瓤地整一嘴，哈哈大笑，同时又把自己扒好的菱角仁塞我嘴里。哎呀，真好吃啊，比花生好吃呢！舅爷说，等着，回家舅爷给你烀了吃，更香。

舅爷把摘好的菱角用袋子装上，把菱角秧打成捆，扔到车上，我们赶着驴车回家。小车颠颠哒哒地在大堤上跑，不一会儿屯子就出现在眼前，但是中间还隔着大片的苞米地，屯子此时就好像大地做的一个梦，影影绰绰的。舅爷把毛驴车赶下堤坝，拐进通向邻村的一条土路，我也不知道他要干什么去，我也懒得问，不管上哪儿，有舅爷在，我都不怕。

毛驴车在一家院子前停下，这家人的院子墙头塌了好几处，秫秆夹成的杖子勉强算是院门，将将关着，也就能挡个鸡狗，连猪都挡不住。舅爷把菱角袋子放到这家墙头，大声地吆喝牲口，驾驾、吁吁，毛驴不知道到底是要它走还是让它停，忽闪着两只大眼睛往后瞅。这时屋里出来一个抱孩子的女人，开门站在房檐下看着外面，犹豫着该出来还是回去，也像毛驴一样光顾瞅着我和舅爷。舅爷冲着院里说，给你搁墙头上了啊，然后赶着车走了。

好多年过去了，我仍记得那次经历。我不知道和舅爷去的是谁家，舅爷为什么把菱角专门给她送去。舅爷一辈子没结婚，他很少到我家串门，都是我妈领我去他们家，舅爷的妈是我妈的姨姥，这个关系也是后来我才捋明白的。我曾听我妈和舅爷他妈唠嗑说，你就答应了大壮（舅爷）和小娴的事吧，这么下去也不是个事。管他别人说啥呢，关上门过自己家日子。舅爷他娘和我妈两人差不几岁，处得很好，跟亲姐妹似的。

临搬家那年，舅爷上我家来了一趟，给我们拉来一草袋子杂鱼。那时他好像有点儿老了，不过还是那么高大个儿，一笑声音洪亮，离挺远都能听见。但是脸上灰暗灰暗的，没有以前光滑平展，背也有点儿弯，走路脑袋爱往前探探着。喝酒的时候我妈问舅爷，小娴咋样了？再嫁了吗？舅爷说，那年不是嫁到英台去了嘛，男的是油田上一个得了工伤的老光棍子，缺一只胳膊。后来听人说也没过一块堆去，现在在哪儿呢就不知道了。过了好久，我妈叹了口气，自言自语地说，那年要是你和小娴成了，孩子是不是也快赶上小风了。

说来也怪，自从我搬到县里就再没吃到过菱角，这些年更是连看都看不着了。它们好像是从天上落到我梦里的，不请自来，不打招呼又走了，而且走得彻底，走得没有原因，可能有原因我也不知道，在我的家乡，我不知道原因的事太多了。就像那个抱孩子的女人，头发梳得整整齐齐，上面映着阳光，脸白白净净，身上有种说不出的温和。后来我听说她的孩子没奶吃，菱角有下奶的作用。可这些事当时我哪能明白呢？但那个抱孩子的女人一直就是年轻时候的那副模样，光彩照人地活在我的记忆里。

菇茑

菇茑能吃，它和悠悠挺像，酸酸甜甜的，但它可比悠悠大多了，相当于三四个悠悠那么大，是加强版的悠悠。菇茑分洋菇茑和红菇茑，红菇茑比洋菇茑还大，但是我不愿意吃，嫌乎红菇茑那股怪味，怎么说呢，像中药。

在我的家乡，哪家园子都有几棵菇茑秧，这个东西就像老天爷专门给穷人家孩子送来的礼物，从小就和我们相伴。小姑娘们把刚结果不久的绿菇茑摘下来，一点一点地挤出里面的籽——那籽就和小米粒似的，嚼碎了能吃。空了心的绿菇茑在小姑娘的嘴里上下翻滚，一会鼓起来，一会瘪下去，鼓起来是为了瘪下去，瘪下去是为了让它发出响声。咬菇茑是每个女生必备的技能，农村孩子，哪有不会咬菇茑的，不少小子都学会了，也跟着一声一声地咬菇茑玩，小伙伴们看见了，就追着撵着起哄，哄他没出息。

我不会咬菇茑，不是怕被说没出息，是没有耐心。一堆小米粒大小的籽，挤着挤着就心烦了，一口咬碎嚼烂吃了，反正也咬不响。我的脾气不大好，爱急眼，三句话不来，急了。为这没少挨我妈打。

刚上学的时候我同桌是个精瘦的女生，她特别爱咬菇茑，上课时嘴里也不闲着，咕嚷咕嚷一个劲儿翻动。我看着就生气，我把课桌画个分界线，一头是我的，另一头是她的。当然，她那头比我这边小，谁叫她那么瘦的呢。自从有了界线，我就时刻盯着那条线，她一过界我就拿拳头擀她，开始她不敢吱声，只是一个劲儿闪身子躲，躲不开就龇牙咧嘴地忍着。有一回她哇的一声哭了，这下把全班同学吓坏了，当然，最害怕的是我，怎么整的，太突然了！我也没使劲啊，就推她胳膊一下，让她往那边点儿，至于哭吗？老师过来问她怎么了，她耷拉着半边身子站起来说，胳膊脱臼了。老师是个女的，也姓赵，长得又高又膀。

老师说，怎么好好的胳膊还能脱臼呢，我同桌只是低着头小声抽泣，并不说原因。后面的铁球子欠啊，指着我说，老师，是他打的！老师惊讶地瞅着我，一时不知道该说什么好，气得脸都有点儿红了。她好像努力平复了下心情，干咳了一下，说：你，你怎么把人小姑娘打得胳膊都脱臼了？这是课堂啊！她似乎仍有些不敢相信眼前这个事实。这时我同桌那小瘦姑娘忽然不哭了，大声说：老师，不赖他，我胳膊就好脱臼，原来抻坏过。

那堂课没等下课老师就把我同桌领走了。这下可好，同学们彻底解放了，满教室打闹。在放学回家的路上，我捡起一块土块跟在铁球子他们身后，瞅准旁边没人使劲砸向铁球子后脑袋，砸得他捂着脑袋嗷嗷哭，我追上去又扇了他一嘴巴，问他还欠不欠了。他一面往家跑一面哭，嘴里不停地说，我要告诉老师。

回到家，我就发现不对劲了，我同桌和她妈来了，在我们家炕上坐着呢。她妈眼睛尖，看见我进院了，很生气地和我妈说，你瞅瞅你老儿子吧，再不管将来还能有啥出息？我没地方躲了，只好进屋。我同桌躲在她妈后面，惊慌失措地看着我，那样子比挨打了还难受。可是我妈并没当她们面打我，连批评都没批评，只是一个劲儿跟我同桌她妈保证一定好好教育我，好说歹说把那娘俩哄走了。我知道，这肯定是赵老师告的状，这个坏心眼的老师，等着瞧，哼！我也知道，等人走了，我妈是不会放过我的。结果不出所料，我被我妈好一顿掐。但是我没哭，也没躲，心里反倒有些舒服，我觉得我有点儿对不起我同桌。

四年级后，我转校了，往后就再没见过我同桌。不过每当看见洋菇蒗，我就会想起她，想起瘦弱的脏兮兮的一张小脸，乱蓬蓬的黄头发下两只大眼睛清澈生动，黑是黑，白是白，白眼球里毛细血管都清晰可见。

乡音未改

东北话

　　家乡的语言最早被全国人民熟悉要感谢本山大叔的小品，全国观众认为东北话自带一种幽默，属于天生的那种。其实本山小品里的东北话和我家乡的还不完全一样，本山大叔是铁岭人，属于辽宁省，他的口音更趋向辽东味儿，而和他搭档的高秀敏是地地道道的吉林人，她的口音则是我们家乡的味道。他俩这么一综合，观众就不分辽宁和吉林了，统称东北方言。今年哈尔滨冰雪旅游大火，全国人民扑奔东北，这一下又把东北话带火了，手机里整天满屏都是东北大碴子味儿，一时间人们以讲两句东北方言为乐。这就应该感谢哈尔滨了，是它将我们的东北方言再次引向全国，不容易。

　　我觉得东三省的口音中，属黑龙江的和我们家乡的最为接近，我的家乡镇赉县五棵树镇和黑龙江的肇源县很近，就隔着一条嫩江。很多时候在外地旅游时我也总能听见家乡的口音，猛一回头，见俩东北娘们儿笑嘻嘻地在拥挤的人群中瞅你，上前一问，大姐你俩哪儿的？黑龙江。听口音你也是东北的，对，哪里人啊，吉林。哎呀，老乡啊，老乡。东北人天生厚道，认亲，不见外，走到哪里都抱团。有一天我在贵州的西江苗寨夜市吃黑猪肉串，小铺子很火，游人很多，不少人围着炉子等。我看前面两个男的站半天了还没吃到嘴，抓一把桌上烤好的肉串递给他，来哥们，先吃着。那男的也不客气，接过去就吃，回手把车上的白酒拿给我，来，哥们，尝尝，地方酒，我定睛一看：北大仓！你黑龙江的呀。你也是？不，我吉林的。双方哈哈一笑，迅速并成一桌。老板娘看着边干活儿边感慨，说，哎呀，要都像你们东北人这么大气就好了。

我不是变着法夸我们东北人，就大气和讲究这两点，我们真没服过谁，别看我们穷，但做事做人这块很大方，在外边尤其爱面子。也有人管这叫能装，装不也是一种格局吗？你装一个试试，恐怕你连试都不会试。得承认，南方可能比东北富裕，有钱人多，但有钱不等于有胸襟。我这么说并没有地域歧视的意思，纯属个人观点。

南北性格的不同，造成了口音差异。我的家乡口音是不折不扣的北方语系，南北语言差异其实涵盖着环境、习俗、文化、性格等很多方面的因素，是十分玄妙的一件事。晋代大学者葛洪《抱朴子·钧世》说："古书之多隐，未必昔人故语难晓，或世异语变，或方言不同。"方言里还包含着民众的精神气质，几乎每句话都有很深的情感在里面。在我的家乡，同样一句话有时表达的是感叹，有时是气愤，有时又是疑问，这完全由说时语气的轻重缓急来区分。同时表达对象不同，时间不同，场合不同，表达的意思也是完全不一样的。

我一直认为，我家乡的口音最接近普通话。北京人认为他们的口音最接近普通话，我不知道你怎么看。可能是我听习惯了自己的口音，就觉得很正统，北京话怎么和我们的比呢？如果你参加普通话等级考试，我敢说，我们不用怎么学习都会得挺高的分。而且我们吉林的方言不重，没有十里不同俗的问题，除了通化和白山地区口音有点特殊之外，讲出来的意思基本都一样，完全不存在听不懂的问题。我在外面和人家说一口标准的普通话，但只要一和家乡的亲人们说话，我会立刻切换到方言模式。这时外面人就会觉得很有趣，说，"看看，看看，刚才还好好的呢，一转身东北大糙子味儿就上来了。"他们感觉这么明显，我自己却并不觉得。可能这就是地方差异吧。

老疙瘩（最小的）

我们家五个子女，我排行老五，也就是家中最小的老疙瘩。有亲戚上我家串门，问我妈，老疙瘩多大了？五岁。又说，哎呀他婶子，那要是得济（东北话，借上力、有用）那天你都六十了。唉！得啥济，你瞅那熊样（完蛋样）能出息吗？我还不知道能不能活到那一天呢。

我妈快四十了有的我，这在我那个年代的农村不算啥新鲜事。和我同龄的姜家老疙瘩，姜婶有他那年比我妈还大。那个年代不兴计划生育，只要能生，多大年龄都无所谓。姜婶她们家九个孩子，两对双胞胎，真是神奇！等到我五岁，老姜家已经一屋子孩子，五个姑娘四个小子，一个挨着一个，吃饭不看脸光听动静，就和一窝小猪吃食一样，一盆捞高粱米饭顷刻间就见底。到后来九个哥兄弟没了两个，残疾了一个，剩下的都出息了。姜家人丁兴旺，日子红火，一改往日穷得底朝天的生活局面，可是那时，姜叔已经得了中风，靠拄拐挪动身子，说话不清不楚的，只有姜婶能明白是啥意思。姜婶叹了口气说，老头子，你没福啊。看看吧，如今老疙瘩都考大学了，你老姜家祖坟冒青烟了。姜叔就嗷嗷地和她一顿喊，不知道是表达同意还是反对，或者仅仅是出于对他老伴的感谢。不管啥事他一着急就喊，直到喊出眼泪，再不就大笑不止，叫人瞅着挺可怜的。他的儿女们都孝顺，轮着番地回家伺候，给姜叔端屎倒尿，擦身子洗澡，姜叔不干，一动他他就嗷嗷和他们喊，他只习惯姜婶伺候，姜婶把活儿从儿女手里接过来，他就不喊了，嘿嘿地笑。姜婶说，你就可我一个人祸害吧，啥时候把我祸害没了，你就消停了。

我这个老疙瘩没人家的有出息，整天除了玩就是气我妈。三岁那年还得了场怪病，差点儿没死了。后来要上学了又得了场病，天天扎针，那针叫"庆大霉素"，到底是治疗什么的我记不准了，但是记住了打这个药的屁股针贼疼，两个屁股蛋轮流扎，肉都扎硬了，路都走不成，一瘸一拐的，还上什么学？这么一耽搁直到九岁才念小学。那时候姜老疙瘩已经念二年级了。

老疙瘩在家里受宠，但这通常都是在老疙瘩是男孩子的情况下。农村有讲究，老儿子、大孙子，老太太的命根子。我奶对我明显要比对我那些姐姐们好，她的这种偏爱是毫无顾忌的，是明目张胆的好，大张旗鼓的好。吃饭的时候，如果我不爱吃餐桌上的饭，她就下地到厨房给我摊张鸡蛋饼，然后当着全家人的面夹到我碗里。我妈就说，你就惯吧，可劲儿惯！她嘴上虽然这么说，心里却并不一定这么想，这么说多半是让我哥我姐们心理平衡一点儿。背地里，从供销社买东西回来，她也会专门带根麻花或者面包什么的偷偷给我，让我上一边吃去！这样的优待大概是真把我惯坏了，直到上中专的时候，我姐夫把我送到学校，他和我一个寝室的同学说，大家让着他点儿，他在家是老疙瘩。后来毕业时，同学们还拿这个取笑我，说，你是全班的老疙瘩，这把毕业了，没人再惯着你了。而其实，我比班里大多数同学都大，我小的时候上学比别人晚。

两桥

两桥，一说连桥、一担挑、连襟。意思是一家姐妹的丈夫们，包括堂姐、两姨姐这些姐妹们的丈夫们也算。但两桥也分亲两桥和叔伯两桥、两姨两桥。农村社会是人情社会，讲究族氏宗亲，家族势力。谁和谁论起来指定能搭上个亲戚，你说这要论起来不叫点儿什么那都奇怪。朋友多了路好走，亲戚里道的好说话。这是乡下的生活哲学。

老宋家姐五个，五个两桥处得都不错，逢年过节、大事小情你来我往的，接触不断，真有点儿亲戚那意思，外人看着很是羡慕。亲戚这东西，不一定要有多少钱，当多大官，大家在一起有那么一股热乎劲比啥都强。老宋家的两桥处这么好，有个关键人——二两桥。这二两桥也不是什么特殊人物，普普通通的农民，但他为人做事讲究、大气，有心胸，凡事从不斤斤计较，什么事宁可自己吃点儿亏也不叫别人面上冷。两桥聚个会、上老丈人家串个门基本都是他张罗饭菜，东西拿着，活儿还干着，他的话还不多，平时就爱抽个烟，两桥坐在一起喝酒，大家吵吵闹闹好不热闹，他坐那儿笑眯眯地看着，抽他的烟，偶尔插上一嘴不咸不淡的话，不抢风头也不扫兴。你完全可以当他不存在，但你绝不能忽略他的存在。有点儿事了，大伙张罗聚聚，总会有人先问，二姐夫去不去？二姐夫没到场，席都不能开，老太太会指使谁，去，到门口迎迎，看他二姐夫走到哪儿了。

那年宋家老五丈夫在外边搞外遇被宋老五逮着了。宋老五在家是老疙瘩，平时娇性（得宠）惯了，家里大大小小都让着她。这下可冲了肺管子了，一下就炸了！两口子打得鸡飞狗跳，全屯子都知道了这点儿破事。眼看事情到了这个地步哪还有回旋余地？这就像小偷一样，你不当场揭发他，兴许他能把东西偷偷还回来，或者慢慢改好，你一下揭了他的老底，他那点儿仅剩的羞耻心也就不用要了，破罐子破摔吧。跟老五男的搞外遇那女的也见了光，名声一臭上百里，四屯八村都知道了。日子没法过了，让她丈夫打回了娘家。这还不算完，宋家五姐妹正准备组队去那女的娘家算账，那家人听说后，也组织了全族的青壮年准备迎战，大战一触即发。农村没什么大事，这就够新鲜的了，这点儿事堪称爆炸性新闻，够村民茶余饭后一年的谈资了。

就在这当口，二两桥打着商量对策的名义，把五家人全召集到自己家，老五虽然别扭，但还是来了。从心里说其实她也并没打算离婚，只是心里憋气，觉得吃了个大亏。事先，二两桥和哥五个做好了工作，统一了口径：亲戚不能散啊，孩子都那么大了，散了跟谁？谁养？……聚会开始时还算平静，说到正题上姐几个就来劲儿了，二姐还好，不太吱声，八成是两口子早统一了意见，那四个跟打了鸡血似的，特别亢奋。看大伙吵吵得差不多了，二两桥慢条斯理地说话了，老疙瘩两口子离婚了跟你们谁家过？站出来我看看。见没人吱声，他又说，常言道家丑不可外扬，你们可倒好，生怕没人知道。是奸还是虎（聪明还是傻）。全屯子瞅热闹，人家除了笑话咱家谁有闲心给你评个对错？这种事，在人家嘴里，有对错吗？听我的，喝了这顿酒，抓紧回家消停过日子。那头要来闹事我们哥五个顶着。

两桥处好了真如亲兄弟，在我的家乡，总有一些人是家里的舵手，但他们并不是家中的父辈或者长子，而仅仅是几两桥的身份，但他们就是能压事。如果你听到谁跟谁说，这事我得回家跟我两桥商量商量，请你千万别意外。

奔儿楼头

在我的家乡有一种信息的传播方式叫"无风不起浪",这种传播方式很久远,大概从有屯子的时候就开始了。为什么会这样,我一个小孩当然整不明白其中的道理,不过消息从来都是在天上飞的,细琢磨,这个说法也是有点儿道理的。假如你有耐心寻着风向观察,总会找到些蛛丝马迹。农村家里外头就那么大一块地方,藏不住事,风从东吹到西不用一袋烟的工夫,从西再刮回来,也就撒泡尿的事,不管你做得多隐秘难保不被看见,何况农村的闲人多呀,没事找事的眼睛也多。今晚上屯西头狗咬得狠,老郑家胖娘们儿正在炕稍休息呢,听着狗叫像被门弓子抽着了似的弹了起来,听、听,卢大明白又出来了。

卢大明白何许人,他是屯里的神汉。卢大明白祖上应该是读书人,他家的仓房和屋里的犄角旮旯总能找到几本没头没尾的线装古书,那里面的字很复杂,是啥,图画的啥,村里人看不懂,公社的干部也认不全,所以抄家的时候红卫兵就没清理干净。卢大明白说,留下也都是引柴用,要拿走你们就拿走。红卫兵对那些破书没兴趣,拿手里翻了翻,除了认得里面的鱼,还不知道说的是些个啥,随手扔一地走了。

卢大明白的本事现在不敢使了,革命不允许搞这套,这叫封建迷信,是"四旧",要破除的,但搁在以前可不是这样。以前谁家出个殡,埋个坟,上个梁,找个东西,算个卦,定个结婚的良辰吉日都得找他,那时候他很吃香,牛气得很,人们看见他都恭恭敬敬地点点头,叫声卢先生。不过卢先生家里的那点儿地倒是荒得够呛,他不会种地,也懒得伺候它们。所以这一不吃香了,他过得就很穷,但还不至于饿着,他那点儿本事尚能供得上嘴,总有人背地里悄悄地找他，活儿当然不能白干，混口吃的还是不成问题的。

卢大明白长得可实在不咋的，最突出的特点是额头大，多大呢？用老郑婆子的话说，下雨不用打伞了。可是我奶不这么认为，她说这样的人脑子好使。卢大明白瘦弱的身子扛着个大脑袋，脑袋顶着个大奔儿楼，你想想能好看吗。再加上他的出身不好，所以四十好几也没说上个老婆，他倒也不着急，他不在乎这个。屯子里的人说他到哪儿都不缺相好的，十里八村跟他有一腿的女人多了去了，恐怕连他自己都叫不全对方的名字。这话八成是真的，他吃香那些年手里宽绰，他老哥一个，也不攒钱，随挣随花，人也大方，随手散出去的钱财不在少数。那时候人们都困难啊，见不着啥好处，所以上赶着往他身上贴的女人不是没有。

卢大明白的邻居是个孤老婆子，姓姚，老婆子的儿子是木匠，五年前干活儿的时候被掉下来的房梁压折了腰，瘫在炕上两年，媳妇跟人跑了，扔下个三岁的女孩儿。老姚婆子一手拉着孩子一手伺候瘫痪儿子，过得艰难。卢大明白时常帮衬她们娘仨，手头有钱就想着塞给老姚婆子孙女，有好吃的也喊孩子来拿。小姑娘一口一个卢大爷叫得比亲闺女还亲，卢大明白喜欢这没妈的孩子，出门总想着给孩子买几块糖，包根儿麻花、面包啥的。没过两年，孩子瘫痪在床的爹走了，姚木匠是个要强的爷们，看着老娘端屎端尿地伺候自己，他越想越上火，活活窝囊死了。卢大明白没用老太太伸一手，亲自操办了她儿子的丧事，一分钱没要还倒搭了不少，屯子人看在眼里无不暗自竖大拇哥，夸这小子是号人物。于是就又有人传了，说他爷爷那辈是秀才，做过县丞，说得有鼻有眼。所以卢大明白的名声并不坏，怎么讲呢，这是一个很有争议的人。

腊月小年那天，老姚婆子包了酸菜馅饺子，叫孩子喊她卢大爷来家吃。吃完饺子三口人坐炕上嗑瓜子，老太太说，"她大爷，最近我咋看你没精神呢？"咋的，没活儿干吗？她们两家处得比亲戚都近，说啥话不避讳。卢大明白也不瞒她，说，"干啥活儿呀，一天到晚八百双眼睛盯着你。"老太太说，

"可真是的，眼瞅来到年了，可别惹出点儿啥事，没事，过年就在婶儿家，婶儿有啥咱娘仨吃啥。"随即又神秘地说，"我听前街（这里念：gāi）她郑婶说，你给老韩太太家算那卦成准了，连她儿子是从哪个方向来的你都算出来了，真假呀？"大明白嗤了一声，说，"那天下雪，刮的西风，他大襟上都是雪，后背却一点儿没有，不是从东面来的还能从哪儿来。""哦！"老太太恍然大悟。"那你怎么知道他是给他老娘算卦呢？"老太太跟着问。"他是个孝子，全屯子都有名，他爹没得早，没那时候还是我给发送的，他和我一样，连个老婆都没说上，我从他兜里看见半截药方，你说他大雪嚎天的，不是来给他老娘看病来的，能来干啥吧。"

农村的夜晚可比城里黑多了，第一次到农村的人，在外面黑灯瞎火的连自己鼻子都找不着。但卢大明白没事，他走夜道走惯了，干他这活儿，十回有八回是夜里行动。这天他草草吃了口剩饭，看时候尚早，躺凉炕上休息一会儿。没老婆的日子不好过呀，冷锅冷灶，长夜漫漫。大明白想到宋老三晌午又打发孩子来找他，说他娘脑瓜子疼得厉害，请他晚上过去看看。大明白一听就明白了，这是又憋不住了。这女人真行，眼瞅着在城里落脚的爷们就要回来过年了也不说消停消停，他答应了一声，打发孩子走了。自己兴致勃勃地哼起了曲。

"一更那个里呀，月照花墙，小奴家我好悲伤啊……"

屯子西头的狗咬了起来，一家，两家，三四家，咬成一片……，这该死的东西。老郑婆子神秘地笑了。

半吊子

　　老姚婆子的木匠儿子给学校上梁的时候把腰砸坏了。这事一下就传开了。有人就说了，别看他小子一天天能的，其实还没出徒，是个半吊子。这里的"半吊子"说的是半会不会的意思。姚木匠师傅给我家打过炕琴，我看见他干木匠活儿，一只眼睁着，一只眼闭着，相看一块木头。木匠管这叫吊线，那样子很牛，耳朵上别根铅笔，大黄牙咬根冒烟的烟卷，信心十足，威风八面。

　　姚木匠跟师傅干了五年，打三年小工，干两年大工，慢慢觉得自己行了，师傅那点儿手艺来来回回也就那么回事，可是他始终不得施展，永远只能跟在师傅屁股后头当助手。这让他很憋屈，一来二去就生出了怨气，觉得师傅这是使唤他，只叫他干活儿不让他出山。平时干活儿的时候手轻手重地多多少少就流露出点儿情绪，师傅啥事不明白呀，他早看出来了，但没吱声。

　　这天学校来找他师傅盖学生宿舍，师傅一口答应下来，给来人挎兜里塞了盒迎春烟，笑呵呵地把人打发走了。晌午吃饭的时候师傅跟姚木匠说，我这两天有点儿不舒服，这样吧，学校这活儿你领你师弟们去。姚木匠一听当然高兴了，谢过师傅，欢天喜地地收拾工具去了。

　　中学的宿舍翻盖，之前的土房使不少年了，这回县教育局给笔专款，盖砖的。这可是不小的事，乡里除了供销社和政府也没几间砖房。于是选个吉日，放通鞭炮，热热闹闹地开工了。

　　工地上泥瓦匠、石匠、木匠各行业协同作战，倒也井井有条。姚木匠背个手，一会儿看看这儿，一会儿看看那儿，心里高兴，感到一种从未拥有过的满足。眼瞅着要上梁了，有个师弟眼尖，怎么看怎么觉得不对劲儿，心里拿捏不定，于是暗地里就小声和师兄合计，说："哥，我咋越瞅越觉得不对呢，按眼下这尺寸，咱那梁能够长吗？柱子能够高吗？"姚木匠看了看他，顿了顿说："咋？你还信不过我，那都是我亲自下的料，怎么会差呢。干你的活儿吧？"他嘴里这么说，心里却留了个心眼儿，重新量一下尺，这一细计算心里一紧，大感不妙，大梁留短了不说，立柱也不够长。

学生宿舍是通长的筒子房，大伙住的是通铺，一间宿舍里要四根柱子撑着房梁，这要是撑不住那还得了。姚木匠慌得脑门子汗唰地就下来了。怎么办，不能眼瞅着坏了呀！赶紧回去请师傅吧。他瞅准一个没人的档口，撒腿就往师傅家蹽。师傅正在家吃晌午饭呢，小炕桌上摆着一盘鱼，放着一壶酒，老爷子这哪里是不舒服啊，分明就是躲清闲，考验他呢。可是姚木匠顾不上这些了，慌慌张张地把情况跟师傅学了一遍。他原想师傅还不得劈头盖脸骂他一顿啊，骂就骂吧，谁叫自己学艺不精呢。可是等了半天师傅也没说话，老头坐在炕上慢条斯理地喝他的酒，还让姚木匠也一块吃，工程的事只字不提。这可把姚木匠急坏了，前边还等着他拿主意呢，这怎么敢耽搁呢，他真想背起师傅就走，可是哪敢造次啊，汗顺着他脸蛋子往下淌。师傅也不吱声，抬腿下了地，奔外屋去了，也没拄拐棍。姚木匠一看，师傅这是故意不办。这可要了命了。这工夫他忽然发现师傅的拐棍被他戳在一块顶门石头上了，他临出门前还特意这么放一下。啊！姚木匠一下就懂了，老头这是在教自己呢！他再一看，桌上的鱼嘴里被师傅插了根筷子。这下他全明白了。

回到工地，看大伙都等着他发号施令呢，他故意打个饱嗝，说自己回家吃晌午饭去了。大伙嘴上没说，心里寻思，你可真能装蒜，活儿没见干咋地，派头倒是拿捏得比师傅还大。听他的吧，谁让人家是领头的呢。姚木匠叫石匠做四块石鼓，让师弟们悬两条龙嘴木鱼，大伙听他的吩咐全去准备了。上梁开始，校领导问他，"姚师傅，这柱子底下垫四块石鼓干什么？"他说，"这是基础，咱学校是打基础的地方，基础不牢，地动山摇。这一是提醒学生们练好基本功，二是防止地面年久下沉。"领导一听不禁高看了姚木匠好几眼，心想这小子可以啊！又问，"那两条木鱼呢？"这时语气中就有些谦虚了。姚木匠一笑，说，"栋梁之材必须是人中龙凤，我们盖的这间是男生宿舍，当然取龙叼栋了。"校领导脸上腾地一红，自己身为教育领导，竟然不如一个木匠有文化。

工程进行得很顺利，一切有条不紊，严丝合缝。就在完工的时候，所有人都撤了出去，等着放炮仗庆祝。姚木匠总感觉哪里不对，好像什么东西落梁上了，就在他回屋左看右看之时，最东边尾巴含龙嘴里的那根梁从龙口滚落下来，他躲过了脑袋，没躲过屁股，耳骨里就听咔嚓一声，姚木匠心说坏了，腰折了。这一刻，他猛然发现了问题的所在，龙嘴里缺了根榫头，大梁上少了个卯眼，榫卯咬千斤，他光顾高兴了，怎么把这个茬儿给忘了。师傅啊，你老人家还是留了一手，你教了我方法，却没告诉我办法！这也不能怪您，要怪也只能怪我自己学艺不精呀。

果匣子

正月里，我们乡下最忙的事就是串门子，也有说这是走亲戚。平常没时间走动的亲戚，七大姑八大姨的、有点儿交情的人家都得去，你上他家去，他上你家来，来来往往鸡飞狗跳，不胜其烦。其时正值正月里，家家都有好吃的，实在亲戚来了，留下吃顿饭，喝顿酒，嗑点儿瓜子，含块水果糖，喝口茶水，太阳不早了就抬屁股走了。这时候主人家不管真假也得留留，眼瞅客人走到院门口了，赶紧说，"你看，忙啥的呀，不干啥晌午在这儿呗，跟你大哥喝两盅。"

大过年串门子哪有空手去的呀！我小时候那会时兴拎两盒果匣子。现在的孩子不知道啥是果匣子，现在的糕点多，多得都叫不上名字，什么中国的外国的，花花绿绿啥样的没有。过去可不行，别说外国的，就是中国的来来回回也就那么几样。掀开一匣果子，里面通常是这几样配置：牛舌饼、枣泥条、杂拌、炉果、槽子糕、玫瑰饼、萨其马、桃酥，俗称八样礼。每个都是什么味儿的？总的来说，甜、香、硬，怎么还硬呢？你想想，一匣果子走一正月，从你家去了我家，我家去了他家，能不硬吗！摸一块硬得都硌牙。

那时候的果匣子通常是这样的，皮上写着节日礼品、四季糕点、北京糕点的字样，也有光是大红喜字的，通常画着嫦娥、寿星、寿桃、龙、凤、梅花鹿或者喜鹊。讲究点儿的果匣子盒挺实，那是因为纸壳厚，一般的都很软，盒上蒙着一张画纸，绑着纸绳，铁盒的也有，那可就高级了，这样的盒子能摆柜盖上好几年，至于铁盒子里面的东西嘛，我是从来没尝过。

果子最好的要数天津和北京的，什么稻香村啊、桂顺斋啊，还有许多叫什么什么斋的，实在记不住了。有很多打着这些大牌子名的本地货，从包装上就能看出差别，本地的果匣子看上去没有外地的好看。不过本地货归本地货，食材却不掺假，那时候不兴掺假，一是一，二是二，可能在用料上比大牌子还足，只是工艺没人家的好，口感上或许差了些，谁知道呢，那时候有几个细品过果匣子的人家啊。吃不起。

那年我和我老姐跟着我妈去一个婶子家串门，我妈手上拎着的就是这样一对果匣子，那是大舅母和表弟上我们家串门拎来的，这对果匣子是天津什么斋的，瞅着就特别好。那个婶子没少帮我妈看病，我妈总觉着欠人家人情，就把这对果匣子拎上了。

这家的老疙瘩和我同龄，正是嘴馋皮子痒的年龄，看见这两匣果子立马就走不动道了，转圈围着摇晃，手指头都伸嘴里了。那婶子心明白地知道他要干啥，只是不好说，又没法打开匣子让他吃，就一个劲儿让他和我出去玩，可是我们咋走得动呢？我心里的小九九是万一匣子打开了，我不就可以吃上一块半块的吗？我妈也看出了我的心思，也帮着婶子往外攉我们，让我们出去看看炮仗，瞅瞅灯笼，哄哄鸡，可我就是不走。忽然胳膊上针扎得一样疼，我"妈呀"一声，从我妈手里挣脱出来，是她在暗中掐我。不知道是委屈还是馋的，我不禁哇地哭了出来。

那婶子打开了匣子盒，打里面捏出几个杂拌，那杂拌有白的、有绿的还有像橘子瓣一样黄的，上面都结着晶莹的霜花，婶子捏的时候不小心从上面滑落下很多颗白霜。她给我和她家老疙瘩一人两颗，我姐也捞着一颗。我不知道该不该接着，抬头看我妈，我妈的脸通红，样子像笑也像生气，婶子不管她说不说话，硬塞在我和我姐手上，说吃吧，吃吧，匣子不就是吃的嘛。

我和那小子的杂拌三口两口就吃没了，老姐的那颗还在她嘴边沾着，她在小心地舔着上面的霜，我知道，那霜是杂拌最甜的部分，比白糖还甜。它就像一场雪，漫天飞舞的雪，覆盖了那年春节。

稀罕

天气渐渐热起来，晌午没到，日头就变着法地烤，圈里的猪都懒得叫，在墙根拱出一溜沟，把脸埋在土里面呼呼大睡，这些家伙倒容易满足，鼻子底下那点儿新土藏着的清凉就够它们做个美梦了。我奶稀罕这两头猪，伺候它俩比对那些鸡鸭鹅狗要上心多了，她指望这俩家伙年底下给她出钱呢。一头猪除了卖肉，自己还能剩下头蹄下水，熬两坛子油够一年用的了，论这个贡献，它俩自然是比其他家畜大得多。

农村人重视眼么前的，也看长远的，对人尤其这样。

肖婶的亲家是山后吴家的吴庆龙，两家人家可以说门当户对，日子过得在各自的屯子都算好的。肖婶家三个小子，一个和我差不多大，那两个儿子都能干活儿了，肖叔在大队上当会计，记工分的，手里有点儿实权，家中唯一的闺女也给整到果树场工作去了。果树场相对下地干农活儿要轻松得多，夏天没那么晒。我大姐也在那，我看过她们干活儿，一群人在一片树荫下背着个大壶来回走，大壶上连着个细棍，细棍头上能滋水，她们一边走一边用细棍往树叶上喷波尔多液。我觉得这个活儿小孩儿也能干，与其说这是劳动，它更像是在玩儿。可是我姐不让我碰那桶，她说那桶里的药有毒，会毒人。老吴家的三个闺女都在渔场上班，她家是渔场农业队的，不养鱼，种地，但也挣钱，渔场是国营的，她们属于国营工人。吴庆龙是渔场老人，打鱼摸虾不耽误庄稼，各样把式都在行，他在农业队上的三队当队长。

　　吴庆龙稀罕小子，连带着稀罕他未来的女婿。肖家老大一来，他就想方设法把闺女叫回来，让老伴做吃的，完事自己就溜到江沿儿去趸摸鱼了，吃饭的时候准能加个菜——鲶鱼炖茄子。说话间两个孩子就要定日子了，老吴家没大说道，老肖家准备得也周全，亲家坐一起喝两盅酒就把事定了。可是事有不巧，眼瞅着好事近了，肖会计忽然病倒了，身上长蛇盘疮，后背上通红一溜小泡，疼得他吃不下喝不下，身上的汗衫都嫌碍事，一磨一碰钻心疼。肖家十里八村的大夫都看了，县里的大医院也去了，正方、偏方全往身上用，抹得满屋子药膏味儿，可就是不见好。听说这个病要是那疮长到两边合拢就得死，一时间，肖家愁眉不展。

　　老子这一病，儿子的婚事只得暂时搁一搁了。肖叔的疮直到上秋也没好，反倒是由于着急上火越来越严重，什么活儿干不成不说，会计的差事也丢了，家里只出不进，为了给他看病，负担一天比一天重。肖家老大再去吴家的时候，吴庆龙就没有那么热情了，面上多多少少有点儿尴尬，坐炕上冷落地都没啥话说。说啥呀？搁谁家谁都得琢磨琢磨，家里躺炕上个病人，谁愿意让姑娘一进门就伺候人哪。可是这话又不好明说。但吴家大姐没嫌弃老肖家，肖老大一来，她就前后张罗着，唯恐老大不自在。老两口一看这不要坏了吗，急得嘴起一溜火泡，姑娘大了不中留啊，这哪管得住呢。肖老大也会来事，三天两头地往这儿跑。一口一个爹娘的管老吴头老吴太太叫着，全渔场都知道他是这家姑爷子了，这可怎么整。

吴大姐真是好样的，不光模样俊，心眼儿也好使，怎么优点都叫她一个人占了呢！肖家真是祖辈积德了。瞅着新媳妇出来进去地伺候公爹，又是脓又是血的，一点儿都不膈应，乡亲们羡慕得不得了，说，"瞅瞅人家那媳妇，这日子还有过不好的！"那时候肖叔被一个过路的行脚道士用针扎着放血，身上扎稀烂，脓疮黑血直淌，说也神奇，不过半月，竟然见好，创面没那么怕疼不说，创口还结层痂。这可真是苦尽甘来呀。肖婶把这一切都归功于娶了个好儿媳妇。肖家一片乌云散了，日子日渐好转。这年腊月，吴大姐的爹得了中风，躺炕上人搁人放，话都说不清楚，眼看来到年了，家里冷锅冷灶的啥都没有，把老吴太太愁得哭天抹泪。肖叔让老大去吴家把老丈人一家接来，一块过。说，"你们小两口就是伺候老人的命，认了吧，这也是给自己积德。"吴大姐啥话没说，眼里全是泪，强忍着不叫它落下来。这是个刚强女子。

我奶说，"老话讲得好啊，穷不扎根儿，富不打籽。人得看长远，不能看一时。"吴大姐是明白人，也是厚道人。这样的人在我的家乡不少见。

打圈、反群

猪打圈、羊反群是个反常现象，但也是正常现象。

春天来了，平时蔫头耷脑的畜生不知道打哪儿来的精神头，变得躁动不安，横踢马槽子。猪在圈里转着圈地拱，马动不动就尥蹶子，驴抻着脖子突然就一顿长嚎，两只山羊在羊圈抵死相拼，头上的角都干折了，血流不止，还在那蓄势冲锋，它们一点儿都不在乎那点儿疼，彼此毫无退让之意，而且还因为这样的拼斗变得异常兴奋。大好的春光啊，不仅草木发芽，全屯子都流动着荷尔蒙的气息。这句话是不是有点儿眼熟，好像在动物世界里听过吧，但他说的可是个真事。

动物们苦熬了一冬，吃干草，啃雪窠子，放蔫屁，每天处在半饱的饥饿状态中，自然是没心情想别的。你见过哪个猫是在寒冷的冬夜叫春的吗？叫春叫春，春代表了一个季节。也就是说，春天是有特定条件的。春天阳气上升，青草发芽，万物生长。饱暖思淫欲，不光人，动物也一样。同时春还是个分界线，那些小崽子不存在这个问题，比方说我就不明白，我老姐她们整天叽叽喳喳嘀咕些啥，我还没上学，她和她的那些中学同学们已经开始互相往眼眉上蹭烧过的火柴棒了。

我家的那只大狸猫整夜不归，一到傍晚不知道从山上还是谁家房上就传来猫叫，那叫声和小孩哭差不多，听得人心里直哆嗦。大狸猫听着动静立刻就消失了踪影。这种事你是根本拦不住的。鸡憋急了要下蛋，你不让它下行吗？它会到处拉拉，把蛋下到柴火垛或者园子的什么地方。猫狗也是，到了交配的季节，扯都扯不开。有小孩儿在巷子里发现两条狗尾巴缠在一起了，就拿棍子打，这时候再厉害的狗也失去了战斗力，任凭你打、骂就是不分开。不知道人是怎么回事，看见这样的情况总想横插一杠子，似乎在替天行道，替狗害臊。其实这关你什么事呢，这不正是天伦、人伦吗？！全屯子都在干这点儿事，无非是一个遮着掩着，一个无所顾忌。

那天，树北来放映队了，据说演的是新电影，我现在还真真切切地记得那个电影的名字《望乡》，还听说那里面的男的女的又搂又抱，还亲嘴，这就更加刺激了我的姐姐们那早就按捺不住的激动心情了，一时间这个消息在十里八乡炸开了锅。天还没到晌午，二姐一帮，老姐一帮，就开始了各自计划看电影的行动，她们的兴趣似乎并不在电影上，而是在去树北看电影的这件事上。树北离我家有几十里地，夜路要结伴同行，如此一来，姑娘、小子、娘们儿、爷们儿就有了平时难得一遇的同行机会。那还是一个相对保守的年代，这样的机会很少，但是越是保守，突破保守的力量就越是强大，它就好比一个长大了的脓包，势必要出头。在乡下有那么一句话：是疖子早晚得出头。我觉得这和鸡下蛋、狗发情、猫叫春、猪拱圈、马反群本质上毫无区别。

　　一路上，大姑娘叽叽喳喳地说着一点儿都不好笑的笑话，手挽着手结成一个个牢不可破的阵营，其实阵营中每个人的眼睛都在暗夜里四处寻找，寻找自己那个心仪的对象，或者黑暗中那双望向这边的眼睛。看到对方也在人群里四处寻找，不知道队伍里谁忽然笑得很大很尖的一声，引得男孩们齐刷刷地望过来，于是对上了眼睛的两个人总算接上了头。比起大姑娘，我老姐这些小姑娘就开放得多，她们还处在懵懵懂懂的年龄，有颗种子才要发芽，在心里拱得慌，却还不知道它到底长个啥样。她们甚至约起一伙男生同行，大家一路上有说有笑，赶集似的。少年的心到底还是更干脆一些，少了些试探，多了些纯粹。最有趣的就是妇女军团了，她们根本不管这些那些，一路上全是荤笑话，比赛着谁更放肆，好像不扯点儿够刺激的都不解恨，都对不起这个晚上。老爷们儿根本不敢往她们跟前儿凑，要是一不小心给她们谁逮住了，她们敢把你裤子扒下来。这是群如狼似虎的女人。女人真是个奇怪的动物，她们小的时候柔弱，大点儿了腼腆，结婚之后就变得不管不顾，敢当着众人的面奶孩子，到她们老了那天，又谁也没她们说道多、好脸面。这个社会从没偏心过她们，但正是她们孕育了这个社会。

　　我在春天的大路上跑呀跑呀，青草窠里虫鸣如唱，路边的树趟子散发出醉人的清香，月亮就挂在其中一棵树的上面。我东瞅瞅、西望望，老姐们不愿意理我，嫌我绊脚；二姐们更不可能带我，嫌我埋汰。我只能跑回妈妈她们这伙中年妇女的大军中，随人流前行。妈妈她们是人群中真正来看电影的人，她们放下手里忙不完的活计，满怀期待投入这无尽的夜色，只为瞅上一眼那块会说话的银幕里别人的生活。直到电影散场，人群纷纷踏上往家赶的路，我趴在她的背上，还隐约听见她们在谈论着电影里的镜头。那时，月亮比来的时候大了一倍，来的时候它是碗口，回去的时候月亮变成了盘子，而那条回家的路像是起伏的乐章。

那生生不息的春天啊。

虎了吧唧

虎了吧唧不是一句好话，它是说一个人，莽撞，脑子不灵光，可以说是笨。但虎了吧唧和傻绝对是两码事，你可以说一个人虎但不能说这个人是傻子。傻是虎的升级版，上升到傻这个人就基本没救了。量化一下是这样：虎，脑袋好像少了根儿筋；傻，七窍通了六窍，有一窍不通。

我们屯子老林二迷糊，生得一身好力气，脱坯、抹房子、扛麻袋一个顶两个。宽肩膀上顶着个秃脑瓜蛋子，不怕热不怕冻。半道上遇见了，你说，"干啥去二迷糊？""老郝家杀猪呢，我去帮个忙，吃顿猪肉。"这种人不傻，但干啥事不拐弯，直不笼统的，让人十分无奈。就说老郝家杀猪这个事，人家也没请他，他不管，听说了就去，见着活儿就干，人家说，"这儿不用你，二迷糊，你进屋吧。"他就往屋里一坐，拿烟就抽，抓把瓜子就嗑。主人家也不好说他啥，都一个屯子住着，怎么往外撵呢？可是你不撵，他真不走。

有人给二迷糊出不好的主意，说二迷糊你托郑婶给你说和说和，"老宋家老丫头长得多俊啊，让她帮你介绍个对象。"这二迷糊虎啊，就真信了，非作他妈给张罗钱托媒说媳妇。他妈哭笑不得，问他，"说的是谁家丫头啊？""老宋家老五。"他妈说："儿呀，你疯了吗？人家能看上咱吗！这是哪个王八羔子祸害我儿呀，出这么个损主意。"二迷糊妈说啥也不给他钱，可是二迷糊不死心，最后还是去找老郑婆子了，说，"婶子，你要是给我去说和了，你叫我干啥活儿都行，我给你家脱坯，脱一千块坯。"老郑婆子说，"你知道一千是多少吗，傻小子。"但终是拧不过他，也看在坯的份上还是去了。果不出所料，老宋还没等郑大娘把话说完就气哆嗦了，嘴唇子黢青，说，"她郑婶你把我老宋家姑娘当啥人了，嫁不出去吗？他林二迷糊全屯子都知道，不是个正常人，你咋寻思开的口呢！"郑大娘心明镜似的得挨顿呲，也没往心里去，半红脸走了。可是她问心无愧，做媒婆的得尊重这个行业，啥都得应承，一家女百家求，哪有那么多相应不相应的。这也是这个行业的职业规矩。

虎了吧唧有时候也用在一个人埋汰另一个人上，说，"那小子啊，我知道，一天天虎了吧唧的。"其实说别人虎的那个人多半自己都不怎么聪明。真正聪明的人看起来似乎都有点儿虎，不有句话叫大智若愚嘛，说的就是有大智慧的人，看着都有点儿笨，反倒是瞅着鬼尖鬼灵的，净做些傻事，这叫耍小聪明。人生是一个漫长的旅程，眼下的事算不算得上一站地，不好说。未来谁也不知道走到哪。所以凡事笨一点儿、慢一点儿不见得就是坏事。常言还说过：路遥知马力，日久见人心。老林二迷糊虎了吧唧的但不招人烦，他是虎不是坏，啥事你要和他说明白了就出不了多大差错，就怕你掖着藏着当面不说、背后讲究。对这种人有话明说，最合适不过。老郝婆子说，"二迷糊啊，你回家吧，郝婶家今天中午有客，改天你来，婶给你做猪肉炖粉条子。"他保准抬屁股就走，还不带生气挑礼的。

后来二迷糊和生产队车老板子的寡妇妹子过到一起了。寡妇从山东领俩孩子奔东北逃荒来了，暂时寄住在她哥哥这儿。这个事还得感谢郑大娘，她觉得寡妇和二迷糊俩人靠谱，两下这么一说和，还真成了。后来两口子日子过得正经挺好，地里、院里、屋里夫唱妇随从不急眼，从不拌嘴，转年还有了个小小子。小小子虎头虎脑眼珠黢黑，他奶逢人就说，那孩子成聪明了。

咋整的

二赖子的鼻子被我用向日葵秆打出血了，坐在地上就开号。我们玩八路军抓鬼子，他是鬼子，打他能咋地，八路军不能败给鬼子呀。这小子哭着跑回家，一道上血还不断顺手指缝往下滴答，指定回家告状去了。二赖子干别的不行，告状第一名，不管在学校、在家还是在这帮小伙伴里，嘴成欠（嘴没把门的）了。该！咋没打死他呢，臭鬼子，哭巴精。

果然，没一会儿，他妈领着抽抽啼啼的二赖子找来了，一边走还一边喊，谁给我们打这样啊？啊？这不明知故问吗，她儿子回家能不说是谁打的吗。再说了，他十回有八回是因为我哭的，这都不用问，净装。我知道，她这是想吵吵一顿把我妈我奶她们谁惊动出来，好给她赔不是。几个小孩儿玩儿的事，不小心碰坏了鼻子，这能怨着谁呀，她可真行。没办法，让她喊吧，谁让我把人鼻子打出血了呢。二赖子妈成能护犊子了，啥事不分个对错，只要孩子吃亏指定亲自上阵，这都成习惯了，也不知道她能护到什么时候。假如有一天二赖子七八十了，她都躺坟里了，二赖子吃亏了，她还能从里面蹦出来吗。想到这儿，我不禁笑了。

二赖子妈看见我竟然笑起来了，再也憋不住了，径直冲我冲了过来，那阵势，好像要替他儿子打回来似的。我人小势微给她带动得往后直躲。二赖子他妈说，"小风，是不是你，是不是你？看你还有脸笑，咋整的给打这样，手也太黑了吧你这孩子，这么小就这样，长大了得出息个啥？还不得当土匪啊？"

我哪能吵吵过她呀，再说耳朵还被揪着呢！这时，站在边上看热闹的我邻居二姐说话了，她说："你干啥呀婶儿，小孩儿玩儿，你大人咋还伸手呢。这样以后谁还敢跟你儿子玩了"。你就说二赖子妈该有多不讲理吧，谁说话冲谁来，听我二姐这么说，她一双眼睛斗鸡似的立刻盯上了我二姐。"小丫头片子，有你啥事，一天净跟一帮小子厮混，你妈也不说管管你，看长大了谁家要你。"我二姐没比我大几岁，凭空挨她一顿说，顿时也慌了阵脚，嘴巴张了好几次也没还上一句话，她一个小孩儿哪里是二赖子妈对手啊，一气之下撒腿就往我家跑。我知道，她指定找我奶去了。

没一会儿，我奶就上来了，她脚小，走不快，但声音先到了，"他婶子，他婶子，咋整的，孩子鼻子没事吧。"二赖子妈见目的达到，手也松开了我耳朵，整理整理衣大襟，捋两把头发，准备迎战我奶。我知道，一场新的较量要开始了，我还能猜到结果，十有八九我奶胜。二赖子妈把二赖子往我奶怀里一推，说，"你瞅瞅吧，看让你孙子给打的，鼻子一直淌血。你说咋整（这里的咋整因为场合和语气的不同，变成了怎么办的意思。）吧。"我奶一把搂过二赖子，手摸索着他的头发，"快让大姥看看，疼不疼，还疼不疼了。"二赖子其实早就不疼了，鼻血也被一卷卫生纸堵着，流出的部分已经定了嘎巴。他迷茫地看向他妈，不知道该说疼还是不疼。我奶不待他说话，冲我说，"你个熊孩子，手没深没浅的，看回家我不打死你。"完了又笑呵呵跟二赖子妈说，"他婶啊，下回你搂他打他屁股，那抗打，别揪耳朵，小孩肉嫩，万一揪下来，还不够喝一壶的，不值个儿。"

一场孩子间的冲突，因为大人的参与变了味道，最后以一个老人的轻描淡写宣告结束。我奶在我们屯子一个是年纪大，最重要的是讲理，在家里，在外头，从来不胡搅蛮缠，所以差不多的人家都恭敬着。我的家乡向来有尊敬老人的风气，这一点对我影响很深。不过也有那不拿事的大人和老人，不论大事小事，听风就是雨，见仗就往上冲，结果不大点儿小事，给她们弄得急头白脸、鸡飞狗跳，最后上升为大打出手，为此结了仇的也不在少数。农村就这样，人情社会，讲情不讲理，日子里头没大事，大政方针不归你管，人生命运由不得自己说了算，你能管什么呢！所以鸡毛蒜皮也成了天那么大的事，而婚丧嫁娶也不过人生常态罢了。

　　"咋整的"是生活的一种常态，闺女从婆家跑回来了，披头散发。娘家妈要问，"这脸咋整的呀？"闺女说，"吴老二（她家男人）打我，他妈也伸手了。"呜呜哭。娘家妈一看这情况，没了主意，拿眼瞅闺女他爹，"老头子，你看这咋整吧？"老头要明事理就把亲家找家来说道说道，要不压事的，带着闺女儿子老伴杀过去，一场夫妻矛盾就演化成家族大战，这种情况并不鲜见。有时"咋整的"这句话还带有感叹的意思，谁家日子过得好，眼瞅着蒸蒸日上，有人背地里就说了，"一样的日子，人家是咋整的呢？"这里的"咋整的"又是怎么做到的意思了。一晃几十年过去了，不知道我乡亲们的日子都是咋整的，真想回去看看二赖子她们母子，如果他家婶还健在的话，应该有小九十了，她比我妈小。

艮不溜丢的

　　这个词用在人身上，代表一种性格和脾气，或者说是一种处事态度，形容一个人不好办事，不太开通，油盐不进，或者性子上来得比较慢。和这个词相对应的词是嘎巴溜丢脆（爽快、利索）。要是用在食物上，意思就说这东西有韧性，不脆，但抗咬。无论用在人还是物上，艮不溜丢的都不是什么坏话，人艮看跟谁，分啥事；物艮嚼着有滋味，有的人就爱吃些筋头巴脑的，香。但它也不见得是什么好话，艮人没什么朋友，世上少有和一个不开通的人做朋友的，急人，累得慌。艮不溜丢的东西吃着费劲，没一副好牙口咬不动，没耐心也不行。这就看每个人的喜好了，所以这是一个中性词。

付丽华是我二姐同学，俩人成好了，她家条件好，她爸是乡上的干部，当时我不知道那是多大的官，现在回想起来应该是乡长或者书记之类的吧。但她不愿意回家，乐意在我家混，跟我们一块喝苞米糁子粥、啃咸菜瓜子。还有一个叫徐薇的姐，家也是外地的，在中学住校。我二姐她们仨经常来家里，在这儿吃，有时也在我家炕上挤着住。

我大哥大姐高中毕业之后都在生产队上干活儿，挣工分，我哥挣满分，我姐挣半个工。我姐个子矮，还瘦，但她能干，不比男的干得少，她还要强，干啥还利索。和艮不溜丢的刚好相反，我姐说话都嘎巴溜丢脆。左邻右舍的大娘、婶子都夸，桂琴那丫头将来不知道说给个啥样人家。我爸妈看她小小年纪身体还单薄就早早地下地干活儿了，心疼，可是又没办法，家家不都这样吗，搁家里也养不起啊。说也凑巧，偏赶上这年林场招工，我爸就给她报上名了，报完也没敢跟我姐说，寻思着十有八九是去不上的。总共才要那么几个，还不得先可有背景的孩子先来呀，最不济也得先可男的吧，所以报完也就把这事搁一边了。哥哥姐姐照常下地干活儿，早起割猪毛菜，晚上收工回来薅满满登登一筐苋菜，大姐并不觉得多累、多苦。现在我敢这么说了：生活对一个强者来说从来没有不公平，只有幸运，而这幸运又往往不是自己争取来的。

林场招工竞争果然激烈，我哥的一个同学家里和付丽华家有亲戚，他爸跟付丽华他爸也不是怎么个两姨兄弟，不算远。快张榜公布的时候，我哥这个同学信心满满地等着去林场上班了，那两天下地干活儿都不咋干了，社员们就逗他，说，"二林子，你得请客啊，要高飞了，飞出咱这块地了，二林子你回家叫你爸帮我家你老妹也说说呗，看还有没有招工机会，要是成了我请你喝酒。"二林子鬼尖鬼灵地说，"拉倒吧，我哪有那能耐。"嘴上虽然这么说，脸上却毫不掩饰心中的喜悦。谁承想呢，招工名单下来那天，竟然没有他，但却有我大姐。这可真是邪了门了。

二林子跟他爹争执不休，非要他爹找他叔问问因为啥。他爹给他逼得一着急，伸手就扇他一撇子，说，"要找你自己去，你那老叔比芥菜疙瘩还艮，谁能整得了他。"二林子他妈不愿意了，说，"你没能耐就没能耐，打孩子干什么玩意儿呢。"回头自己叹了口气又说，"他老叔也真够一说，帮外人的忙，不管自己家亲戚。"因为二林子这个事，两家人好些年没来往，见了面虽不至于吵吵，但见面也不说话，形同路人。

这事不光二林子妈纳闷，我家也纳闷，这可是天上掉馅饼的好事啊。幸福总是来得那么突然，对于一个普通的农家院，生活的全部希望恐怕就在这不期而遇的幸福里了，除此之外，还有什么能让人更高兴的吗。还是我姐聪明，那天赶上没人的时候，她拉住付丽华说："姐，谢谢你啊，回家替我跟你爸说，我们家一辈子都忘不了他的好。"付丽华说，"大姐你说啥呢，谢我干啥，你多优秀啊，上个破林场我都觉得你屈才了，你应该上大学。说完笑着跑开了。"

邪乎

渔场新来的这个场长邪乎，没用多长时间就把偷鱼的风给刹住了。这里"邪乎"的意思就是说一个人厉害，有手段。

国营渔场不是小单位，农业队、渔业队、办公室，加起来好几百人。职工大多都在本地住，分布在嫩江以西沿岸的村落。不管是渔场的职工还是当地普通农民都会点儿打鱼摸虾的本事，自古靠水吃水嘛，这里的人平时吃个鱼、打个鱼是平常事，没谁把这当能耐。那时候的鱼也多，春天一开化，那鱼，大的小的、长的短的、圆的扁的，长牙的没牙的，有鳞的没鳞的……乌泱乌泱（形容很多）的，分不清个数。这里我就不一一介绍了，反正你听说过的三花五罗十八子这条江全都有。不吹牛地说，我小的时候吃鱼都得挑着吃，看不上眼的鱼喂鸡、喂鸭、喂猪。让我不明白的是为什么后来鱼就渐渐没了呢，甚至有些鱼干脆绝种了！可能有生物进化的因素，可是那么多鱼怎么像说好了似的，一夜之间全不见了踪迹，当然我说的这一夜可能有点儿长，但是和这条大河相比，我那短短的十几年算什么呀？连一夜都算不上。它们的消失不应该是因为过度捕捞造成的，常言说，鱼过千层网，网网都有鱼。老话讲，千年的草籽，万年的鱼子，有水就有鱼，鱼怎么可能打没呢？鱼的成活和休息也是凭它们自己的心情吗？高兴我就活过来，不愿意我就埋土里睡。但愿它们是游玩得累了，有朝一日还会醒来。这个深刻的课题我们就不讨论了，留待有兴趣的人去研究吧。

话说鱼多，可渔场的效益并不好，但是大家也没亏着。这里的原因恐怕谁都明白，怎么回事呢？都给人偷摸地捕走了呗。沿岸的老百姓和渔场有着千丝万缕的关系，大伙亲戚里道的，抬头不见低头见，再加上里勾外连，中饱私囊，渔场巡逻打更的都帮着人家偷，那还挣啥钱。这样的情况直到来了个姓稽的新场长才得到扭转。

这个稽场长从哪儿来的我不知道，他来了两个来月，也不开会，也不视察，也不听汇报。没事就在大坝上溜达，他家是外地的，平时不咋回家。他好像特别喜欢水边，愿意听蛤蟆在水草里呱呱地叫，把星星叫亮了，月亮上来了，他就坐在坝上凉快，水边风大，坝上风硬，蚊子站不住脚。他敞着布衫看满天星斗、一条大河、黑魆魆的一处水湾。那时候河水也渐渐地睡了，偶尔拨弄出细碎的响动，像轻微的鼾声。水面平静了，他心底的水却起了波纹，一圈儿，一圈儿，荡漾开来。

稽场长从省城淘回六部手提探照灯，这灯厉害，打着之后从里面射出一道白光，在夜空中就似一根柱子，顺柱子能爬到天上去，扫水面亮如白昼，水鸭子吓得一动不敢动。他把灯分发下去，每个巡逻队两部，三个队倒班，白天不用管，晚上整宿巡逻。过两天他又定了个制度，抓着偷鱼的也不罚，也不送官，偷的鱼卖给他们的，一百块一斤。打着好鱼算你小子幸运，打着虾米算你倒霉，反正不管什么全都卖给你。要知道，那个年代，一百块可不是小数目啊，我爸一个月工资才三十六块五，我们家老少八口人靠他一个人工资生活。可是真有不信邪的，制度出来之后巡逻队先后抓着十来伙鱼贼，有一伙其中的一个人是巡逻队的徐二苇子他小舅子，这可怎么办，放是不放吧？搁以前，大伙眼睛一睁一闭也就那回事了，现在没人敢，那要叫场部知道是得开除公职的，姓稽的指定能干出来。后来据说这小子回去把家里的半大头猪都卖了，才凑齐鱼钱。一时间，这条消息传遍大江两岸，十里八乡。听渔场的人说，来吧，嫩江渔场欢迎你来打鱼，省得我们伸手了，鱼价还好。

有人问过稽场长说，老稽："你这个姓少见啊。"稽场长说，"嗯，原来有家谱的，我们老家是关里的山东人，往上追正经不简单呢，是个大家族，我们都属于旁支了。"那人啊了一声，心寻思，怪不得这么邪乎呢。

同样的词邪乎也可以用在动物和植物上。张本实家有条大黑狗，站起来比人都高，脑袋快赶上牛犊子了，这条狗可邪乎，成天拴着，那也没人敢上老张家串门，主人不出来把着点儿狗，它能一口把你大腿咬块肉去，这哪儿是一条狗啊，简直比狼还凶。张本实是校长，上他家串门的基本都是有点儿事的，大狗一咬，错不了，院外指定是来人了。主人家从门缝和窗户里就看见是谁了，大概也能猜出来人是干啥来了，觉得行，就笑脸迎出去，骂一声大狗，老实的，谁你都咬，没看是谁来了吗？觉着不行，大狗当道，任你怎么着急也进不得半步。我家园子的井沿儿，夏天总长一片薄荷，这东西也邪乎，长它的地方不招虫子，蚊子苍蝇也不敢往它跟前凑。有的时候我们感冒头疼或者在外要得中了暑，拿它往太阳穴上敷一敷，蹭一蹭，一股清凉马上让人脑袋精神一振。

我们家还有个传统，炖鱼的时候愿意往锅里放一把干薄荷，这样炖出的鱼又一个味，有着水草的自然清香。不信你试试。

干哈（干啥）

春天的夜晚，风还是很硬，从暖和屋出来，刮鼻子刮脸，但已经可以忍受了，再冷也没有十冬腊月猫咬的那股狠劲儿。园子里的蘖葱倒返了青，眼瞅着新叶从杠杠硬的芯里顶出来了。这个季节，冻人不冻土，心气高的草木早已经迫不及待露头了。我的家乡四季分明，黑就是黑，白就是白，不像我去过的那些个南方，冬天没有个冬天样，春天不像个正经春天，太阳成天乌了巴突的，不透笼。

春天来了，猫一冬的老头、老太太得出来缓缓阳，人们在大道上看见了晃晃悠悠一个背影，这不老王头吗，一冬天没见人，这是又熬过来了。就离远喊一声，王大爷，你干哈去；或者老王头，你干哈呢。这么问其实就是打个招呼，不是想知道点儿啥。我们家乡的方言很多看似有所指的，实际上什么实际意义也没有，它就类似一句话的后缀，感叹词。你干哈呀？不干哈呀。不干哈你干哈呀？我干哈用你管。你说他俩到底要干哈吧！我这么表达不知道你能看明白不，不明白也不奇怪，这种感觉你只有来到我们当地生活，体验一下才能彻底懂得，光听说没用。

南方人觉得北方人说话嗓门大，他们以为我们平时唠嗑就像打架，其实我们在聊天；我以为他们咋咋呼呼地就要动手了，其实人家就那么个说话法。这就是南北差异。

两个相熟的人在大地里遇见了，互相打个招呼，干哈去，下地。你呢，也下地。这平时是不错的。要是碰见有矛盾的，谁都不带说话的，不但不说话，仇大的兴许还啐一口吐沫，说一句不好听的。你这头当然不让份儿，接茬断喝一声，你想干哈？我干哈跟你有啥关系，听说有捡钱的，没听说还有捡骂的。这就算交上锋了。这种情况在我的乡亲们中间也是常有的事。

世间的仇怨细究起来，起因都很简单。一方土地住得久了，有些世仇追溯起来谁也说不清当年具体是因为啥，能记得的都是这一辈彼此之间的那点儿事。你占了我家半米房基地，我动了你家坟茔地的一棵树。于是明里暗里争斗不休，更别提互相诋毁、糟践的那些不堪入耳的话了。打人没好手，骂人没好口。这种事只能越演越烈，越弄越僵。大过年的，他往人家房上崩个雷管的也有，趁人全家团圆的时候，一把火把柴火垛点着的也有。

我们屯子老胡家和老翟家打了好几十年仗，问他们到底因为啥，谁也说不清，净捡那么前的事说，你说他的不是头头是道，他说你的罪状血泪斑斑。可是到底起因是个啥呀！问急了，说，提那些个没用。后来，老胡家三丫头跟老翟家老小子偷摸好上了，这哪能行！两家没有一家同意的。最后两人喝了敌敌畏一起死在生产队马号的草料垛里，车老板发现的时候，人都硬了。最让人受不了的是，胡三丫肚子里的孩子都不小了。两家人这回倒是谁也没找谁麻烦，从此斗争算是告了一个段落。这些事都是我亲身经历的，就发生在我的家乡，所以后来我看那些文学作品和电影电视里的这些事并不觉奇怪，反倒是有些惊讶，原来哪儿都有这样的人啊！心想，既然都明白这个道理，干哈非得这样呢。世间事呀，生死不息。

猫下

瞅题目看着像是动物的事，其实说的是人。

老刘家大嫂啊，有日子没看见你三儿媳妇下地了，咋地了？老刘婆子笑了，贴着那人的耳根子说，"猫下了。"那人恍然大悟，说，"怪不得我打院外过，瞅着两口子屋里拉窗户帘呢，原来是猫下了呀。生个啥呀，丫头、小子？""丫头"，老刘大嫂面带悲戚地说。说到这儿你也猜到"猫下"是啥意思了吧。对，就是妇女们坐月子。

农村从来都重男轻女，生个闺女，不但婆家不开心，就连自己也觉得面上无光，好像做了什么亏心事。有那挺厉害的小媳妇，平时把自己家老爷们制得一溜溜的，生了闺女马上就蔫巴了，说话声也不高了，脾气也变好了。再看他老爷们，关门都不一样了，哐啷一声，带着霸气，小伙子支棱起来了。

我得肾炎那段时间其实已经上学了，两天半又从学校回来了。我正愁不愿意念书呢，苦于想不出办法，同龄的小朋友都念小学了，我总不能再厚着脸赖在家，育红班也不好意思去了，都高人家半脑袋了。哎，没承想一场病帮了我的忙。那段时间我忽然发现我总爱尿尿，后来还尿血，这下吓坏了。上乡卫生所一检查，是什么肾炎，咋整，打针呗。那时候也没什么药啊，我就记住个青霉素和庆大霉素，往屁股上抹的那个药水叫雷风诺尔，这名字肯定不会错，除了名字，我还记住了疼。疼得我走不了道，还不如上学呢。除了打针，我就独自在家待着，看奶奶喂鸡、喂猪、跟猫狗说话；看妈妈整园子，看燕子忙进忙出，一会儿飞走，一会儿回窝。一朵云过来了，挡住了阳光，身上一阵清爽，不一会儿又飘走了，阳光刺眼，眼前一片空白。我飞起来了，飞到天上，这就是我奶说的天堂吧。我想到了死，人和云彩不一样吗，站不住，飘走了，就没了。就算在天上能咋地？也没人认得哪个是你，我奶照样在院子里喂鸡，我妈偶尔擦把汗，抬头看看天，她也根本不知道哪个是我。我愣愣地在天上看着我的村庄，一只鸡在我家柴火垛刨啊刨，顾不上看我。

我不用上学，也不用干活儿，除了打针有人陪着，扎的时候护士或者大夫鼓励我两句，真坚强，一声没吭，再就没人搭理了。就为这两句鼓励，我每天既害怕又充满希望地等着打针。为此，我坚持自己一瘸一拐地走着去卫生所，不叫妈妈背。我们走不快，我很想和她说点儿什么，可是她很着急，总是没几步就把我甩在了后面，最后她实在失去了耐心，也不像最开始那样说我像八路军小战士一样勇敢了，背上我就走。一路上，所有人都有事做，就连我瞧不起的小嘎豆子都在育红班院子里忙做操，那个下巴上长瘊子的女老师又找到了新的教育对象，一个小男孩被她扯着脖领子从队伍里揪了出来。

和我同样不上学的还有一个女孩，她比我大，正常的话她应该念三年级了，可是她加在一起总共只念了不到一年书。她得的是肺结核，学校不让她去了，怕传染别人。她吃饭的碗筷都是专用的，吃完了自己拿到井沿上洗。我很想和她说说话，主要是想问她会不会死，死了以后也变成天上的云，看着我们屯子吗？那样我就有一个伙伴了。可是我不敢进她家院子，只能隔着院墙看同样孤单的她坐在院子里的小凳子上，偶尔咳嗽两声，就像是怕惊动谁，声音很小，即便那样，也似乎使出了她浑身的力气。她的身体薄得像一张晒干的羊皮。脸色煞白，头发如同秋天的草一样散乱，不是黑的，是黄，枯黄。她妈很久没给她梳头和洗头了吧，她妈猫下了，前两天给她生了个弟弟，这时候全家都沉浸在得了个男孩的喜悦当中，连最疼她的奶奶似乎也把她给忘了。

我奶那天碰见那孩子她奶，问，"媳妇猫下啦？""猫下啦。"不等再问，她奶喜滋滋地说，"男孩。"我奶问，"芬儿（那女孩的名字）咋样了？"那老太太刚才还红润的脸上一阵灰暗，说，"不好。"说完就急匆匆地忙什么事去了。

抱窝

下雪了，雪在有沟壑的地方打穴，穴起来一指来厚。头一场雪就下这么厚，明年是个好年头，牛年嘛，牛马年好种田。奶奶把大鹅从圈里放出来，它们看见地上和自己一样白，乐坏了，直奔打穴的雪堆冲了过去，在上面打着扑棱折腾，鹅圈里窝在身上的脏东西和羽毛上的灰尘全都用雪洗干净了，它们这是在给自己洗澡啊。鹅毕竟不同鸡鸭，知道自己在这个家的身份，它属于大牲口，看家能顶一条狗，来了生人，嘎嘎一顿叫，要是散放在外面，它敢追着你叼，被打死都无所畏惧。

我看着雪地上大鹅留下的脚印，好像迸开的两片树叶，我一路追到树叶的脚蹼，红白鲜明，光脚踩在雪上却丝毫不觉得冷。我奶前天给这些鹅打了膀子，他说这些大鹅在圈里不老实，总扑棱。我说扑棱也飞不起来，瞧它们胖的，走道和你一样，一拽一拽的。我奶给鹅圈外层罩了一圈塑料布，塑料布用夏天支豆角架的竹子劈开，腾起和窗台一样高的罩子，大鹅在塑料罩里面很暖，关键是乐意下蛋，每天我钻进去都能捡着鹅蛋。

毕竟是飞禽，大鹅总有要飞的念头。开春了，早来的雁阵在院外的天上叫，声透云层，清晰辽阔。大鹅好像得到了召唤，也跃跃欲试，开始起跑，边跑边叫，那叫声同样深远辽阔，好似在半空划开了一道口子。大鹅直冲到院门，一头撞上门板，这才知道跑错了，站着想了良久，灰心丧气地走回来，趴在秫秸帐子边暗自神伤。谁叫它吃那么胖呢。

到了清明以后，我就不太好从它们的窝里捡蛋了，它们死死地把蛋压在身下，拿膀子护着，我不敢挪动它们的身体，怕它们拧我，我胳膊被它们拧过，很疼，都紫了。我奶叫我找两个跟鹅蛋差不多的鹅卵石，说，"你下回拿这个跟它换。"我用一把长柄的勺子从大鹅身下勾蛋，钩出来一个给它一个石头，大鹅用膀子把石头扒拉到身下，重新捂上，面无表情地护着。我奶说，"它这是要抱窝呢。"我就有些可怜这鹅，自己的蛋都被人换成石头了，还傻护着。之后几天我每日故意少捡两个鹅蛋留给它抱着，我奶觉得不对劲儿，自己念叨，这两天鹅蛋怎么下这么少呢，没见哪只鹅打蔫啊。后来还是被她发现了。她说你这样没有用，咱家没公鹅，它抱不出崽儿。过两天我上你萧婶家换几个鹅蛋，她家的鹅蛋行。

大鹅抱窝和鸡抱窝一样，专心致志，它们甚至可以不吃不喝，你看那抱窝的鸡和鹅，浑身的羽毛都炸开了，身上瘦得没有什么肉，但眼神坚定，态度坚决。这样的情况要持续到小鸡崽和鹅崽长到自己寻食了才算完，也有那醒不过来的鸡妈妈、鹅妈妈，我奶就拿它们的羽毛穿它们的鼻子，拿白酒灌它们，以此来唤醒它们。它们不能总抱窝忘了下蛋这回事。这帮鸡、鹅真可怜。

我不知道女人生孩子算不算抱窝，应该是不算的，不过我们屯子也有管护孩子的妇女叫老菢子的。当了妈的女人和那些抱了窝的鸡和鹅其实没有什么区别，遇到事都把孩子紧紧护在身下，谁要敢动她的孩子，她们都敢拼命。我就总能看见一只老菢子把猫叨得满院子跑。我家那只狸猫没记性，总蹅摸吃小鸡崽，每年都被老菢子叨好几回。猫抱窝可比鸡和鹅厉害多了，它知道把崽子藏起来，让你们谁也找不着。等到你发现时，一窝小猫崽，虎头虎脑的都满地跑了。

毛嗑

那年，大鹅一共抱了七个蛋，成活了三个，那四个蛋坏了，鹅仔羽毛都长出来了，但死在了蛋里。我奶决定替大鹅养这三只鹅崽。她想了不少办法让大鹅忘了它们，最后她成功了。成活的那三只小鹅浑身鹅黄，毛茸茸的，成天跟在大鹅屁股后。但大鹅像没孵过它们似的，有时遇见了还拿嘴叨孩子，家里那只老猫总想趔摸小鹅，我奶不厌其烦地告诫它，"这不行，不能吃，吃了，就不要你了。"猫好像听懂了，不过每次小鹅从它身边过，它仍然精神一振，两只眼睛针一样盯着它们，身体做匍匐状，忽然想起了我奶的警告，马上又放弃了，重新放松下来。狗就比它强多了，告诉它一遍就记住了，这是家里人，不能伤害。小鹅和狗争食，抢它盆里的菜叶，狗只是哼哼哼做生气声，吓唬它们，从不真咬。

我有时候也替奶奶放鹅，我得拿着一根毛嗑（瓜子）秆，或者树条赶它们，否则它们不跟我走，它们还是跟我奶亲，不愿意跟别人。其实我也不愿意放鹅，耽误玩。我奶一指使我，我就不大乐意。她就拿话哄我，说过一会儿大鹅下蛋了，偷着煮给我吃，别人谁也不给。这天我放鹅上泡子，正赶上泡子边豁牙子一伙人也在那儿，他们几个在那儿比赛打水漂，看见我过来了都停下不玩了，围过来说，咱们去场院吧，大队昨天割的毛嗑，都在那堆着呢。那我的鹅咋整？他们说，让它们在泡子里玩水，没事，用不了一会儿就回来了。

那天天气真好，我们几个本想偷偷摸摸拿点儿就跑，谁承想偌大场院一个人也没有，只有成群的麻雀在麦草上飞起落下，它们可逮着个实惠的。人们都在大地里忙着，满屯子也许就我们几个小孩儿是闲人，连麻雀都没工夫搭理我们，埋头在麦草里寻找麦子。秋天的大地香啊，到处洋溢着成熟的味道。我们几个也不用客气了，大大方方地吃吧，后来索性躺在麦草里舒舒服服地嗑毛嗑头里的大籽，小的干脆不要。半干不湿的毛嗑吃着有点儿甜味，麦草里藏着大地的芬芳，阳光的味道，暖烘烘、软绵绵的，没一会儿，我的眼皮就有点儿沉了。待我醒来，一下搞不清这是哪儿，翻身看见身边还在淌口水的豁牙子，才记起我的鹅们。可是等到我跑回泡子找，一只鹅都没了。我心想这下坏了，它们不会顺水游走了吧？我沿着泡子沿儿边走边学我奶的声音叫它们，鹅——鹅——鹅，鹅——鹅鹅鹅，一直走到芦苇丛那边也没见到鹅的影子。这会儿怕是已经快吃午饭了吧，地里的人们三三两两地往家走，日头将将被一团云驮着没掉下来，阳光却没那么充足了，它们给云彩筛了一遍。屯子被家家户户的炊烟熏得影影绰绰，像是要浮起来，我只好掉头往家走。

刚到院门我就看见了，那群鹅在院子里呢。一只、两只、三只……大小一共七只，一只也不少。我们家也是两顿饭，还没做好呢，灶坑里柴火噼里啪啦地炸响，锅冒着热气。我妈冷不丁问我一句，干啥去了，才回来。我不知道该怎么回答，支吾半天，好在她并没在意，转身忙自己的事去了。看起来除了我奶，没人知道我放鹅的事。这些可爱的鹅，竟然知道自己回家。

火车快开

　　我八岁那年坐过一次小火车，从树北到镇赉的，那时候我对火车没什么概念，听人说过，但没见过，想象中它是个活物，很长很大的一个东西，拉着人在道线上跑。直到登上火车我才发现，这是个铁打的家伙，每节车厢都是个屋子，有门有窗，屋里有成排的座椅，座椅比学校的可好多了，又整齐又舒服，那时候的座椅是木头的，隐约能闻到上面的松木味，不过那味也可能完全是我想象出来的。小火车不光拉人也装货，装货的车厢不带盖，里面有大块的煤，或者齐刷刷的原木，我们和这些山里来的东西一车。小火车呜地大叫一声喷着白烟开始向前跑了。那声汽笛就像告别，很长很有劲儿，那声音让人兴奋，又有点儿忧伤，好像要去远方做一件很大的事。从几间黄色的票房子和围着白色栅栏的站台中渐渐远去，最后消失不见。

　　那是一趟夜行车，哐哐，哐哐……，威风凛凛地在空旷的田野上飞驰，路过的树林和电线杆唰唰地从窗户外边倒下去，我试图看看它们跑到哪儿去了，脸贴着玻璃窗使劲儿往后看，玻璃冰凉地压扁了鼻子，哈气瞬间在上面蒙了一层雾，用手擦一把在露出的玻璃上再看，确信那些东西并没有倒，只是被远远地甩在了后面，长出了口气，重新坐好。车厢里乌烟瘴气，很多人在抽烟，有点呛人，不过我并不觉得难过，反倒对混杂着的各种气味有些好奇，里面有煤烟味、汗味、酸臭味、食物的香味、白酒味，还有我说不上的什么味，统统在烟雾缭绕的车厢里蔓延。

有一个小男孩，比我还小，应该没到上学的年纪。他看见我趴在窗子往外看，很着急，也想看看，但是他和妈妈坐在过道的一侧，距离窗子隔着个人，中间是小桌板，他过不来。那个妈妈肯定说他什么了，大概是让他老实地坐着，一只手还拽着男孩的胳膊，不让他乱动。小男孩委屈地拉着脸，眼睛不时地瞅我，委屈中露出羡慕的神色。我很想和他换换位置，让他也看看外面，却终究没说出口。可能是因为害羞吧，或者舍不得把地方让给他，赶紧假装没看见，躲开了他的眼神。这时外面路过一个村子，村里的人家已经点灯了，灯光一闪一闪的，好像夏天的萤火虫。它们并没像树和电线杆一样迅速倒下去，小火车跑了半天，灯火还在窗外闪烁。车厢里越发昏暗，嘈杂声凝成一团，铁轨哐当哐当的节奏就像为我的瞌睡数数，很快我就睡着了。

车窗外春光明媚，艳阳高照，明亮得像一面镜子。我变成一只鸟，从奔驰的火车里飞了出去，天空暖洋洋的没有多少风，大地上青草已经发芽，柳条变得十分柔软，叶芽蠢蠢欲动，我落在一棵开花的杏树上，粉白的杏花散发着淡淡的香味，花蕊被我震落，娇黄的粉尘纷纷飘散。这时我看见我爸在园子里翻地，镢头一下一下地刨开板结的田垄，大块的土块被镢头敲碎。我家的那只大公鸡不知道什么时候跳到柴火垛上面，若有所思地眺望远方，忽然想明白了什么，打了一串很长的鸣。春天来了，谁也阻挡不住，就算威风凛凛的小火车也不能把它甩在后面。可是冬天里的那些铁雀都飞到哪里去了呢？难道有比我们还寒冷的地方吗？铁雀只喜欢雪，喜欢在雪地里像风一样自由翻飞。一定有个地方一年都在下雪，我们的小火车就是从那个地方开来的。我看着父亲的镢头上下挥动，感觉到那上面带着细微喘息的力量，我想飞到他的身边，中间又隔着茫茫的林海雪原。这究竟是怎样的一个世界。

这是我八岁时候的一次旅行，也是唯一一次坐小火车的经历。自那以后我再没坐过小火车。那次的经历我已经非常模糊了，很多画面都像做梦一样，唯有那个男孩的眼神令我记忆犹新，它像一束追光始终照着我，让我生出惭愧和遗憾。我真想和他换换位置，满足他看向窗外世界的好奇心，但那句话一直被我含在嘴边。

后来我再坐火车的时候，那趟小火车已经没了，接替它的是那种正常的绿皮客车和大轨道的货车，后来喘气的蒸汽机车换成了电车，电车再也不冒烟了，却跑得比原来还快。树北站仍然是个小站，这些大车一闪而过，停都不停。不过听说当年那小轨距的轨道仍然存在，只是路基上面长满了荒草，曾经锃亮的铁轨如今锈迹斑斑，伸向远方，它的远方是哪里呢？是我的梦和铁雀的原乡吗？希望小火车有一天带着我抵达它开始的地方。

想起一个晚上

　　那天晚上，大舅领我和表弟去东江起挂子，天怎么那么黑，以前我从来没经历过那么黑的夜。黑夜似乎把我们罩住了，低得要贴在地上，要不是远处有河水哗哗流的声音，世界好像是静止的。我感觉是自己撑着天地，这一块一人多高的空间，它被我推着往前走。前面有点点星光闪动，头上有更多星光镶嵌在夜空，水中的星和天上的星让天和地浑然一体，好似一个黑布口袋里的针眼儿，我似乎就漂浮在其中。想伸手摸一颗闪亮晶莹的星星，抓一把，除了手里没有，天上、地上、河里，到处都是。我没见过这么庄严的夜，它和我家的晚上是两回事。家的夜晚，天被狗叫得撑起老高，窗户里的灯光总会把院子的夜撕开一块窟窿，让我找到下脚的地方。明月亮清晰，有时竟然是两个，一个悬在天边，一个顶在头上。一个薄，但不太亮，像张纸；一个厚，边缘锋利，像把刀。它们真假难辨，又似乎一个是另一个的影子。那样的夜好像天上的一个故事，而大舅家这的夜则是一口深不可测的水井。

　　我家一定也有过这样的夜晚，只是我没见过，我胆儿小，怕黑，一到晚上，撒尿都得大人陪着，不太敢看天。

夜其实是特别模糊的存在，你越恐惧，它越大。你越挣扎，它越有劲儿。你若像一只顾头不顾腚的鸡一样，把脑袋插进草垛里，会忽然发现，眼前更黑。我试过，越怕脚底下越虚，越快，它撵得越急。

太阳下山时，晚霞被一家家的炊烟熏得五颜六色，落日薅着树梢不肯撒手。月亮却升起来了，大得像脸盆。风顺着墙根走出了村子，村子静了一些，只剩下一两声狗叫和羊群默默回圈的脚步声。

我抓紧在最后的光亮里和伙伴在村子里疯跑，越是感到时间紧迫，跑得就越起劲，没人追自己也跑，仰着脖子对天大笑，笑得星星都纳闷。我家柴火垛上有一只公鸡，远远地看着我。它总是最后一个上架，有时候我妈不等它进窝就把鸡架门关了，它就跳到窗台上趴一宿。我妈说这只鸡可会找地方了，哪儿热乎上哪儿。窗台积攒了一天的阳光，正在散发着余温，像灶台。公鸡好奇地看着我们的晚饭，每个人的碗里盛的都是它苦苦寻找的玉米，而我，正在为摆脱这碗苞米糙子挨着我妈的责骂。

不吃拉倒，谁也别管他，饿死他。

天是我妈的两个手指掐黑的。她拎着我屁股或者腿上的一块小肉一拧，那地方就慢慢黑起来。先是红，像夕阳一样；然后紫，又像晚霞一样；最后黑，像羊粪蛋儿一样。我像一头记吃不记打的猪，每天都在那碗饭里黑起来。村子里很多孩子和我一样，我们商量好的办法，这样一作一闹，好吃的就来了。我们的家通常都有一个小脚的奶奶或者姥姥，她们是不怕黑的，多晚都最后一个回屋、上炕。

奶奶要在睡觉前再看一眼关着的院门，那个门是用几片木板绑起来的活动栅栏，只能挡挡鸡，猪一拱就开，如果使点儿劲拱，很可能一下就散花了，她捡一根木棍把门从里面顶上，再拽一把门绳确定牢固。这才放下心的摸黑往回走。我一直觉得黑夜是被她一把关在外面的，门里是我家，门外是漆黑夜。

她还得看一眼圈里的两头黑猪，这两头猪以为又来喂它们了，哽哽着爬起来，凑到矮墙底下等。天已经黑得连食物都看不见，还想着吃，真是比我还笨。

她把窗台那只公鸡抱起来送进鸡架，平日里碰不得摸不得的公鸡这会儿温顺得像个木偶。奶奶说鸡的眼睛黑天不好使，啥也看不见。那我俩一样，一黑天就蒙了。不像那只狸猫，白天到处找暖和地方睡觉，一天黑就精神，眼睛贼亮，目光就像两盏远光灯，锐利清冷。它晚上轻易不在屋里待，经常不紧不慢地在仓房的屋檐上走走停停。奶奶说它能看见脏东西，自己家的，过路的，全能看见。动物里只有猫能看见，就凭它那双眼睛，我就相信我奶的话是真的。

我知道奶奶的眼睛还是看得见的，尽管她总说，"完了，啥也看不着了。"她在漆黑漆黑的夜里走，从没跌倒过，也没撞破头，绊过脚。她在仓房里说很多很多话，里面黢黑，比外面还黑，一个人也没有，只有房顶上的猫在听。她那些话是说给另一个黑夜的，它离我们不远，可能就在东山的坟地，或者南树趟子的林子里。但我不知道它们什么来头。猫肯定知道。

每一个上了年纪的老人其实都挺吓人的。她们的眼睛不是猫那样的尖锐清冷，她们因为见过太多的黑夜而浑浊迷离，深不见底。即使被她们温柔地注视也会让人心生恐惧，如陷黑夜之中。内心的某个地方被这样的目光看着，十分难受，那是连自己都没到过的地方。我不想去那样的地方，连看都不想。我也不想奶奶去。

所以我总是不想被奶奶抓到。我不是小孩儿了，我一天天长高，高得不能让她搂着睡觉，这铺炕快要搁不下了。

奶奶再也追不上我了，除非拿张鸡蛋饼，或者一枚煮鸡蛋。她一到晚上就在外边磨蹭，我真担心她哪天晚上回不来了。等她收拾完回屋上炕，我早就睡了。尿憋醒时，枕头边就有一张鸡蛋饼，或者一个煮鸡蛋，我就着漆黑的夜，迷迷糊糊张开嘴，把它们吞下。于是，满世界都是我的咀嚼声，越控制声越响。忽然想起，我是饿着睡着的。屋顶的耗子恐怕早就闻到了香味，只是迫于对狸猫的恐惧不敢轻易动手。它们不知道猫躲在哪里瞄着它们。家里有一只猫挺好的，它们可以不用真抓耗子，但有它在就管用。猫和奶奶一样，为这个家把守着黑夜。

后来我们搬家，柴火装了半车，却把那只猫给忘了。不知道是特意忘的还是搬家那天它没在家。平日里就经常好几天看不着它影，有时候你以为它不会再回来了，又突然在炕头发现它睡在阳光里。它没走，是因为对这个家的惦记和留恋，但它早晚是要走的。猫都这样，它们知道自己能活多久，到了一定时候，它就给自己选好一个隐秘的地方，静静睡下。奶奶说没有人看见自己家的猫死在家里。

搬家以后奶奶就不和我们一个屋睡了。父亲在大屋的最里面兼并出一间小屋，她躺在小屋的炕上很少出来。她已经不关心鸡架，不关心猪圈了，也不惦记插院门了。她走不动了。有次起夜，我感觉她好像坐在炕上摆弄什么呢，一个人兴致勃勃，就像在老家的仓房里一样。她始终是喜欢黑夜的。我不敢看个究竟，匆忙回到炕上。

新家的院门换成铁的了，钢筋焊的，对开，能栓上。但每天从早到晚都大敞四开，风从那边刮过来从这边刮出去，狗从那边跑进来再跑出去，一天没有几个人来，实在没什么好挡的。这儿没有谁认识我们，我们也不大认识别人，大家都是新来的。不少家根本就没有院门。

奶奶不再自言自语了，整天不说一句话，神情却有种和寂寞无关的喜悦。她把话全留在老家的仓房里了吧？她的全部心思都在那时讲完，又留一只老猫替她守护着，替她把守着秘密。

我几乎不上她的小屋去，我像恐惧小时候的夜晚一样害怕走进她的屋子，她的屋子终日不见阳光，阴冷黑暗，散发着陈旧腐败的气息。那屋子本身就是夜晚。她躺在炕上，枕边放着一瓶白酒，偶尔有几颗糖块。她总是眼睛一眨不眨地看着棚顶，神色平静。我却感到有一股风，正从炕上下地，找到门，轻轻推开，出了屋子，来到敞开的铁门前停住，回头看了看，转身融入外面的黑夜。

她已经不在这个屋子了，像那股风一样离我们越来越远。她在风里回到故乡，和她的那些话在一起，这儿瞅瞅，那儿看看。窗台上最后的那只公鸡也已经上架，柴火垛被搬空，露出只有鸡才知道的真相，那是一大片潮湿鲜活的世界，多少年不见阳光，如同黑夜，却比白天还热闹。蚂蚁、蜘蛛、蜈蚣、蛐蛐、蚯蚓各种小虫……生命一直在里面合唱，我们只听见过声音，没见过真相，但那歌声却远远比我们的一生要长。如果没人打扰，它会永远守住我们的从前，永远是我们活着的故乡。老屋已经空无一人，月光睡在炕上，耗子在纸棚里追逐，只有猫远远地在房檐上跟着她，目光沉静，却不再清冷，无比温和。

那天中午放学，一进院子看见父亲腰间扎着一圈白布，手里攥着一把秫秸。白布很长，在腰里围一圈，系完扣还奇了一截，像京剧里的一个扮相。奶奶的被褥堆放在当院，那床被褥被她盖太久了，已经有了她身体的形状。奶奶走了。我一点儿也不惊讶，也不害怕，连悲伤也没有。我问我妈，饭好了吗？我妈奇怪地看了我一眼，说，"你奶没了。"我知道奶奶早已离开了我们，我没跟我妈说，说了怕她以后连那个小屋都不敢进了。奶奶早就知道自己什么时候死，但她不知道，我看见她回到了故乡，她也不知道，我对她的思念才刚刚开始。

从老家的记忆里走出来时，我的夜消失了，剩下一大片白天。明晃晃的日头，斑斑驳驳的草地、碱滩、农田，不知去向的路，忙忙碌碌的农人，越长越大的庄稼，越干越多的家务。它们清晰复杂，简单重复。我知道你为什么喜欢黑夜了，奶奶。可是我把从前那些夜晚丢了，回头找还不敢，你知道我从小就怕黑。

五棵树的野草

每逢端午将至，城里的菜市场或者街头巷尾就有卖艾蒿的，离老远就能闻着一缕清香，新鲜、水灵，好闻。"艾蒿啊，卖艾蒿了，真正的艾蒿，五块钱一把。""给我来一把，再买俩葫芦拴上。"端午节，北方有个习俗，用红绳绑一捆艾蒿，上面挂俩彩纸扎的葫芦挂门上。为什么这么做？听过好多种说法，没有标准答案，但总体意思无外乎都是"驱邪迎新，驱毒避瘟"，图个顺利。至于那些传说是怎么个由来，版本可就多了，这里我们先不讲这个。

我相信现在很多人都不认得艾蒿了，要不怎么净让人拿假货糊弄呢。但凡识货的都不会把草蒿子、旱蒿子、水蒿子当艾蒿。有经验的人从小贩手里拿过来闻闻，马上就露馅，好大的水汽，好大的土腥味，这哪是什么艾蒿呀，模样也不对，净糊弄人。现在的假东西怎么那么多，连草都不放过。

艾蒿味就是不一样。在我的老家五棵树，小时候放学时我们总会顺道在野地里割点儿艾蒿抱回家，在院子里拢火，湿蒿子着火冒出浓烟，很呛人，但并不难闻，余味还有点儿清神醒脑，但蚊子苍蝇受不了，不敢近前，都会躲得远远的。于是，一家人把饭桌子支到院里，在外面吃饭。大葱蘸大酱，大糙粥，吃得好不舒坦。

艾蒿比水蒿子、碱蒿子白，长得还秀气。你看啊，风一吹，唰地把艾蒿压扁，绿叶翻转过来，背面露出白花花一片，等风一过，唰地又变回来了，就像一个人的手心手背，里外分明。不像那些蒿子，全身上下灰突突的，里外不分，白不白，绿不绿，花不花，长得挺老高，但是不好看。它还比那些蒿子好闻。艾蒿的蒿子味正、冲，但不恶心人。那些蒿子就不行了，闻时间久了，会让人感觉恶心，有点儿上头。每次给兔子打草，一把一把割地里的碱蒿子，树枝一样硬的蒿子杆被镰刀割断，汁液得到释放，味道更重了，被晌午的烈日这么一晒，哎呀那味！直打鼻子，熏得人气都喘不匀。实在受不了了，扔了镰刀，起身跑到凉快地方喘口气。小孩子玩心大，没等气喘匀，耳朵就被草丛里的声音灌满了，是蝈蝈。满世界蝈蝈叫，比晌午的阳光还热闹。可是在我的脚下，刚才还响作一团的叫声却忽然没了。

我憋住呼吸，支棱着耳朵等着，果然，几个没有耐心的家伙就忍不住又叫了起来，开始还是试探性的，看你没动作，瞬间就连成一片。这还打什么草了，抓蝈蝈吧。这片地靠近水渠，灌木很厚，这样的地方最招蝈蝈，而且清一色是铁蝈蝈。铁蝈蝈比草蝈蝈体型小，但嗓门大，叫声长，你要是给它一块辣椒吃，它能连续叫一分钟。这家伙怕辣？也不一定，兴许它们和我一样，喜欢辣。铁蝈蝈可不好逮，浑身黑黢黢的和树枝一个色，若不是在它振翅鸣叫的时候寻找，极难看到。你小心地循声而去，眼瞅着就要寻着叫声了，不等你蹲下找，忽然没声了。你终于耗不过它，起身奔另一个有叫声的树丛，刚迈出一步，身后马上又响起了清脆的叫声，这家伙就好像专门逗你玩似的。最关键的，你还不能不管不顾地乱扑、乱翻，一旦弄掉它一条大腿，逮到了也没啥意思了。缺胳膊少腿的蝈蝈是小时候哥哥们不稀得要，赏给我们小孩儿的，现在我都能打兔子草了，谁还稀罕那玩意儿。

太阳不知道什么时候偏西了，没之前那么炎热。忽然想起一件事，兔子草还没打完，光顾逮蝈蝈了。

我爸养了一仓房兔子，说是安哥拉品种兔，繁殖得快。我们一心指望这群兔子能挣钱，我爸说挣钱给我买小人书，买麻花，太好了，挣了钱爸爸也就不用顶着大日头出去卖冰棍了。兔子最爱吃的就是碱蒿子，尤其喜欢晌午割回来的碱蒿子，可能那个时候的碱蒿子味最纯、最正吧。抱一大把被大太阳晒得滚热的蒿子扔进圈里，隐藏在各处的大兔子、兔崽子闻风而至，一头埋进蒿草里，没一会儿工夫就吃完了。你看它们那三瓣小嘴左右捣鼓，眼睛却不错眼珠地盯着你，等你再扔进来一捧，小样子可爱极了。看见它们吃得开心，我把挨的累全忘了。

这些兔子繁殖得是挺快，可是死得也快。以前以为小兔子可好养活了，又可爱。哪知道它们特别愿意生病，吃不对就拉稀，弄不好就烂嘴，一受凉就抽风，我们给兔子圈消毒，打扫得比我们家都干净，我们把生了病的兔子抱出来喂药，放屋里照看，这些小东西拼死抵抗，把喂到嘴里的药全吐出来，爸爸掰开兔子的三瓣小嘴，它就拿爪子使劲蹬爸爸的手，把爸爸的手和胳膊抓出好几道血檩子，我们忙一身臭汗也没灌进去多少药。吃过药的兔子像大赦的犯人似的逃出我们的魔掌，迅速藏到柜子底下或者哪个犄角旮儿。看起来，吃药的滋味都是一样的，不只我害怕。我有点儿理解这帮小家伙了，心想下回喂药时一定轻一点儿。可是，可是它们也不配合呀！结果下一次又重复了和上回一样的过程，我们满头大汗，它们惨叫连连。尽管这样，能被我们治好的兔子仍然寥寥无几，我和爸爸是又难过又着急又没招儿。

给兔子专门搭的窝它们不爱住，专门抠仓房的墙根，抠得仓房墙根转圈大窟窿小眼子的，然后它们在那里絮窝，不知道它们在哪弄的破布条和干柴草，把这些破烂儿运到窝里铺床，可是那样窝还是潮啊。兔子受潮就打蔫，开始是不爱吃草，给胡萝卜也不爱吃，然后没精神，撵都不跑，最后就蔫巴了，浑身抽搐，忽然啪地蹦个高，在空中打个挺，嘎的一声，摔在地上，死了。兔子们太不成全人，我和爸爸付出那么多辛苦，眼瞅着它们一点点长大了，就要能卖出钱了，可是它们说死就死，有时候一早上醒来，仓房里一地兔子尸体，瞅着都揪心。

艾蒿耐寒，春天的时候就长得很好。东北的春天其实是很冷的，我小时候，觉得家乡是没有春天的，棉衣服还没脱干净，忽然，夏天就到了，光屁股都不冻腚。这也难怪，那时候我们没有什么换季的衣裳，脱了棉裤就是单裤，大人勉强有件线衣线裤，我们只能凭感觉判断季节、坡上的杏花开了，房后的榆树钱儿肥了，身上的衣服一天天沉了，糊窗户扇的纸被撕开了。被拆下了蒙窗户的塑料布，打开窗户，清风拂面，燕子啥时候来的呢？不消说，又一年开始了。庄稼院的季节没那么分明，可能只有挂在房檐下的艾蒿知道这家院子什么时候立的春、什么时候惊蛰、又经历了怎样的春分、怎样的谷雨……。

艾蒿真神奇啊，能治百病。奶奶用艾蒿泡水温服给我们驱寒治疗快食、反胃、拉肚子；热水沏开泡脚治奶奶老寒腿。那年，全屯子闹鸡瘟，十里八村的鸡，像一杆风似的一死一大片，即便鸡窝里铺了生石灰，还是不管用，眼看着活蹦乱跳的公鸡母鸡一天天死掉，我们毫无办法。死了的鸡没人敢吃，埋得远远的，深深挖坑，厚厚填土。究竟是哪里来的瘟神呢？看不见，抓不着，一双无形的手掐住了屯子里原本响彻云霄的鸡鸣。我头一次感到有股神秘的力量是谁也打不过的，那股力量可能就是奶奶跟夜空叨咕的东西。面对巨大的夜空，我不知道谁能听得见她嘴里念叨的话，但那一刻我听见了，听得我浑身泛起鸡皮疙瘩，细密的小豆豆如天上的繁星点点，也许，它们也听见了。就在全屯子的鸡死得差不多的时候，人们忽然发现，最不讲卫生的老陈家，她家鸡却丝毫无损，还那么欢实，就好像鸡瘟从没来过这家院子，难不成，它是嫌弃这家埋汰吗？绕着道走？我妈叹了口气说，啥人啥命，老天也不忍心尽可老实人欺负。

那天，老陈婆子抱着一捆干艾蒿上我家来了，在院外和我奶不知说了些什么，然后两个人把草点着，又不让它烧起来，艾蒿冒着浓烟，就像夏天熏蚊子一样，她俩拿着艾蒿到处熏，犄角旮旯儿都熏到了，连粪堆和茅坑都没放过。我们家仅剩的几只鸡终于保住了，自那天以后，隔三岔五，屯子就有人在自家院子里点起一堆艾蒿熏院子。也许瘟神也怕呛，被熏走了。

我们家房子下面现在还剩很多那年的艾蒿，风吹日晒，已经干巴得一抓就会碎掉，但那股纯正的蒿子味丝毫不减。它就像一双眼睛，默默注视着院里的鸡刨食、猪拱圈、狗拿耗子、猫抓麻雀、韭菜青了，雪花落了……我奶说，这东西不能扔，干透的艾蒿比新蒿子还管用。说这话时，她是自豪的。民间有些东西确实是越老越值钱，它们老了味道更正，老了才镇得住生活，这就好比日头落了，大地才有梦。

端午节之前有一种草，叫小根蒜。小根蒜在开春之际是最嫩的，可以蘸酱，也可以腌咸菜，直接当菜的话就着大碴子粥蘸酱，吃面条的时候拿它腌的咸菜当卤，简直好吃得不要不要的。

我们屯子东头有个陈老师，他就是鸡瘟时帮我们家的老陈婆子的丈夫。不知道因为什么，他家两个儿子，智力相差极大：老儿子干净利索，学习贼好；老大却是个傻子，成天头不梳脸不洗，无论冬夏都穿个破棉袄，二十来岁了还和我们小孩儿一起玩。那年春天，陈老师要调县城教书，可把老陈婆子乐坏了，虽然觉得很突然，没什么准备，但她还是欢天喜地地收拾着家里的那些破烂儿，准备进城。村里人路过她家都说，"大嫂啊，进城过好日子去了！可别忘了我们啊。"老陈婆子笑着说，"不能、不能，哪能呢，你们想着往后进城办事啥的上家来住啊。"谁承想，这一切竟然空欢喜一场，陈老师进城就只带上了老儿子，把老陈婆子和傻儿子全扔农村不管了。那天晌午，人们看见老陈婆子默默地解开包袱皮，把捆好麻绳的那些家当稀里哗啦地倒一当院，折腾完，自己也一屁股坐在破烂里傻呵呵地笑。邻居们看着，想近前劝，又都不知道说啥好。打那以后屯子人都管陈老师叫陈世美。我小，那时候还不知道陈世美是谁，只觉得陈老师有点儿缺德，太狠心了，不配当老师。老陈婆子似乎并不在意屯子人说三道四，照样下地干活儿，上供销社买咸盐。乡亲们反倒有点儿纳闷了，在地里干活儿时遇见老陈婆子，说，"大嫂，你家陈老师有信没？"老陈婆子知道她要说啥，哈哈一笑，说，"领老二在城里考学呢。等着吧，指定能考上。"这样一来，别人就更不好再说啥了，撇撇嘴，干自己的活计去了。

老陈家埋汰，地上乱得连个下脚的地方都没有，炕上也是，衣服、裤子、袜子四处扔，被子从来不叠，黑得都打铁了（看不出原色了）。再加上，傻儿子不愿意起炕，成天到晚糗在被窝里，光着个腚，拉尿都在屋里。但他妈不嫌弃他，他爱怎么样怎么样，当小孩儿一样伺候。我就没见过哪个当妈的像她那么好脾气。老陈婆子拿傻儿子就像宝似的。

陈老大经常领我们上甸子找小根蒜，不知道是谁教给他的本事，他认识小根蒜。说也奇怪，他总能在看似一片荒芜的甸子上找到成片的小根蒜。他还不让我们薅光，差不多就得了，拽着我们往回走。他说，薅光了来年就不再长了，说这话时还把脏兮兮的食指抵在嘴唇上，像是怕泄露了天机。那一刻，我们没有人把他当傻子。我们愿意和陈老大玩，还愿意上他家吃饭。别看老陈家那么埋汰，老陈婆子做饭可好吃了，关键是她还不烦小孩儿，一看傻儿子领我们一帮小孩儿回来了，就乐得合不拢嘴，"进来，进来，快进来，大姨给你们做饭吃，都饿了吧，看一个个造的这小样，你大哥又领你们找蒜去了。"说着就抱柴火烧火，头发上挂着草棍儿都顾不上摘。干柴瞬间在灶膛里燃烧起来，映着她温暖的笑容，老陈婆子会做好多好多美食，而且快得很，一转身的工夫就弄好了，不知道她是从哪个旮旯儿变出来的好几种咸菜，其中就有小根蒜腌的咸菜——蒜头连着蒜苗整根盘在碟子里，里面浸着通红的辣酱。她用筷子一根一根挑出来放在我们碗里，一边用黑乎乎的食指抵起露在碗外沿的蒜苗，一边还问，"馋不馋，馋不馋。"我们跳着脚拍巴掌等她往桌上端。这么简单的东西，竟如此美味，我们就着她贴的一锅饼子，吃得香极了。可是每次回到家，妈听说我又在老陈家吃饭了就骂我，你这是要馋死吧，那么埋汰的地方你也吃得下饭，把你给他家吧。

说实话，把我给她家我真没啥意见，那样就可以天天不用起床了，没人管我，还有好吃的。但人家可不一定愿意要。我学习没老陈婆子老儿子好，找小根蒜不如她傻儿子，人家要我干啥呢，干吃饭吗？

后来，陈老师领走的那小儿子真考上大学了，而且是个名校，西安交通大学。这事轰动一时，别说在我们屯子，在县城也传遍了街头巷尾，刚兴考大学几年啊就出了这么一号人物，这事听说把县长都惊动了，县长领着教育局局长上学校给陈家老二戴上了大红花，开着小车在新华书店和圈楼转了一圈，大广播喇叭响一道。

陈老师回乡办席，请了做大席的草台班子来家，院里支起了大棚，摆了好几桌。不知道从哪儿借的录音机扯到院外墙头上，放《黄土高坡》，"大风从坡上刮过"震得墙头土直掉渣儿，家里的鸡也杀了，不到二百斤的猪也杀了，到处给人散喜帖。可是乡亲们没什么人去，陈老师过去的同事也没几个人去，就我们一帮小孩儿围着录音机转圈打闹，我们等着最后会吃上几口好吃的，我们知道老陈婆子肯定会给我们的。可是她现在没在家，老陈婆子挨家去请且（东北话客人），她穿上了过年才舍得拿出来的布衫，一件青布的斜襟大褂，我妈也有这么一件衣服。可是大夏天的，她穿着它怎么显得那么不合适，不知道是把她急得还是给衣服捂的，一头汗。"老婶啊，走，上家喝口喜酒，你老外孙考上学了。""弟妹，大哥，给老妹个脸，上家坐一会儿……"就这么挨家请，挨家拜。乡亲们好歹是看她面子来了，老陈家这席才算没冷场。

酒席吃到一半，陈老师端着酒突然一下站了起来，他脖子都喝红了，嘴里磕磕绊绊地说，这些年他如何如何辛苦，孩子如何如何争气……大家鸦雀无声地听着，不知道谁，冷不丁地把一盘菜摔地上了，全场瞬间一愣，院里的鸡都停止了刨食，抬起脑袋一动不动地等着下文。老陈婆子站起来大声对陈老师说，"不让你说话了，吃饭吧。"这时我看见，老萧家我三哥把攥在手里的空酒瓶子扔到了地上。

那天中午，箱子在羊圈起粪，热腾腾的羊粪被她一锨一锨挖起来好像得到了解放，抖搂着浑身膻味可当院欢呼。箱子没去老陈婆子家吃席，她就要出嫁了，男方是镇上于会计家的三小子，可是她很闹心，箱子心里有自己喜欢的人。

箱子考了两年大学没考上，她妈说，"闺女算了，咱识了那么多字了，非得考那大学干啥呢，那不是像咱们这样的人家能考上的，你没看老陈家吗，老陈婆子积了多少德、还了多少愿、遭了多大罪呀才出那么一个大学生，你妈我能跟人家比吗！再说了，咱家的院子没落下来过文曲星，只有羊刮回一身老敞子（苍耳）。"老敞子在我们农村就是种野草，满甸子都是，乱糟糟的秧，成球成蛋分不清主次，身上长的小球结满带勾的毛刺，这种刺小的时候是软的，毛茸茸的不扎人，老了就不行了，逮着谁粘谁身上。要是羊从它身边经过，那还等什么呀，走吧，正愁找不着主呢。老敞子就是靠这一身令人讨厌的本事云游四方，把种子洒遍全世界。什么路边、地头、房前、屋后、猪圈、柴垛，但凡落到哪儿，来年春暖花开就能长到哪儿。就像我们屯子的孩子一样好生养。

箱子知道她妈说的是啥意思，那天起羊粪的时候，福子哥过来帮忙，她妈看见了，隔着炕上的窗玻璃，她看得真真的。知女莫若母，但是她连屋都没出。箱子的铁锨被福子拿过来就开始挖，每一锨都比箱子挖得深半锨，相当于箱子挖一个来回。箱子家姐四个，大姐出门子了，老妹中学还没念完，老弟和我一般大，她是家里的劳力，屋里外头一把手，很能干。箱子站在一旁瞅福子哥的背影，不禁有些感叹，女的再怎么能干也赶不上男的呀。

箱子知道福子哥喜欢她，她其实也挺喜欢福子，只是福子他们家的名声不好，坏了门风了，介绍人都不敢轻易上门。福子和他二哥都到了说媳妇的年龄，可是没谁家的姑娘敢嫁，福子二哥眼瞅着就小三十了，在我们屯子，像他这么大的同龄人基本上孩子都会打酱油了。可是有什么办法呢，门风是一个人家的名声，在农村比天还大。嫁姑娘说媳妇，先打听对方的人家咋样，一听说门风不太好，那还扯啥呀，介绍人都容易挨骂，所以媒婆轻易不敢惹乎这样的人家。

究竟是怎么一回事呢？

那年，福子大嫂跟供销社管收购的小郑偷偷摸摸好上了，农村管这叫搞破鞋，这事闹得沸沸扬扬，顶风传出去好几里，只有乱搞的这两个人还以为藏得多秘密呢。可这事怎么能长久？后来他俩被小郑媳妇堵屋里了，常言说家丑不可外扬，小郑媳妇兴许也是实在气不过，站在院子就开骂，把这两个人祖宗都掘出来了。她在大门上顶了一截木头，福子大嫂和小郑被她反锁在屋里头出不来，只有干挺着。这么花花的事在农村那还不一哄哄的？乡亲们闻风全来看热闹。这么一来，小郑把铁饭碗弄丢了，只能回家种地，媳妇领着孩子走了，不和他过了。可是福子他大嫂真是个战士，不管家里怎么审，怎么揍，就说没那么回事，是小郑老婆诬陷她。后来小郑也上门来闹，非要和福子大嫂一起过，这下就更热闹了，他三天两头来闹，借点儿酒劲就来耍，闹得福子他爸他妈大门都不敢出，福子实在气不过，给小郑一顿揍，肋骨打折好几根，门牙打掉好几颗，他自己也被公安抓了起来，关进了小号。谁知道，这事还没消停多大一会儿，福子大哥喝了农药了，那天中午在坟圈子被羊倌发现时，人已经口吐白沫眼看着不行了。不过还算他命大，家里人手忙脚乱地把他整到镇卫生院，灌肠子洗胃折腾一宿，好歹是抢救过来了，但整个人却变得呆呆傻傻谁也不认识了。

这样的人家，谁敢嫁呢？箱子只有默默地感知福子对她的好，不敢有一点儿表示，但是福子知道箱子也是喜欢他的。这种事，咋藏得住，全写在眼睛里呢。

我们小孩儿也喜欢箱子。她长得周正，一双笑眼，对谁都和和气气的，尤其是她的两条大辫子，又黑又粗，挑水的时候就在肩膀前后甩来甩去，美极了。我暗暗发誓，等我长大了也要娶箱子姐那样的老婆。

那天我看见箱子姐在村南头树趟子前面放羊，手里拿着一条树枝，不知道站在那想什么呢，久久不动。秋阳温暖，金色的阳光洒在羊身上好像给羊罩上了一层光环，连挂在羊毛上的老敞子都显出宝石项链一样的光彩。老敞子就是箱子妈拿话点箱子的福子哥。箱子妈是聪明的，她不把话说透，省得不好收场。她知道这种事就是这样，不捅破互相还有所忌惮，一旦捅破这层窗户纸，没什么忌讳了，反倒失控。农村人有农村人的智慧，这也是长期艰苦贫困又复杂的生活总结出来的结果。她已经婉转地告诉箱子了，别啥人都碰，福子那样的根本算不得什么星星月亮，铆大劲算个老敞子。

箱子盯着羊身上的老敞子，觉得自己还不如一粒老敞子籽，人家想跟谁跟谁，跟谁都能落地生根，自己却不行，自己得听别人安排活着。自己和镇上那个于会计家三儿子一共也没见两次面，瞅他那体格还不如自己壮，一阵风怕是能吹跑喽，自己却要嫁给这个人。福子他家坏了名声跟福子有什么关系呢？自己干吗那么在乎这些。这些事她想不明白，也摆脱不了，就如一口痰卡在嗓子眼，咽不下，吐不净，像老敞子粘在了头发上，令她烦恼得很。小的时候，她没少被男生往头发上扬老敞子，小女孩头发乱蓬蓬的，不像现在这么光滑，一粘上老敞子，薅也薅不下去，捋也捋不下来，越弄缠得越紧，越着急粘得越结实，急得直哭，恨不得剪掉头发。箱子记得小时候往她头发上扬老敞子的就有小福子，怎么一眨眼的工夫，都长这么大了呢。早知道这样，当初就不哭着喊着往下薅那老敞子了，现在不正好找他去，让他负责，把粘了一头发的老敞子摘下来，摘一辈子。

箱子被一辆农用四轮子接走了。四轮子前头扎着红布，红布中间系着红花。全屯子都来送她，上车的时候箱子抱着她妈哭，一面哭一面捶她妈的肩头。只有她妈知道，那里有多少不甘和无奈。可是这有什么办法呢！"慢慢地你就知道了，妈妈全是为了你好。"一通鞭炮过后，四轮子突突冒着黑烟开走了，一帮小孩儿扑到鞭炮的碎屑里捡那些没点着的空炮，我和箱子弟弟跟在四轮子屁股后面追，箱子姐急得在车上一个劲儿要站起来让我俩不要追，我俩不听，一直追到屯子头，实在撵不上了，才眼瞅着四轮子消失在灰尘里。我的心空空落落的，好像有什么东西被人掏走了。在我的心里，我是要长大了娶箱子的，这下全完了。此刻我多想变成一粒老敝子粘在她的头发上啊，跟她到任何地方，哪怕被她随手丢在哪儿，我也会长在她的左右，时刻能看着她。回家的路上，我看见福子哥一个人在地里干活儿，这时我才想起，送箱子的人群里，没看见他。

那天放学回来，我又看见箱子了，她站在她家的羊圈边，怀里抱着个孩子，她在教小娃认羊，"看，羊、羊、羊。"她胖了，比以前白了，身上没有从前利索，头发没有过去光溜，却更有一种好看的劲儿。她也看见我了，连忙招呼我进院。不知道为什么，我愣在原地，好像没听见她叫我，然后就径直默默回家了。

一样的麻雀

你有没有发现，所有的麻雀长得都差不多，当然小麻雀和大麻雀有点儿区别，但小麻雀和小麻雀长得又几乎一模一样。我从小就看出了这点。

春天，大风卷着沙尘，几乎要把麻雀从树上掀翻到地面，故乡的村子除了呼呼的大风，很难听到别的什么响动。园子里柴草和沙土在仍然僵硬的田垄上打着旋儿，一圈又一圈地制造着小型龙卷风。鸡被刮得顺着风跑出老远，鸭子最尖，它们贴着墙根趴着，一动不动。猪圈里传来三只黑猪哼哼唧唧的抱怨声，它们永远是饿的，到了进食时间就更着急了，三张嘴一同挤进圈门木栏的缝里嚎叫。

我提着泔水桶向猪圈走去，风把我的小身子板刮得东倒西歪，鸭子看见了立刻从墙根爬起身，嘎嘎叫着讨要吃的，我往槽子里倒了些泔水，鸭子立刻围拢过来，把头探进去啄食里面的菜叶。不知道跑哪儿去的鸡也纷纷顶着风跑回来了，加入抢食的队伍。三只猪听见外面吃食的动静，叫得更急了。我把大半桶泔水连同一起熬煮的苞谷糁全倒进猪圈里的槽子，里面马上传来欢快的进食声。

如果有可能我也想喂喂麻雀，这样的天气它们只有挨饿的份儿。我不知道它们是怎么熬过漫长的冬天的。在白雪覆盖的乡村，这些鸟靠什么生活呢？我经常会在院子或者外面看见冻死和饿死的麻雀。它们小小的身躯缩成一团，冰凉的身体几乎没有肉。可是很奇怪，只要天气转晴，这些家伙又会一帮一伙地在园子里、树林里、房顶上出没。这是一种不需要特殊关照就活得挺好的生物，它们在这个村子的时间恐怕比人还要长。

　　你有没有发现，麻雀是不会走的，它们走路全靠蹦，一开始我很纳闷，以为这样是为了好玩，后来再仔细看，发现所有的麻雀都是跳着走的。它们不会像燕子那样一步一步往前迈，这不是因为顽皮，而是它们根本就不具备"走"这个本事。我试着学那个样子走路，刚开始挺有意思的，走得多了就发现不行，每一步都要调动全身的力气，跳起来，落下，再跳起来，再落下，要是这样跳一辈子那成什么了，不得活活累死吗。可是它们毕竟会飞，我们不会，但我们也不用跳着走。这么一想老天爷似乎是很公平的，给了你这样就要拿走另一样。可是转过头再一想也不对，为什么有的鸟既会飞也会走呢？有的人不用下地干活儿吃得却比干活儿的还好。这么看世间事又是不公平的。但是麻雀们想过这个问题吗？

　　麻雀们整天在园子的地里找什么吃呢，那里春天的时候也没种过五谷，这时候大地还没解冻，又不会有虫子，除了土，会有其他东西吗？但是它们似乎很满足啄来啄去的这个动作，就好像我们每天拿稀溜溜的泔水糊弄那些鸡鸭猪狗一样，它们也只是满足在吃的这个形式里。我趁着奶奶不备，往园子的地里扬一把小米，奶奶看见了就会说，你那好心眼有什么用啊，这一把东西够谁吃的。奶奶说得是对的，我甚至不知道每天落在我家园子里的麻雀是不是前一天来的那伙，它们有着一样的羽毛，一样的颜色，一样的叫声，它们长得实在太像了。

　　我经常看见鹞鹰在村子的上空盘旋，它能停在我头顶的半空不动，你会为它那种飞翔的姿势着迷，但也会感到诧异，鸟怎么不扇动翅膀就能飞呢。如果把我放在半空我也能像鹞鹰一样吗？当然这只是假设，我没法飞起来，更别说停在半空。我也从来没看见麻雀飞那么高，也没看见它们会停在空中不动。它们飞的姿势更像我到园子里去抱柴火；去树趟子里捉迷藏。它们从一棵树到另一棵树，从墙头飞上树梢，再嗖的一下像箭似的从树上射到草地。这是它们常玩的把戏。它们的翅膀在急速下降的时候也能不动，可就在马上要掉地上的时候，翅膀拼命扇动几下，又飞起来了。它们就像我扔出去的会弹跳的石子，像打水漂，抛着飞。但它们是不会飞太远的，我始终不相信我家跟前儿的麻雀会飞到学校那边去，尽管它们长得很像。它们是不会因为自己的地方没有吃的就另寻住处的，这点和我们村子里的人一样。所以我很羡慕学校里的麻雀，那里是如此热闹，那里的农场总是遗落很多谷物在地里，只要不被大雪覆盖就绝不愁找不到吃的。就算大雪封地，学校食堂扔出去的垃圾也够它们吃饱的。奇怪的是，那里的麻雀并不比别处的多，这就说明，没有麻雀因此搬过来和它们搭伙，它们也没有因为不愁吃喝就壮大势力。麻雀和人一样死心眼。你也可以说它们有志气，但我不那么认为，我觉得那就是一股傻劲儿，脑子不太灵光。

我经常去学校玩，趁着我爸不备溜进厨房，顺手抓个馒头揣在怀里。我爸是食堂的厨师，但他看我看得很严，生怕我溜进来偷东西，我在他眼里就像个耗子。我爸和我家的麻雀一样死心眼。

我吃着怀里的凉馒头幸福极了，学校的麻雀也幸福极了。教室房后的树林里是它们的聚集地。林子的树上拴着一个大喇叭，大喇叭不响的时候，里面全是麻雀的叽叽喳喳声。它们应该是有些文化的麻雀，在教室外边这么长时间，听也听得差不多了，特别是夏天，教室的窗子根本不关。也许是对教室里讲的课还不能完全理解，所以它们整天争论不休。学生放学了，它们争吵得就更厉害，简直像要打起来，互相追逐着从树上到瓦房，从房顶再追到树里，夏天树叶茂盛的时候，叶子劈里啪啦地被撞落，冬天，没有树叶了，它们就像叶子一样缀满枝头。一直到夕阳落下，天边只剩晚霞，树林才逐渐安静下来，树上和房顶零星传来叽叽啾啾的呢喃。教室房顶的瓦里到底能装多少麻雀，没人数得过来，但是把家安在那儿，比安在我家仓房的房笆可安全多了，它们不用担心野猫晚上来偷袭，屋瓦四通八达，有一点动静就全都知道了，谁也别想抓到它们。

人总是有办法的。那年"除四害"，麻雀是四害之一，人们不但有了抓它们的理由，还有抓多少只麻雀的任务。什么事别成为任务，村民虽然脑子不大灵光，但执行起任务那是绝不含糊的，而且还很有办法。那天晚上，邻居萧婶子家我三哥带着我去学校抓麻雀，他们大人沿着木梯爬到教室的瓦房上，在屋瓦的中间掀开一块，打开手电筒，往里照，拿棍子在两侧敲。这趟瓦两侧堵头有人撑着麻袋口等着，惊慌的麻雀不知道那是陷阱，黑夜里麻雀眼睛是盲的，什么也看不见，它们无头苍蝇般四处逃命，最终，纷纷落进麻袋，不到半个小时，我们捉了两麻袋麻雀。灾难来了，不论你过得幸福还是不幸，那个看似安全的地方反倒最不安全，成了首当其冲的目标，麻雀被连窝端了。

也是那年，学校里那个天津下放来的大学老师突然红了起来。他的错划"右派"问题得到了解决。上级让他回天津工作，可是他不愿意回去，他没有儿女，几个侄子也早就和他划清了界限，老婆也和他离婚了，他不愿意回到那个伤心的地方。县里十分重视这个典型，认为这是任劳任怨，安于边远地方教育的典型，要大力宣传。于是，他成了校长，而过去学校那些欺负过他的老师和工友们却蒙了。有意思的是，他和我爸特别好，在他最难的时候，我爸总偷偷照顾他。我爸不照顾我，偷偷地照顾一个外人，这可怎么说呢？！

麻雀后来也被保护起来了，它们不是四害，不许再肆意捕杀。但是你发没发现，它们却并未因此变多，尽管这些年麻雀被列为保护动物，它们也没见多。我记得小时候的麻雀，特别多，哪是人能打没的呀。所以麻雀是聪明的，它们知道如何自处，不因得势而猖狂，也不因苦难而消沉。它们亲近人，但不相信人，它们和人永远保持着距离。人就不行，记吃不记打，好了伤疤忘了疼。所以人虽然和麻雀一样平凡，但没有麻雀明事理。于是我就合计，它们和我们看似简单的生命相比，其实它们不见得不如我们，别看我们每个人长得都不一样，而且都有自己的名字，但在麻雀眼里估计也差不太多，它们可不管你叫啥，就像它们并不知道自己叫麻雀。

酸菜的心思

从前我不乐意吃酸菜，不管是炖、炒还是包酸菜馅饺子，怎么整都不乐意吃，家里偏又上顿下顿地做，看见酸菜端上来，我就气得不行。我妈可真不惯着我，爱吃不吃，吃完就收拾桌子、捡碗，不吃饿着吧。饿着就饿着，饿着我也不吃！

知道问题出在哪儿吗？没油水。酸菜没油水好比树趟子里没有鸟，不落鸟的树，树叶长得都不精神。东北人知道，酸菜最喜欢油水，五花肉炖酸菜，那还说啥了！酸菜血肠，灵魂是肉。可是那时候上哪儿弄五花肉去呢？一年杀一回猪，那点儿肉，恨不得炖一缸酸菜。

没有油水的酸菜，你能想出来是啥滋味吗？想不出来我慢慢告诉你。

冬天，雪来了，天气越来越冷，地上寸草不生，园子里只有两垄葱在雪中泛着绿，好像是首歌从雪地里冒了出来，告诉上面种的菜，同志们都歇歇吧，咱们来年再见。究竟是从哪天开始的，寒风把一地生机全都收割了呢？满园寂静，只有铁雀在雪地上的爪印证明大地仍然活着。可是那些聒噪了一个夏天的蝈蝈们哪里去了？蹦跶了一个秋天的蚂蚱呢？整天忙忙碌碌的蚂蚁们呢？顶着月亮地蛐蛐个不停的蟋蟀呢？壕沟里一惊一乍的蛤蟆呢？我怀疑它们并没被冻死，而是藏了起来。如果把大地翻个个儿，一切就会真相大白。那看似寂静的雪地，其实另有世界，而且热闹非凡。但此时我不想打扰它们，明年春天，不用我叫，它们都会回到园子里，一切如旧。我把这个判断讲给了好朋友小豆，他露出惊讶的表情，想了很久，说，"你净瞎扯。"

其实我也时刻关注着园子，但是我另有目的，我在等雪什么时候下得够厚，好在里面扫出一块空地，支个筐箩，抓雀。那时候冬天家里好吃的太少，如果能在下雪天抓几个小铁雀烧了吃，是很解馋的。我已经看到灶坑里通红的火焰了，可惜，锅里炖的还是酸菜。对，就在此时，秋天时腌在厨房大缸里的酸菜苏醒了。眼见着压在酸菜缸最上面的青石一天天往下沉，缸里的白菜跟着石头一天天往下落，水咕嘟咕嘟冒泡，漾上来了。从它身边一走一过，我的嘴里不由得冒出一股股酸水。从这会儿开始，酸菜缸的酸臭味将覆盖整个外屋，不管你是哭是笑，是冒烟还是烧香，什么也掩盖不住这股味，它好像渗进了空气里，撵都撵不走，抠都抠不出来。这么干，不知道它是在宣告对这户人家的占领，还是逃离。这味直到转年园子里的小葱抽出叶子，韭菜长到一米多高才没。这个时候的酸菜缸也好像长长地出了一口气，它要歇上一整夏，等上秋再用大白菜填满。

我一直认为，故乡五棵树的秋天是从砍倒第一棵大白菜开始的。之前的秋收不过是个序曲。在成垛成垛的豆秸往村里拉的路上，苞米还在大地里招呼我们，小孩儿们，快点儿来呀，夏天结束了，快点儿劈，快点儿烀吧，再不烀我可就要老了，到时候你想烤着吃，扔灶坑里烧着吃可就找不着我了。于是，在大人们忙着割豆子的地头，我和小伙伴们猫在壕沟里升起一堆火，从苞米地找来还算青绿的棒子，整个地扔进火堆里烧，烧得糊糊巴巴，也说不好熟没熟就吃开了。大人们隔老远看见这边冒烟，使劲喊上两嗓子，小兔崽子，又玩火！

语气却并不吓人。我们把小肚子撑得溜圆，躺在沟里，眼睛周围的田野青草尚绿，野花繁茂，黄的黄，红的红，粉的粉，黄蜂从一朵花蕊钻出来，又重新钻回去，屁股一撅一撅地不知道在找什么。天空弥漫着烤苞米的烟，云彩薄如鳞片，风就躲在上面。阳光暖烘烘地洒在身上，天气不冷也不热。真舒服。

金色的秋天来了，曾经的我在作文里写道。

可是，秋天的颜色根本就不是金色的，是杂色。实际上它是这样一个过程，先绿，全都绿，然后是黄、绿、红、紫、白、灰混合，开始的时候绿还是占据大部分。有的杨树着急，黄得快，从它身边经过，阳光透过叶子，从缝里钻出来，金光夺目，刺得人眼睛睁不开，这时候它们是金黄的。可当你走过去之后，回头再看这棵树，黄叶还是黄叶，但已经没有了金光。不远处，它的同伴们仍然满身绿叶，风一吹，叶子背面泛着银白的边。有些柳树，尤其是泡子边的柳树，到冬天都不带黄叶的，好像被谁施了咒语，就算冻干巴了，落在地上，仍然绿着。我想，那传说中的金色秋天，不过是个美好的愿望吧。只有在阳光穿透的黄叶上，在苞米扒开外皮儿的棒子上，在小米漫过我奶奶的心头，在我描写秋天的作文里，才会出现一片金黄。我把这个想法也告诉了小豆，他没经思索，就表示了同意。但对我之后说的话，他就不干了。我说以后我们不要全信书里的话，那些看起来没毛病的话，常常是错误的。他说，你又胡说了，不信书念书干啥？对他的反驳，我也没招儿了。他见我被反驳得没了词儿，用手背使劲抿了一下嘴巴上的糊巴黑，看他嘴唇和下巴黑成了一片，我很是解气。

时隔多年，我已经不知道小豆在哪儿了，四时无常，季节从来就不是单色调的。人生也是一样，没有绝对的道理。这就好比我现在回想故乡秋天原野的颜色，恐怕当时的样子和我现在叙述的还不是一回事。很多东西，在我们回忆时就已经掺杂了想象，你说哪个是真的哪个是假的。

咱们还是接着说酸菜吧。

天终于凉了下来。不对，是冷了。一阵风过后，暖和日子被吹得越来越远，地里没收割的庄稼开始着急了，唰唰唰，冻得人直搓手；一场秋雨让庄稼人的手握不紧镰刀，可萝卜却正当壮年，白菜才刚伸开腰肢。那时的白菜还是个小姑娘。

深秋是大白菜的天下，满地的绿基本属于它们，哪怕你扬一场雪呢，顶着雪花它们反倒更精神了，它们真是秋天最后的尊严。

这时的土豆和大葱已经纷纷走进了各家的菜窖，白菜在地里还在待价而沽。但它们并不值钱，一大车白菜可能都不值顿酒钱。不过在气势上，白菜却撑起了一个季节。当整车的白菜拉回家，秋天也就基本结束了。皑皑白雪将覆盖大地，雪地上，除了白雪和星星点点裸露的土地再无其他颜色，只有牛羊还偶尔在上面翻找白菜们留在土里的根须和残叶。

我无法拒绝吃酸菜，大白菜变成我家的酸菜，也不是它自己的选择。但在我家，它比我地位高，它是我们家整个冬天的主角。平常日子是它，过节是它，没油寡味的饭碗里是它，来人去客的主菜还少不了它。若论重要，它不顶粮食，没它也吃得饱；可要说不重要，还有什么能让本来就寡淡的日子有点儿滋味呢，哪怕仅仅是酸和咸。那么我是该感谢它呢，还是讨厌它呢？

其实，我也并不是总讨厌酸菜。

那时，母亲的身体不太好，经常病病快快的，额头上总留着拔火罐的痕迹，那几个紫红色的圆圈让我不快乐，每次看到它们，我就会难受，凝视久了，会想到十分遥远的地方。那是什么地方？那里仿佛是个无底洞，它会把我和母亲都陷进去，再也出不来。我情愿母亲因为我讨厌酸菜不吃饭追着掐我，也不愿意她躺在炕上哼哼。母亲的病严重到拔火罐也无济于事的时候，就要去很远的地方看病。我不知道那里究竟有多远，但她每次走，我都感到那里大极了，大到什么病都能治好。在等她回来的那些日子里，我像变了个人似的，最明显的变化是不再讨厌酸菜，好像我吃了酸菜，母亲就快回来了。那时候我爱坐在炕头看着窗外出神，看雪地上一群鸡留下无数个"个"；看麻雀落在墙头上，被风掀起翅膀的羽毛；看太阳升到了树趄子的头顶，变成一个发光的拳头。我变得不爱玩了。

这天雪后，小豆他们来找我，说西头大地里来了一群铁雀，喊我去设伏。还没等我答应，奶奶就连推带哄地往我头上戴帽子，在我脖子上挂棉手套。我们设伏的地方原是块白菜地，扫开田垄，里面还有冻僵的菜叶子，那叶子仍然翠绿，就像当初长在地里一样，只是稍一动，叶子就会碎掉。这些叶子是秋天砍菜的时候从大棵的白菜帮上脱落的，留在了地里，被雪封上了。不知道它的母亲会不会想念它。它虽然和母亲失散了，可是也因此避免了成为酸菜的命运。白菜到底愿不愿意成为酸菜呢？这个问题我第一次想到。我被这突然的问题弄得措手不及，想了很久。

假如是我，我是不会愿意成为酸菜的，如果有可能，我宁愿永远长在地里，哪怕被雪埋上，被鸟叼碎，或者被牛羊啃食，哪怕烂在地里，来年再长，也不愿意被砍下来拉走，成为每家缸里的酸菜。这番想法我没跟谁说。小豆他们在以往设伏的地方圈雀，几个人已经跑出去很远了，我站在原地，看着他们小小的身影渐渐消失在地头的树趄子里。树林后面的人家已经开始生火做饭了，炊烟直直地升到树梢上空，仍然不散。鸡打鸣的声音和夕阳一起，从树林那边漫过来。雪地比之前亮了。

我家的那只大公鸡每次在墙头上打鸣，我都觉得有很深的含义，那好像是一种倾诉，或者是向远方发出的什么召唤。我觉得，它在寻找一种我也向往的东西，那东西是什么？是想飞？想离开？或者只是想改变。我常常想，也许在大公鸡的世界里我和它并没有区别，我在琢磨它，它也在观察我。这么说酸菜呢？它们有没有想法？它们被困在一个缸里，能不怀念这片大地吗？被赞美或者被嫌弃和它们有什么关系，成为酸菜并不是它们的本意。也许在它们的世界里，我们也不过就是个邻居。

这天回家，一进屋，我就闻到了熟悉的炖酸菜味。我妈回来了？我跑进里屋，没看见人，又跑到东屋，奶奶也没在，炕上放着她做的针线活儿，针就别在袜子上，她好像刚下地。厨房的菜肯定是我妈做的，错不了。一个人做饭一个味，我妈炖的酸菜和我奶奶做的我一闻就能闻出来。酸菜也真有意思，它的身上居然有人的影子。

第三辑

鸽子飞过哈尔淖的天空

似曾相识的鸟窝

　　我亲眼看见一对燕子在我家房檐下垒窝，一口一口衔泥，一点一点积累，你来我往，不住脚地忙活一个来月，成了。那个窝是独头葫芦形，口朝下，肚子在上边，侧身贴着下巴。猫是不好钻进去的，也不大会受到坏天气的影响。盖得很巧妙。还有一种碗形的燕窝，口朝上，窝里的一切靠屋檐遮挡。

　　和人一样，燕子也垒不同的窝，有的讲究，有的粗糙，像那种碗形的，大风，斜雨肯定往窝里灌，就很毛糙。这是为什么呢？燕子也有懒的？

　　趁人不注意，我用毛嗑秆把燕子窝捅了下来，窝啪唧掉地上摔碎了，没长毛的小燕子在一堆烂草和毛毛绒里叽叽叽地惊叫，没摔死。这时候猫不知从哪儿冲了出来，跑到摔烂的燕窝跟前，左看右看，用前爪试探了好几下，然后叼起一只小燕子撒腿就跑。

　　我不敢上前，对没毛的东西，我有点儿怵手。这时候两只大燕子来了，在我头上惊慌地翻飞，叫得急切、愤怒，不一会儿陆续又来了一些燕子，它们在半空叫得的我直想逃跑，有好几次大燕子直冲向我脑袋，我赶紧闭上眼睛。我妈说捅燕子窝瞎眼睛，这回我信了，眼睛很可能就是被大燕子叼瞎的。

燕子窝垒得可真精巧啊，摔坏了看得更清楚，每一块泥都光滑圆润，粘在一起，衔接得既紧凑又均匀，弧度无懈可击，真是太巧妙了。在燕子的脑袋里肯定有一个完整的图形，但它们不用图纸，也不用工具，全凭记忆和一张嘴就能完成。那小窝里还铺着软草和羽毛，这得费多少工夫。我真是……欠揍！

在等挨揍的时候我在琢磨一件事，燕子是怎么学会垒窝的呢？难道是天生的？就像我们身上的基因和血脉，我是老赵的儿子，我和老赵的牙长得完全一样，上下都各有两颗小的，连位置都不差。这东西没招儿，想不像都不行，现在我姑娘的牙又和我长的一样。我们在循着一个神秘的规律成长，不用学也不用教。可是除了天生会吃饭，我们好像也不会别的呀，燕子比人厉害，不但天生会飞，还天生会盖房！

那情感呢，我们岂不是更比不了它们了。

燕子经历了丧子之痛、家破人亡，还是宣泄之后很快平静。它们难道不会记仇吗？燕子很快就开始重建家园，在破旧的茬口上继续衔泥、筑巢。看着它们一如既往忙碌的身影，我骑在墙头上发了好长时间呆，第一次感到了迷茫。撼动人心的竟然不是那些声嘶力竭的喊叫和张牙舞爪的吓唬，而是沉默，像忘记一样沉默。这小东西也太能忍了，要是我们……不得哭死。

太阳就要落在地面上了，黄昏漫长。风把鸡吹进了鸡架，这天和往常一样，没谁在乎燕子一家的事。此时两只大燕蹲在南院墙边的电线上，沉默不语。

那天晚上我做了个梦，梦里没长毛的小燕子浑身淌血，面目模糊，其中一只用光秃秃的翅膀指着我，告诉大燕子，就是这个孩子毁了它们的家。

这一夜特别漫长，醒了睡，睡了醒，连续做这个梦。那对大燕子停在半空，空中没有一丝光亮，它们却异常清晰，它们不叫也不动，牢牢地压在我头上，最后终于坠入一条暗沉的河里，我还纳闷从哪儿来的河，它们就被黑乎乎的河水冲走了，我想追上去，把它们打捞上来，可怎么也迈不动腿，急出一身冷汗。

这个梦后来缠绕我多年，反复出现。现在，看到没毛的小动物，我的心还是会一阵阵紧缩，感到恶心、痉挛。所以我要把它写出来，在字里行间涉水前行，也许可以追上那条河里的燕子。

我曾长久地注视过我家简陋的庭院，实在没什么好描绘的，低矮的土墙，几块木板拼凑起来的院门，乱糟糟的柴火垛，鸡在下面不厌其烦地刨，灰突突的两间半土房，房檐下的檩子头暴露在外，漆黑腐朽，如果不是每天都有几声燕子叫，日子平淡得就只剩清汤寡水的猪食槽子和永远蒙着的酱缸了。

都说狗不嫌家贫，我看是燕子最不嫌弃家贫。我妈说燕子兴家，哪家招燕子，哪家的日子就会过得好。我家离好日子有多远？恐怕真的只有燕子才知道，因为只有它们能够自由穿梭在贫苦和美好之间。

我再回到这里时那条河已经消失了，就是梦里把燕子冲走的那条河。它在我五六岁时水量很大，鸭子都不敢去水流最急的那段滩里游泳。那条河把全村的鸭子洗得干干净净，在岸边的草丛里捡到的鸭蛋也干干净净。河滩的草老高，结着小棒槌似的蒲棒，夕阳总爱藏在里面，草变得光芒万丈。

岸边有几棵老柳树，又粗又大，却各自散落，不成林。有几只喜鹊，整天在这儿转悠。它们的窝搭在树上，这里一堆那里一捧，全是用树枝子插的。

有一次我们在野地玩累了，上地里偷了几穗苞米，抠了不少地瓜，打算在河边烤了吃，喜鹊偏赶这工夫笑话起我们。于是，它的窝被韩三小从树上端了下来，树那么高，窝掉地上竟没摔散花，真结实！我发现好多东西仰头看不怎么大，放到眼前却很大很大。喜鹊窝的树枝足够我们烧一顿火，柴火响干响干，火很旺很旺。苞米和地瓜不一会儿就熟了。

河边燃起的炊烟在水面上漂浮，和水汽混在一起，说不清是雾还是烟。从这里看过去，我们的村子只剩下屋顶，各家各户挤挤挨挨，虚实掩映，小得像过家家，还没有河滩的草高。我又发现，从远处看，所有房屋的大都不再坚不可摧，就像仰头望向喜鹊窝，不过是很小的一捧。可那毕竟是我们的家，尽管它们此时都在大地上漂浮。它让我们安心，知道它还在。可是喜鹊的家没了，那俩大喜鹊要好长时间露宿枝头，可我们当时还小，谁会在乎这些呢。我们仍陶醉在苞米的清香和地瓜的软糯里，韩三小拿一根树枝一下一下扎鸟窝的灰烬，看似熄透的灰烬苏醒了一般蹿出几颗火星，把韩三小后脑勺上一撮细长的头发吹了起来。

喜鹊此时一定躲在暗处偷偷伤心，辛辛苦苦搭建的家就这么一把火没了。

家其实并不是稳定的存在，我们不也是嘛，一生都在不停地搬家，不停地重建。也不知道是原来的不够好，还是我们一直在寻找更好的。反正不死，就不会停下脚步；死了，又想着回到最初的地方。家的命运，就像死亡之后还紧紧拥抱着孩子的燕子，谁都不曾拥有，谁都不曾放弃。

转念一想，家又是有根的，轻易不会陷落。河对岸的房子瞅着那么矮小，我们似乎正站在它的房顶上。那是你只看到了它地面的部分，没看到它的深处。房子和大树一样，地上地下一起生长，它们的生长可能是地底深处黑暗里唯一的光亮。很多老房子一进屋要踩进去很深一脚，大人得猫着腰进门，好像头上的屋顶要碰到脑袋。但他们离不开这个家，只能委屈地在里面活着，因为那也是他们唯一的希望。

燕子的窝被我们捅下来摔坏了，喜鹊的窝被我们烧火做饭了，它们的窝小，很轻，不牢固。房子塌是早晚的事，就算我们的房子也难保不塌，这也怨不得谁。你保护不了家，家自然有被毁坏的一天。

又想起那条河。那条河不知怎么就没有水了，直到我搬走，也没再来过水。那时候它已经完全没有了河的模样，有一家人，竟然把羊圈圈在河滩上。那几棵粗大的柳树还在，没有被砍伐，但其中一棵被谁砍了几斧子，又放弃了，可能因为太粗，砍不动。伤口处结出经年的疮疤，树身因此显得越发苍劲有力。人活到一定程度一般东西伤不着，树也是，房子也是。柳树今年死明年活，看着已经枯杇得不行，忽然又在一个春天抽出新枝。它们不倒、不死，始终守在岸边，相信水会再来。树上的喜鹊窝也在，树是鸟窝的根。

我听说河会沉入地下，那是河的根吧。河也分地上地下两块，地上枯竭了，地下仍在流淌。人在地上活够了，回到地下。所以我也相信水早晚会来，没有废弃的河道，没有不想家的人。在河床下面，鱼、青蛙、虫、水草……以各种各样的形式沉入黑暗，无所畏惧，此起彼伏，根系蔓延，和地面一样，展开了就是一个浩瀚的世界。

我在今年的早市，遇见过水边的菱角，那种如蒺藜样的水生植物，我小时候常见到，壳很坚硬，肉很细腻。那些年，它的坚硬没有抵过时间的消磨，和燕子一起消失了。在一档电视节目里我听说燕子南飞，飞去的不是南方，而是几千里之外的东南亚。这些小小的坚硬且沉默的生命啊，让我怎么说呢……

那天，城里真的来了几只燕子，太久没听过它们的呢喃声了，这声音好像在时间的对岸，要不是穿着鞋，我真能飞过去。可是，过去的那些人家早就改换门庭了，高楼大厦，车水马龙，你让它们往哪儿落呢？它们记得回家的路，找得到过去的家吗？

在燕子心里，家到底是什么呢？仅仅是记忆吗，又或是迁徙停留之处。人在路上，是不会因为记忆停下的，燕子呢，会吗？它们会留下重建一个家吗？如果会，记得找个安全的屋檐，应该不会再有好奇的孩子把它捅破了，他们会爱惜鸟窝。

猫在仓房的柴火垛上下了一窝崽

春天快结束的时候，我家的狸猫在仓房里下了一窝崽，一共六只，我发现时，小崽子们眼睛还没有睁开，像六个肉坨。

那天我奶上仓房抱柴火，大狸猫被她惊着了，站在柴火垛顶上不是好叫唤，好像是警告我奶不要打扰它。我奶脚小，身子也不灵活，怎么可能上柴火垛顶上去打扰它。她回来告诉我，老孙子，咱家猫可能在仓房絮窝了。

这是什么时候的事？我好像忽然明白了这一个春天，它天天晚上不着家是干什么去了。这家伙聪明啊！这次把猫宝宝生到仓房，肯定是害怕它们再被抱走送人。去年那窝五只崽子还没等断奶，就都被邻居抱走了。

左右邻居都知道我家的大狸猫厉害，别看它平时一副懒洋洋的模样，抓起耗子可不含糊。可是，它厉害，它的孩子也厉害吗？谁知道它们的爸爸啥样呢。后来，事实证明了我的猜测，分给邻居们的那几只猫崽不但不厉害，还贼馋，一天到晚围着饭桌子转，喵喵叫，就知道讨要吃的，比起它们的妈妈差远了。

我一天去三次仓房，但是都没有接近猫宝宝的机会，大猫片刻不离地守着它的孩子。其实我主要是担心它饿着，这么多宝宝吃它的奶，它又分不开身，几天不就把它吸干了吗。去年就是，我妈看它的肋骨都露出来了，瘦得直打晃，才忍痛把那些崽子送了人。

大猫对我的关心毫不领情，每次都如临大敌，警惕地瞪着我，却又无法阻止我的侵犯，只好喵喵地叫，既似不安，又似请求。那些小家伙闭着眼睛拱它肚皮，不知道是饿还是冷，身上的肉突突地直跳。我把掺了苞米面的米汤放在大狸猫的窝边，它并不立刻去吃，眼睛里丝毫不放弃警惕，死死盯住我，好像一不留神我就会把它的孩子拐了去。而等我下次再去的时候，那盆汤早已见底，盆儿就跟刷过了一样被它舔得一干二净。这个没良心的东西，把我的好心当成了驴肝肺。

我奶说，你可别趁老猫不在动它的崽子，动了它们，老猫就该不要孩子了。

为什么？我早就听说过有这么回事，可是不知道原因。

奶奶说，在月子里，猫崽的身上要是沾了别人的气味，老猫就不认识它了，会把它扔掉或者吃了。

猫妈妈把自己的孩子吃了？不会吧？！我把这件事说给了好朋友小豆听，他也惊讶得合不拢嘴。我俩商量着要不要试试，真能像我奶奶说的那样吗？

一周过去了，有两只小猫宝宝已经睁开了一只眼睛，另一只还闭着。但那只睁着的眼睛只能算一条缝，从这道缝里有一线光透出来，可也就是这么一条缝，这只猫就和之前显得不同了。过去它只能算个活物，会动，懂得吃奶，现在真是猫了。生命多神奇呀，你要不是亲眼所见，绝对感觉不到它是有过程的，猫不是一开始就是我们熟悉的样子，我也不是一开始就长这样。那我小时候什么样呢？据我妈说，我也是好长时间才能看见东西。这么说，我并不比猫强。

我和小豆终于寻着了一个大猫不在的机会。这时候的大猫不像过去那么小心了，偶尔它会出去找吃喝。看来它是扛不住了，不吃点儿喝点儿真不行。几个小家伙太能吃了，越大饭量越大，快把它吸干了。

看着一窝猫崽，我俩不知道该摸哪个好。这是什么破窝呀，好歹算在柴火堆里挠出个洞吧，几个小家伙再大一点儿会不会从里面爬出来摔下去？它们那几乎光溜溜的肉身让人不忍碰触，我对不长毛的东西天生有种害怕，我让小豆摸，小豆好像也在下决心，手指颤颤地伸向它们，快要碰到一个小东西的脑袋时，那个睁着半边眼睛的猫宝宝大概以为是它的妈妈回来了，小脑袋竟然抬了一下，差点儿没撞上小豆的指头，把我俩吓了一跳。小豆迅速缩回手，拽着我逃也似的下了柴火垛。后来我俩回忆当时的情况，都觉得是有一道灵光，从猫崽眼睛的缝中照见了我们。

黄昏的时候，我们又去仓房看它们。大猫还是不在，不知道它是一直没回来还是又出去了，它该不会是闻到孩子身上有小豆的气味不要它们了吧？可是我们还没碰到它的孩子啊，应该不会。

我知道大猫捕食不容易，很耗时间。有一次我看它抓麻雀，这家伙在园子的雪地上一卧就是半天，身子一动不动，脚埋在身下，移动时几乎是不可见的，你会觉得它的动是个错觉，但它和鸟的距离分明又在拉近。那耐性一般人做不到。好几回眼看着已经来到麻雀的身边了，仍然不急于进攻，最后连我这个看热闹的人都没耐心，它却忽然纵身一跃，蹿了出去，麻雀腾地直飞了起来，好像刚刚的一切不过是在互比耐心。麻雀起飞就一个拧身，飞出个折线，大猫怎么能放过这千载难逢的机会，原地跳起来，马上在空中完成一个转体，一口把麻雀叼住了。

有趣的是，猫抓到麻雀后，并不急着吃掉。它把麻雀吐在地上玩，麻雀刚要逃跑，它就扑上去，用一只前爪按住，然后再撒开，反复几次，麻雀不再跑了，躺在地上一动不动，好像给玩死了。大猫似乎也失去了兴趣，可就在它分神的工夫，看似死了的麻雀翻身从地上又飞了起来，但终究没有逃过大狸猫的反扑。麻雀太累了，没法飞得更快、更高。这场竞赛给我看的，是真佩服这两个家伙啊，小小动物竟也这么富有心思，表现出来的智慧和人不相上下，那份耐心、那份计谋，我肯定是比不过。

不知道什么时候大猫回来了，站在我身后既惊讶又愤怒，两只眼睛像盯着我，嘴里发出嘶嘶的嚎叫声，听着让人很不舒服。它肯定是把我当成偷孩子的坏人了。我横在它和窝中间，使得它无法靠近幼崽，它心里的焦急全化作了愤怒，左右不停地移动着。我真担心它会突然扑上来，抓瞎我的眼睛。别不信，听那动静，我要是再多坚持一会儿，它肯定能干得出来。我赶紧从另一侧下了地。这回，我有点儿相信它能吃掉自己的孩子了。幸亏我和小豆没碰它们。

接下来又发生了一件好玩的事。有一天我去看猫崽的时候发现猫窝不见了，原来的位置除了那个破洞还能看出来，小猫和大猫都没了。正在我纳闷的时候，从柴火垛的另一侧传来一阵窸窸窣窣的响动，好像有东西在里面。我循着声音找过去，果然，这帮小家伙藏在那儿，原来它们搬家了。前后没有两三米，它们竟然换了个窝。难道是在和我捉迷藏吗？

我奶奶说，它是被你吓着了，等过一阵就好了，小猫断了奶，你抱走它，大猫都不带管的，说完叹了一口气。我说，"怎么了，奶。"我奶说，"等小猫断了奶，你咋照顾它们哪？"她把我给问住了，我没想过这个问题。但是我知道，我家不能养一群猫，它们不是鸡鸭鹅，不能下蛋，不能吃肉，我们也用不着那么多猫抓耗子。

大约一个月后吧，小猫身上的毛色已经很鲜明了，有一只和它的妈妈完全一样，灰狸色，另外几只身上是棕褐色，脑袋下和肚皮全是白的，四个爪子也是白的，常见的家猫那种样子。小家伙们非常好玩，毛茸茸的像几只小皮球在柴火上滚来滚去，看见我全围拢过来，它们知道我给它们端来吃的了，不等我放稳盆子，小脑袋就挤上来，伸出粉嫩灵巧的小舌头，吧唧吧唧吃花了脸。数那只小狸猫最能抢，后来它干脆跳进盆里。这段时间，大猫真的不怎么管它的孩子了，它又恢复了自由身，好几次我看见它躺在阳光里睡大觉。这个家伙怎么前后变化这么大，难道它忘了自己还有六个孩子在仓房吗？

小猫并不在乎妈妈管不管它们，吃饱喝足后就在柴火垛上玩得不亦乐乎。它们自己发明了一个游戏，从草垛上滚下去，然后再想方设法爬上来，然后再滚下去，再爬上来，反反复复，能玩一天。扬起的灰尘撞上光线，就像无数闪亮的小星星罩住了它们，它们似乎从中获得了极大的快乐。我觉得这游戏也只有它们能玩，如果换成小鸡、小鸭是完不成这一系列动作的，它们掉下去不一定会摔坏，但肯定爬不上来，就连小狗都不行。可见小动物的本事是天生的，不用教就会。

奇怪的是，自从仓房里多了这几只猫，老鼠们全都不见了。以前仓房里最不缺的就是耗子，墙角都是那些家伙打的洞，它们见什么咬什么，连那些破板子，破箱子也咬。现在不知道这帮家伙都躲哪儿去了。经过反复思考，我总结出一个道理。猫和老鼠虽然是天敌，但也是各有各的规矩。你还别不信，这事我观察了，就像这次吧，双方就像提前商量好了一样，你在我的地盘生孩子，我上你的地盘找吃的。互相让一步。你要这么一想是不是就恍然大悟了。还有，大狸猫那么能耐，我家的耗子怎么从来没断过呢。这事它们私下里一定也是商量过的，你抓我吃我行，别赶尽杀绝。

这天中午，奶奶说，"老孙子，你把仓房那些小猫送山上去吧。"

最担心的问题还是来了，我一时慌了神。把它们送山上的意思，其实就是扔掉。我说，"奶，再等两天吧，等它们再硬实硬实，要不再问问谁家，看有没有人想抱走的。"奶奶没说什么。我知道，就算她同意了，这些小猫也待不了几天了。那天晚上，我非常难过，翻来覆去的，不知道什么时候睡着的。我做了个梦，梦里在一棵大树下和小猫们玩，阳光、草地、鲜花盛开。醒了，天已经亮了，窗外正下着小雨。我一翻身爬起来就往仓房跑。小猫们正在草垛上打闹，真是些傻玩意儿。

那只长得像妈妈的小狸猫被小豆抱走了，他说他二娘家好像要养个猫，他抱回去，先放他家养两天，等他小哥放假回来再抱走。我知道他在宽慰我，不想看我太难过。他二娘家在城里，养猫干什么呢？人还吃不饱呢，哪有东西喂猫？不过，我还是很感谢他，不愧是我的好朋友。

我把剩下的五只小猫装在土篮子里，奶奶在上面蒙了块小垫，她说，"猫狗记道，蒙上眼睛走得踏实。"我挎上筐，沿着公路走，小猫们在垫子下面十分安静，好像知道我要带它们去春游。路过一片杂树林子，我走到里面，从另一头拐向一条土路，这是条被公路取代的土路，以前它上面人来车往，最热闹了。现在土路几乎已经荒废，路面坑坑洼洼，存着积水，有些地方竟生出了小棵的灌木。老路越走越模糊，后来几乎没了。我蹲在草丛里，把筐放在身边。前面不远，有一棵弯曲的榆树在甸子上忧伤地望着我。就那里吧，那里鲜花盛开，阳光正好。

花花是条狗

那年春天，花花来到我们家。

它来时还是个小狗崽，可能还没断奶，但能吃点儿稀食。它是怎么来的呢？是别人给我们家的，还是爸爸捡回来的，我忘了，我是真记不清了。我回家的时候，它已经趴在柴火垛下了，浑身茸乎乎的，浅黑或者白，浑身颤抖着，好像很冷，它瞪着一双水灵灵的大眼睛看着我，那双眼睛真大，整张脸好像全被它们占据了。估计它是爸爸抱回来的，因为它几乎没有什么争议就留了下来。但它确实不是一条好狗，长得太埋汰了，说不上是黑底白花还是白底黑花，浑身就跟没染好的衣服似的，混浆浆的，黑毛里有白毛，白毛里有黑斑。我妈说，"你给它起个名吧。"我想都没想，"花花。"

一定是我把名字给起坏了。

一条狗叫花花你说能有多厉害吧。这就好比给一个小子梳了两个小辫，一个大老爷们却是一副娘娘腔相，能能耐到哪儿去呢！从小到大，我从来没听它大声叫过。它轻易不叫，人都说咬人的狗不露齿，它不露齿，也不咬人。刚开始我把它拴在院子里的窗台下面，我就着房子和院墙这块三角，用砖头和一块破石棉瓦给它棚了个狗窝，它倒不嫌弃，整天趴在窝边，来人了就把脑袋从前爪子上抬起来，瞅一瞅，瞅够了，目送来人进屋，或者干完别的离开……然后把下巴重新搭在前爪上，慢慢耷拉下眼皮。

我姐说："这狗还拴它干啥呀，怕它丢还是咬着人？"

我妈说："这熊玩意儿也太能吃了，赶上喂一头猪羔子了。"过一会又补充道，"喂一头猪羔子还能长点儿肉呢，哪天把它勒死吃肉得了，啥用也没有。"

花花被放开了，开始它不太习惯没绳拴着，并不走远，在院里转一个圈还回到狗窝里趴着，还是那副睡不醒的样子。只有在我妈给猪添食或者喂鸭子和大鹅的时候，它才跑过去试图吃一口。通常，猪是不大理会的，猪们只顾闷头吃自己的，所以它总能趁机吃到两口猪食。鸭子和大鹅就没那么好说话了，只要它把头一探进去，马上就会遭到大鹅疯狂的反击，大鹅伸长了脖子，贴着地皮一路叫着，像一颗炮弹似的直冲过去，不依不饶地把它追出好远，大鹅拧着腚，拽拽地回去继续吃食。它站在远处愣愣地瞅着，也不委屈，也不害臊。

这是一条连鹅都干不过的狗，我看着好生气，饿死算了。

后来花花就不怎么着家了，经常一走一大天，晚上才回窝。有时候一连消失好几天，也没人注意，直到它不知从哪儿突然冒出来了，浑身灰呛呛地趴回窝里，我们才想起好几天没看着它了，去哪儿流浪了，造得跟皮包骨似的，好像要散架子了。

怎么办？一条不叫的狗，是很难引起人注意的。它就这么长大了，毛色似乎逐渐地清晰点儿了。就像乌云的旁边偶尔出现几朵白云，白云的里头有几朵乌云。但它个子还是不高，一直停留在比小狗大很多，比大狗矮一头的水平。肚子始终瘪瘪的，永远一副吃不饱的样子。

那天我妈喂猪，看着它在里面抢食，说，"咱们也没说好好喂喂它，也长这么大了。它一天天都上哪儿去呢？一整就好几天不回来，一整就好几天不回来。老儿子你没事跟着它看看，看它都干啥去。"

于是我就留心观察起了花花的行踪。

花花的出走是漫无目的的，东嗅嗅，西闻闻，有时往一个方向走很远，忽然又拧身往回来了。这使得我措手不及，它看见我，也很惊讶，但也只是愣了一下，立刻就冲过来围着我摇尾巴，一圈一圈地围着我转，好像分别了很久。整得我怪难受的，好像做了什么见不得人的事。看着这么一条无所事事的狗干什么呢！我们也太小心眼儿了。不过，它到底要干啥去？可能它自己也不知道吧！这就难办了，它没有目的地出去，该怎么跟踪呢？我只好放弃了对它的观察。

花花几乎没有什么朋友，我也没见过它有伴侣，按照年龄算，它已经是大狗了，到了有想法的时候，可是我真怀疑它到底有没有过对象。谁会委身于这么一条蔫头耷脑的公狗呢？我和它在有限的几次相遇里，它始终都是自己，自己在村头巷尾，在甸子上游荡，看不出孤单，也看不出快乐，始终不停地在嗅，像是要闻遍全村的味道。

那年春天，万物复苏，柳树条软了，暖坡里，草芽冒出来了，大雁一排一排从南边飞回来，空气中到处弥漫着生长的气息。我看见花花和一条大黑狗干起来了，这使我十分惊讶，它居然会干仗！而且看样子并不缺乏勇气。两条狗对峙着，俯下头，龇着雪白的牙，喉咙里发出低沉的警告，接着，它们好像同时发动了冲击。两个家伙迅速搅在一起，花花一往无前，狠命地扑咬着对方的脖子，谁说它不会汪汪，我头一次在它的喉咙里听见那样的嘶吼，那声音充满野性，并不像大黑狗那样嗷嗷地吼叫。但它和大黑狗明显不是一个级别的，最终还是遍体鳞伤地夹着尾巴逃走了。我躲在暗中观察，并没有伸出援手。在花花的战斗中，我没办法帮忙，整个过程十分激烈，它只是败了，并没有投降。看着那条黑狗追逐着一条金毛黄狗而去。我很遗憾！我相信，如果花花再壮一点儿，它未必会输，它太瘦了，和对手不是一个重量级的，总是被那条黑狗扑倒，但即使被压在身下，它也并未放弃撕咬，有那么一刻，我在花花的气势下看见了黑狗的畏惧。

那年，我因为屡次惹事、闯祸，被学校责令退学，不得已离开家乡，去外地上了一年学。寒假回家那天，我刚一踏进胡同口，就见一个黑影嗖地蹿了过来。是花花，它扑到我的身上又是摇头又是摆尾，把爪子搭在我的肩上不下来。我能感觉到它的激动和喜悦，我从没体会过这样的感情，但我懂得。花花很想我！它伸出长长的舌头来舔我的脸时，我看见它的眼睛里有泪，没错，那就是眼泪。花花又长高了些，毛色比我走的时候清晰了。从回来以后，我会时常想着喂它些东西吃，窗下的那个窝，对它来说好像有点儿小了，但它并不嫌弃。它好像也没有以前那么爱四处游逛了，没事就趴在窝的前边，一有生人来，就冲上去，但还是不叫，也不咬，只用头去撞人家，闷着头往人身上冲，正经挺吓人呢。

这天中午，我放学回家，总感觉有点儿怪怪的，说不上哪儿不对，心里可不舒服了，好像有口气压在心头出不来。厨房里有炖肉的香味，这不年不节的怎么会有肉呢？我问我妈，我妈说，"你不是早就馋肉了吗。"我从来没吃过那么香的肉，汤也好喝极了，我喝了三碗，把啃过的骨头给花花拿去。正在炕上喝酒的二姐夫手里拿着块骨头说，"别拿了，这就是花花，打狗队来打狗，我趁他们没到，把它勒死了。"

我冲出去看，狗窝里空空的，院子里空空的，后院的树上挂着花花的皮，白毛上有血污，黑毛上有树叶，里面贴肉的黏膜好像还没干，上面沾着土和柴火沫子，很脏。

公鸡去哪儿了

还记得我家那只有思想的大公鸡吗?

这只红身子绿尾巴的公鸡和我年龄差不多,我记事起就有它。那些年我妈杀了不少鸡,可是不知道为什么,每次它都能幸免。我们好像从没动过杀它的念头,它就像我家的一员,是跟我们过日子的,不是给我们吃肉的。

每天,它早早地就在窝里打鸣。声音从鸡窝传出来有点儿发闷,但是并不影响我们听见。鸡叫第一遍,我奶醒了。东屋开始有了响动,窸窸窣窣是她装烟袋的声音,刺啦划火柴的声音。鸡叫第二遍,我妈起来了,穿衣服,下地,抱柴火,生火。鸡叫第三遍,轮到我们了。它打的鸣就像我们家的起床号角声,也是我们家从不误点的挂钟。

那些年,我家的母鸡和小鸡不知道换了多少茬,只有这只大公鸡的地位却从未改变。奇怪的是,它并没用心去巩固过自己的地位,那些鸡们心甘情愿地跟在它的屁股后头转,不离左右,它领着它们整天不厌其烦地在院里、院外刨啊刨啊,不知道在找什么。有一回我看见它在柴火垛边叨出一条很大的虫子,大虫子的全身青紫，又圆又胖，身上两排腿，密密麻麻的。吊在大公鸡嘴里的虫子还拼命地上下翻腾呢。大公鸡咕咕叫着招来同伴，一摆头把虫子甩给了鸡群，鸡群一阵兴奋，你追我抢，最后把虫子叨碎，吃掉了。它却像什么也没发生，看都不看欢闹的鸡群一眼。

还有一次，它和一只猫打起来了。那只猫不是我们这儿的，因为我们家邻居的猫我都认识。这只猫的体型瘦长，浑身褐色，肩胛耸起比头还高，一看就不是家养的。它把头伏在前爪上面，后腿蹬地，不时地改变着进攻的方向，它要冲进小鸡崽的群里抓鸡崽。老菢子拼命地护着鸡崽，迎头与猫对峙，浑身的毛炸起个球，嘴里咯咯咯叫得急促尖锐，野猫一时竟没能得手。眼看一只鸡崽被甩出了队伍，落在老菢子顾及不到的外面，这只小鸡崽估计也知道坏了，啾啾啾叫得惊慌失措，不知道往哪儿跑了。野猫闪电一般弹出去，一下把它扑倒，叼在嘴里。我奶闻声赶来，手里拿着一根毛嗑秆，作势吓唬野猫，可她的脚走不快，紧赶慢赶也追不上。这时候，大公鸡不知道从哪儿飞了出来，身子还没等落地就和野猫展开了激烈的拼杀，野猫被这突发的情况吓了一跳，大公鸡咯咯叫着呼扇着翅膀飞身往猫脸上叨，野猫在它的攻击下无路可逃，大公鸡翅膀的羽毛也给猫爪子打得纷纷折断，到处乱飞。这时候我也跑到了它们跟前，捡起墙头上的一块土块就扔了过去。野猫身子一歪，躲过土块，眼睛像刀一样盯住了我，这工夫大公鸡又冲了上来。野猫松开鸡崽，猛地一蹿，竟从我的胯下钻了出去。

此后，我喜欢上了这只勇敢的大公鸡。我感觉它比我厉害，它不但勇敢，而且从不虚张声势。不像我，在小豆他们跟前总是想方设法表现自己，咋咋呼呼的，什么事都装得很聪明、很勇敢的样子。其实我比他们的胆子小多了，晚上天一黑，我撒尿都不敢自己去。有一回我们打赌，看谁敢把学校的玻璃打碎。大伙都说自己敢，却谁也不打。后来不知道谁说的，一起打，我们就一起往窗户上扔石头子，扔完就跑。结果晚上回到我就遭到爸妈的一顿胖揍，到现在也不知道是谁告的状。可是我根本没打着玻璃，我压根儿就没使劲扔石头，玻璃都是小豆他们的石头打碎的。我不分辩还好，一分辩我妈又使劲掐了我一把。

冬天，庄稼都收割完了，大地一片辽阔，天寒地冻，旷野无声，大公鸡打的鸣会沿着地纹传出很远很远。那年冬天，我跟我爸拉柴火回家快半夜了，没进屯子呢就听见大公鸡打鸣，我爸说，"听，咱家的大公鸡。它迎我们呢。"秋天，大公鸡有时登上墙头或柴火垛，那嘹亮的鸡鸣一声比一声高，把天地拉得比平时都高一大块。春天的半夜下雨了，它也打鸣，声音穿透鸡窝和重重雨幕，一直送到天上，那雨听见了，下得就更起劲了，敲房盖跟馇粥似的。冬天如果赶上大雾，两步之内看不见人，寻着它的声音，你就能找到藏在院子里的猪槽子、院墙、鸡窝、茅坑、柴垛、仓房门……它的叫声能破开迷雾，也能收拢心神。这大公鸡是很了不起的。奶奶说，"接村听鸡，近邻听鸡，顺水听鸡，隔山听鸡。鸡在庄稼院代表的是人气，谁家过得旺不旺听他家鸡叫就知道个大概。"我不太懂她这些话的意思，但隐约能明白是讲从很远的地方就能听见鸡鸣，这边鸡鸣，那边一定有鸡答应。仔细想想，确实，每次都是这样的。家里有这样一只公鸡，谁还舍得吃呢。

后来它却说死就死了。

人和动物都是很奇怪的东西，活得好好的，说死就死了。前边说的那个死了的小孩儿，就是小豆二娘家下葬的事提到的那个城里孩子，其实我们是很熟悉的。他比我和小豆大几岁，我们在一起玩的时候他已经上学了，他总在寒暑假的时候来乡下玩，他的爷爷奶奶也是小豆的爷爷奶奶。他一来我们就整天围着他转，他的身上好像有种魔力，不只是因为他比我们大，比我们大的孩子多了。老林家的五小子总想和我们玩，我们不理他，他老糊弄我们，让我们干这干那，教我们偷家里的东西。可是小豆的小哥不一样，在他身边我们各自都不再装聪明、比勇敢，全都可听话了。这是怎么回事呢？我也不明白。因为他是城里孩子吗？因为他比我们白？他是比我们都白，他说他们那儿冬天也能洗澡。这就难怪了，我们只有夏天才能偷偷地上泡子里泡泡。他暑假来的时候，我们把他拉到大甸子的泡子里，和我们一起洗澡。我们管游泳叫洗澡，事实上我们谁都没洗过澡。我们从小就在泡子里扑腾，都会点儿水，说会也算不上太会，就是手脚并用，连搂带蹬，瞧那姿势，有躺着的，有趴着的，有侧着的，什么样的都有，离老远一看就跟淹着了似的。小豆他小哥这点可就不如我们了，他啥也不会，只能光着腚，站水边瞅着，把自己身上晒通红。但他一样很高兴，晒得实在难受就蹲水里，捧身下的浑水往身上、头上撩，给自己降温。下来呀。不行，我不会游泳。他管我们这样叫游泳，多好听。

洗完澡回到家免不了又挨一顿揍。"是不是又上甸子玩水去了？""没有啊。""没有，什么没有。"我妈顺手在我胳膊上挠一道子，白刷刷的印子立刻显露出来。看哪天淹死你们就老实了。豆豆奶奶也说，"你们在家玩，别老往甸子上跑，大晌午的，日头多足啊。在房山阴凉地方玩，让你小哥给你们讲故事。"

小豆他小哥可真会讲故事。我最早知道的安徒生就是听他说的，那时候我根本不知道安徒生是什么人，以为和岳飞、杨家将一样，是故事里的人呢。他说有个小孩儿在自己的园子里种了一颗豌豆，有一天晚上，这个小孩顺着豌豆秧爬到天上去了，和星星们一起玩。然后天快亮了又爬了回来，接着上学。这件事老师和同学们谁也不知道，连他爸爸妈妈也不知道。我们都听傻了。后来小豆说，你是怎么知道的？这句话一下提醒了我们，我们说他吹牛，再说也没有那么长的豌豆。他哈哈大笑，说，"不信拉倒。我要告诉你们那个小孩儿就是我，你们更不信了。"

不信归不信，我们还是挺佩服他的。他能编出那样的瞎话来就不简单，不像我们除了看话本，学学杨六郎，假装自己是岳飞，再就是瞎淘了。但我觉得奶奶肯定会相信他的故事。有一回我听她说我家的大公鸡，她说鸡这物，看得见天上的事呢。"你咋知道呢？"我问，她说，"天鸡天唱，鸡鸣兴家，那是它在和天说话啊。"我问，"奶，你能听懂它的话吗？"她说那是天曲，只有天知道它的意思。我哪懂。想了想，她又说，"鸡鸣深啊，它是告诉我们好好过日子，平平安安的，大人不得病，小孩壮壮实实的，健康成长。"

我记得那年我有过一双塑料凉鞋，别的小孩儿都没有。那双鞋是我妈从市里给我买的。有一天我们去甸子上挖苣荬菜，不少小孩儿都光着脚踩在油漆马路上，那条路是我们家这的第一条板油大道，又宽敞又光溜，直通县里。小伙伴们光脚在上面跑，开心极了，脚底板踩黢黑。小豆的小哥也脱了鞋在上面跑。我舍不得脱凉鞋，就没和他们一样。等到了甸子才发现，小豆哥哥的鞋跑丢了一只，我们寻着原路往回找，找了好长时间也没找到。甸子上不比油漆马路，扎脚，我脱下凉鞋递给小豆哥哥：来，穿我的，你脚嫩，我不怕扎。小豆很惊讶，这双鞋他那么央求我给他穿穿我都没答应。这是怎么了？他哥哥说啥也不干，我扔下鞋，光着脚就跑了。回家的路上，小豆小哥偷偷地塞我手里一个东西，我打开手掌一看，是块水果糖。这可是稀罕东西，平时供销社都不总有，就算是有，我们也没钱买。那时候我非常羡慕供销社卖货的，小豆他姐就是其中的一个，我觉得她老牛了。我把糖纸扒开，小心地揣在兜里，把糖块搁嘴里含着，让它小心翼翼地在舌头上翻滚，咕噜、咕噜，那香甜的滋味真是没法形容，至今仍留在我的舌尖上。

爬豌豆秧上天那个小孩儿是不是小豆哥哥我不知道，但他现在肯定在天上了。他给我的那块糖我没有全都吃完，我把剩下的拿糖纸包上，仔细揣起来，拿回家给奶奶吃。她最喜欢甜的。我那时还不知道贪婪，懂得帮助别人。小时候真好，无关贫富，无关城市还是农村。可长大了就不一样了，为什么奶奶那么盼我们长大呢？人是怎么一点点长大的呢？大意味着什么？大了就不再做幼稚的事情了，不再天真，不再相信鸡鸣能接通生死两境。如果真是这样，还是不长大的好。

后来那只大公鸡没跟我们搬进城里，我不记得搬家时带上过那些鸡。它也真就该留下，城里的生活不会适合它，它要是去了也是孤单的，那里很少人家养鸡，养了，也多是为了吃肉、下蛋。而且城里的鸡品种奇怪，土不土，洋不洋，一天到晚瞎打鸣，叫得我奶分不清是几点。我奶说，"你们咋长这么大啊，快赶上小猪羔子了。"她也想我们留在农村的那些鸡呢。我猜那只大公鸡有可能和小豆哥哥一样，带着它的鸡群到天上去了。

表弟的鸽子

　　我表弟小喜子，我们也叫他小六子，他上面有五个姐姐，但他在家里很受宠，五个姐姐都惯着他，一点儿活儿都不叫他干。小六子养了一群鸽子，他在房檐下用木板给鸽子做窝，一层没装下，在下面又钉了一层，还是装不下，挤挤挨挨摞了快三层还是搁不下。总有新来的鸽子，不知道它们都是从哪儿飞来的，有时候一个村子的也来凑热闹，来了就不走了，直到邻居来找，说那只膀上带点的是我家的，还有那个，那个……六子说行，你把它们抓回去吧。哪抓得住啊！你认识它，它不认识你，有什么办法。于是，房上、院子整天咕噜噜、咕噜噜叫成一片。有一点好，耗子不敢来了，它们怕鸽子的叫声，躲得远远的。大舅家也没什么喂的，这些鸽子也喂不起，舅妈做饭时顺手往当院儿扬一把高粱米，扔几片白菜帮子，它们就从四面八方飞来，扑棱翅膀呼扇出的响动吓得院子里的狗都不敢上前。但大多数时候，鸽子都是自己打食。不用怎么经管就能有这么多鸽子，你说气人不气人。渔场上好些人家眼气，就偷摸拿弹弓打，往鸽子常落的大地里下药。可都没有用。小六子家的鸽子群非但没见少，还一天比一天多。

冬天的早上，外面下雪了，扒开蒙窗户的厚棉布帘，玻璃上开满霜花，还没出太阳，天却亮了。炕上的人还没有睡醒，鹁鸽子就醒了，它们在房上和院子之间飞上飞下，打打闹闹，洁白的地面它们踩成各样图画，大鸽子在雪地下面发现一点儿吃的就赶紧召唤小鸽子来，咕咕咕，咕咕咕……大舅妈在屋里再也睡不着了，人不能比鸽子懒啊。

太阳一点点从河滩尽头冒了上来，彤红的霞光被一颗红球顶得越来越高，越来越散乱，直至漫开。天上亮了，河面的冰雪也亮了，冲阳光的地方还荡漾着一道一道鱼鳞，岸上的树林雾气蒙蒙，大树小树的枝干像铅笔画的，全是黑色。那里是喜鹊和乌鸦的家，落在枝头的喜鹊叫得比乌鸦响亮，乌鸦飞出树林，在盖着雪的大地上生气地回应。这时候鹁鸽子也飞走了，它们先在自己家的房顶上空盘旋两圈，确认一下家的位置，然后毫不犹豫地飞上高空，鸽哨一点点小下去，小下去，还没小完，鸽群的影子已经不见了。

我愿意上大舅家，他家总有好吃的，我一去，大舅妈就张罗炖鱼。她家离江沿近，大舅在渔场当会计，吃鱼方便。从小我就练成了吃鱼的本事，这么跟你说吧，多小的鱼刺都扎不着我。我觉得所有鱼里数小鲫鱼的刺最多，最不好择，可我不用择，拎着鱼头在它脊背上用嘴一捋，整条鱼就剩下鱼肚和半个尾巴了，再拿筷子左右一拨，上面的肉也下来了，这还不简单吗。大舅妈说，"看我老外甥，多厉害。"虽然我养鹁鸽子不行，但吃鱼就比小六子厉害多了。小六子吃鱼就在那儿等他几个姐姐轮流给他往碗里择肉，那能有什么意思啊，吃鱼的味道主要在嗦啰刺上，就像吃肉最香的是啃大骨头。他连这个都不懂，怎么养的那些鹁鸽子呢，真让我嫉妒。

春天，我和小六子挎筐上河滩剜苣荬菜。那里的苣荬菜又大又厚，比我家那的大一圈。我们俩比谁剜得多，谁剜得多谁就会得到舅妈的表扬。我们一边走，一边吹口哨，一边拿眼睛溜脚下的地，生怕被谁先发现了去。河滩向南是老大一片苞米地，地的东边被一条大河隔断，水鸟经常飞进苞米地里，我俩在地里剜菜的时候会把它们惊起，它们用大翅膀扑打着苞米叶子快速飞上天空，也吓了我们一跳。大河往北汇聚成一道湾，河湾兜兜转转除了水还有芦苇，夏天的夜晚躺在炕上都能听见波涛拍打芦苇的声音。水面从另一侧看比这边的大地还高，如果沿着河堤继续向北，河湾会再次扩大，河面却在芦苇丛中降下来，我们走过来的那片大地又升起来了，直到抵达一片长着柳树的河堰，苞米地才慢慢地沉下去。河湾最漂亮的地方就是这里了，方圆的水域全长着茂密的芦苇，苇叶和苇叶交织在一起，沙沙作响，风都别想吹进去，苇丛有的呈方阵，有的拉横排，最高峰是个半圆的洲，春夏嫩绿的苇叶上面举着红彤彤蒲棒，棒槌那时也很娇嫩，要等到秋天，这些小棒槌才会自己绽开，变成白絮飞走。而那时的芦苇就更好看了，它们全都抽出了穗，天越冷芦苇穗越白。后来上学了偶尔读到一首写芦苇花的诗："九片十片千百片，飞入芦花都不见。"这句诗写到我心里去了！他怎么知道我们这河里的芦苇呢。这芦苇花啊，飘飘荡荡，起起伏伏，像下雪了一样，到底是在河面还是在梦里啊。有一条小船，总是荡漾在苇丛围绕的河道里，那里安静、隐秘，野鸭和大雁的叫声在波涛里时近时远，把小船送到梦的更深处。那里，还是水。

河堰上有一间土房，打更巡逻用的。常有人上大河湾里偷鱼，春夏偷，冬天也偷，凿冰窟窿偷，偷鱼对渔场边的人来说好像不仅仅是为了改善生活，还是个很有趣的事。"走啊，整点儿鱼去？""走呗，啥时候去？"农闲的时候捕鱼、捞虾，不耽误庄稼，谁家爷们有这两下子，是全屯子老娘们眼红的事。那时候河里的鱼厚得很，我从小就听大舅叨咕嫩江的三花五罗十八子和七十二杂鱼，鳊花、季花、鳌花；法罗、折罗、铜罗、鸭罗、胡罗；老头子、船钉子、牛尾巴子、柳根子、麦穗子、鲤拐子、胖头莲子、七里浮子、鲫瓜子、嘎牙子、马莲子、鲇鱼球子、鳇鱼羔子、兔子、七星子、怀头稍子、黑鱼棒子、岛子，三花五罗十八子我记住了，因为大多都吃过，七十二杂鱼是啥，可就不知道了，但我相信肯定有这么多种，嫩江的鱼、虾、蚌、鳖、龟、鳝、蟹不止上百种，三花五罗十八子加上七十二杂鱼还不到一百呢。那时候渔场的捕捞队偶尔还能捕到鲟鳇鱼，这种鱼后来消失好多年，岁数小的别说见，听都没听说过，现在据说它们又在嫩江里出现了，这种鱼对水质要求极高。鱼这东西真神奇，有水就有鱼，它自己还会挑水。

我和表弟快步走到房子跟前，看起来房子最近没怎么住人，门窗紧闭。由于长期没人拾掇，窗户玻璃看起来很黑，我们趴在上面仔细看，看见里面窗台上的酒瓶子、豆油瓶子、酱油瓶子和一罐用山楂罐头瓶装的大酱，大酱的上面全是白毛。地中间有个砖炉子，炉盖子上坐着一个黑乎乎的铁壶，炉筒子在一侧直升上去，快顶到棚子拐个直角弯插进墙里。地面上有些树枝和柴火，靠炉子打斜立个马勺，小屋最里面是一铺炕，炕上有蓝色花纹的棉被和一块毡子，毡子上的褥子脏得看不清什么颜色。炕边的方桌上放着一把探照灯和一个收音机匣子，桌上面的墙挂着一顶草帽，下面的木凳子倒了，凳子腿四仰八叉的，一直立着。

表弟的鸽子常在大河湾的上空打旋，有时我们正在大坝边专心致志地剜菜，鸽哨忽然由远及近响起，就见鸽群从水天交汇的天际线升起，一群小黑点逐渐变成鹁鸽子。表弟站起身，快步跑到河堤上站定，眯着眼睛，嘴角挂着骄傲的微笑，支起耳朵倾听，我追上他，惊叹道，"六子快看啊，咱家的鹁鸽子。"他就像没听着一样，眼睛都不睁。那时，我好佩服他。

鹁鸽子也喜欢这片大水，它们能飞到大河湾的那边，那是我想都想不出模样的天边，它们哪儿都能找到，哪儿都能去，它们可真厉害。

舅妈炖鱼，无人可比。一进屯子就能闻见舅妈炖鱼的味道，一闻到这味，我的口水唰地就下来了。这么些年，吃什么也有够的时候，但就是鱼，我从没吃够过，一天三顿让我吃鱼我都不带烦的，这和从小吃舅妈炖的鱼有直接关系，那味道和我一起长大，后来又成了我的记忆和怀念，想忘都忘不了。

大舅拌生鱼也是一绝。我爸要是去了，大舅就会打发表弟去江沿捕鱼点跑一趟。"去，找你张大爷，说家里来客了，让他给掂对俩菜。"表弟痛快地答应一声就跑。回来，把这盒"迎春"给张把头带上。

我不知道大舅具体是怎么拌的生鱼，里面有两味料是错不了的，醋，要那种高度数的白醋，把片好的鱼片腌半个多钟头；辣椒油，从门口墙上挂的红辣椒串里薅下一把，捏碎在碗里，浇上滚开的油。当然，生鱼里少不了葱和香菜，再好像真就没什么了，就这么让大舅一摆弄，一盆拌生鱼就妥了，看着是不是很简单，别人就做不出他那个味。但平时大舅是不伸手的，只要我爸来，他们就拌生鱼片喝酒。不过说实话，我不太爱吃生鱼，我还是喜欢舅妈炖的大胖头。再说了，我还有更惦记的东西呢。

我惦记的东西已经从外屋灶坑里飘出香味了。灶坑的火堆埋着表弟的鸽子，我拿眼偷偷观察表弟，小六子也闻到了，他的表情有点儿古怪，怎么形容呢？既难过又无奈还期待，反正挺矛盾的。舅妈让他上房抓几只鸽子，他没办法不听，可他又舍不得。抓哪只啊？抓哪只都心疼。不抓又显得小心眼，姑父领着表哥来串门了，吃口你的东西，有啥了不起，那么多呢。掏出一只，瞅瞅，放了。又掏出一只，瞅瞅，放了。舅妈喊，"小六子，你干啥呢，抓完赶紧下来呀，别从房上摔下来。"

我不知道你吃没吃过灶坑烧鸽子，哎呀，那个香啊！把上面烧黑的硬壳扒下去，连毛带皮就褪干净了，里面露出紧实又细嫩的肉，顾不得烫，撕一条，搁嘴里，仔细嚼，快到嗓子眼儿了再倒回来，还嚼，舍不得咽下去。如果蘸点儿盐那就更美了。表弟一边吃得满嘴黢黑一边看着我生气。我一来，他的鹁鸽子就倒霉了。我知道，他是既想我，又不想我上他家来。不知道鸽子们认不认得我，它们要是认识我应该早点儿飞走，不飞走在家等死吗？可怜的鸽子们，我喜欢它们，却忍不住吃它们。回家的时候，舅妈还要给我带上几只，用竹笼子装着。"来，老外甥，提着，带回去给你妈炖汤，她的咳嗽老不好，鹁鸽子汤压咳嗽。记得噢，可不是给你的，你要馋了上大舅妈家来，让你弟给你上房抓。"我大舅妈虽然身材矮小，瘦弱，但是个特别大方的人。

那天晚上我做了个梦，梦见大舅家的鸽子认出了我。我一进大舅家院子就被其中的一只灰瓦鸽发现了，它马上去告诉窝里和房上的同伴们，鸽子们很惊慌，乱成一片，飞起又落下，咕噜噜、咕噜噜不知道在商量什么，终于统一了意见，忽地腾空而起，后跟上的追着前面的鸽群，前面的绕着弯回头等后面的，鸽群形成一个半圆的队伍，在我的头顶上盘旋，直到所有的鸽子都聚齐了，再没落下的，它们拧身在半空化作一张弓，鸽哨远去，鸽子小成一个个黑点。

不知道从哪儿来的力量，我张开的双臂变成一对翅膀，呼扇、呼扇也飞了起来，向鸽子的方向追去，我飞得十分有力，越来越快，身下的房屋、树林、大地嗖嗖地往后退，风把耳朵吹得什么都听不见了，我身下是大河湾，我看见成片的荇菜在河岸的浅滩漂浮，小六子和我的表姐在滩里捞菜，我停不下来，于是就大声喊他们，可他们谁也听不见。我告诉他们等我，我去把小六子的鸽子追回来。我也不知道追了多长时间，再次回到大舅家屯子时，我看见我爸正赶着马车往大舅家走。这不是前两天我们来的时候吗？我怎么飞到那个时候了？来不及多想，我翻身落在马车上。

大舅喊表弟，"去，上江沿儿捕鱼点找你张大爷，说家里来客了，我爸让你帮掂对两个菜。"表弟乐颠颠地跑了。又喊到回来，把这包"迎春"给张把头带上。

我赶紧跑到院子里，把房上和窝里的鹁鸽子全撵跑了。"快，飞吧，都飞吧，等我们吃完饭你们再回来。"鸽子们明白了我的意思，打着鸽哨远去了。夕阳里，一群小黑点渐渐汇入红艳艳的晚霞中。

鸽子飞过哈尔淖的天空

在我们身后，荒草蔓延，深处已经萌发了新绿，柳树和榆树正在焕发生机。眼前是很大一片空地，地面起伏延展，再向前看，是田地，其他各处全是白茫茫的水，水面连着天际。那时，我还不知道它叫哈尔淖。

我和小六子在等天边的黑点，此时它们正在慢慢从地平线升起，我们谁也不说话，眯着眼辨认半空传来的细长哨音，随着哨音越来越清晰，鸽子飞临我们头顶，但它们只在上空打一个旋，又飞远了，留下一路经久不息的哨音。

这群鸽子有没有一百只？我问。

小六子仍在追寻鸽子的踪影，半天说，它们落到地里了。我知道，他一定希望这群鸽子今天不要回家。

像河沿上所有人家一样，大舅家三间土坯房，一圈土院子，不一样的是他家的房檐上全是鸽子窝。白天，成群的鸽子在房顶踱步，打闹；夜晚它们躺在炕上、房檐上咕咕咕，咕咕咕……呼噜声连成一片，听得我心里充满幻想，浑然忘了嘴巴里还残留着晚饭时灶坑烧鸽子的余香。它们的肉真是好吃啊，比起我哥打的鸟，好吃一百倍。小鸟那么小的身子，几乎没什么肉，鸽子肉多厚实，吃起来多过瘾，撕一条，蘸点儿盐，简直要命了。

我知道此时小六子也没睡，他一定也睁着眼睛听鸽子的叫声，他心疼那些被我吃掉的鸽子，可是他也跟着吃得嘴巴子黢黑。大舅让他上房去抓，他不敢不去，但我看见他把鸽子统统赶到天上去了。舅妈知道他的心思，只是笑着不语，她知道，鸽子很快就会回来。

大淖边的夜布满水汽，有无数白色的水鸟飞过村子的上空，仿佛大地上的精灵。小院、马厩里的黄骠马就着湿漉漉的月光仔细地咀嚼着马槽子里的夜草，它绸缎般的皮毛在月亮下散发着梦一样的光泽。

大舅离世快二十年了，我就快二十年没吃过灶坑烧的鸽子了。但我永远记得曾经从天边传来的那缕细长的鸽哨。

每年秋天，父亲都要到大舅家所在的野地里打草。在大舅家的江沿，甸子上柴草茂盛，浩浩荡荡，它们比别处的草好烧，还抗烧。我们家那里的草又矮又毛，一把火一会儿了就烧没了，两三抱都煮不熟一锅饭。

打草不但是我家必须完成的任务，也是我们孩子最开心的活动。我们盼这一天，如同盼望过年。

父亲的大钐刀在阳光下闪着快乐的亮光，我们备好大搂耙，小搂耙、一车老小开开心心地向江沿出发。一路上落叶金黄耀眼，把低洼不平的大道铺垫得坦坦荡荡，太阳在大舅家的天空上远远地等着我们，云那么薄，那么高，像纱一样。

其实每回打草都用不着我们孩子干什么，大舅家的几个姐姐把我们的活儿全给分担了。我哥都那么大了，也是奔着打鸟、抓鱼去的。大舅特别惯着我们这几个外甥，不让受一点儿委屈，挨一点儿累。他和我爸两个人挥舞着钐刀，肩上搭着布衫，唰一片，唰又一片，身子很快就陷入草丛里，等我们寻找时，只能看见深深的草海上有两个移动的草帽。

我和小六子都是家里最小的，大舅家大姐的两个儿子比我们小不了几岁。我们也拿着小搂耙跟着搂柴火，开始都是很认真的，还互相比谁搂的堆儿大，但小孩儿干活儿能坚持多大一会儿呢，水边那么多水鸟，那么多菱角，那么多蒲棒，那么多蜻蜓……天地真大啊，柴火留给姐姐们吧。

秋天是简单又隆重的，就连夫妻间的争吵都带着收获的味道，孩子在大人的屁股后莫名其妙地兴奋着，围前跑后，牛羊猫狗们，全被太阳染上金色，整个哈尔淖，波光粼粼，大人们打出一网又一网鱼，湿润的腥气洇润鼻孔，不炖就香了一当院。马车拉着一大垛晾干的柴草从村头过来，赶马的男人顶着金子一样的夕阳，嘴里含着旱烟袋，默默地跟着车走。天上飞过一只雪白的海鸥，箭一样射向水面。慢腾腾回家的牛把牛屎拉拉一道，它们因为和水面离得近，整天干净得像画里的动物，却偏偏不知羞耻地随时随地大小便。舅妈在井沿收拾一条大胖头鱼，今天，我们的晚饭将是全屯子最鲜美的。

大舅有五个女儿一个儿子，自然对儿子十分溺爱。但小六子并没因此养成毛病，他一面坦然地接受姐姐们的爱护，一面渐渐习惯家里男人的角色，稚嫩的孩子面孔总是流露出与年龄不相符的老成和沉稳。后来大舅病了，他独自承担起这个农家院的营生，尽管显得那么措手不及，很多事一时没办法捋清头绪，但艰难日子毕竟熬过来了。其间我断断续续去过几趟，那时大舅家的屋檐已经没什么鸽子了，但鸽子窝还和我小时候一样，房檐下全都是，可大多已经空了，就和长久没人住的房子一样，一眼就能看出空旷和破败，落满尘埃。

我母亲过世，小六子和大姐她们来吊唁。那时他看起来已经完全是一个成熟的大人了，哪怕他比我小一岁，但在生死面前表现出的状态要比我理智得多。大姐们和我也多年没见，她们老了，苍老在她们的身上那么突出，不用和我家的几个姐姐比，就是当年的大舅母，也比她们现在年轻。岁月如钐刀，一挥就是一生。

和我最好的四姐远嫁市里，其实也没有太远，不过在感情上已经不再是一个频道了。四姐在我家读过一阵书，印象里她参加工作好像也是在我们乡上，那时候我们还能常见，再后来她嫁了一个在粮库工作的男人，过了不长时间，离了。这之后我上学，再没怎么看见过她，听说她又嫁了个离婚的老师，搬到市里去了。我妈过世，我也没看见她。

今年我的农村院子想找个人住，我老姐说起了四姐，"我看看你四姐忙啥呢，能不能搬过去住。"当时我竟然没反应过来说的是谁，老姐说"小娴"，往事就像封存在相框里的照片一样，一下子活了过来，她们没有离开，只是封存得有点儿久。我对四姐的印象还是照片里少女的模样，她的笑总是腼腆小心，说话的声音永远又慢又轻，我喜欢这样软性子的人，她不像大舅家其他闺女，那几个姐没一个像她这样性格的，都是又快又利索，像大舅母。偏又是这样一个不吱声不念语的姑娘，要离开故土的心那么坚决，终于以自己的方式挣脱家乡。

原来我姐一直和四姐有联系，她和很多我记忆里的故人仍联系密切，我不知道是我寡情还是因为她比我年长，所以和故乡、故人的感情更深。反正这些年，很多事都被我忘记了。那年大舅和父亲来市里看病，到处都找不到我，我无法用语言来形容大舅对我的失望。

我总是迅速爱上一片新土地，并和那里的一切重新建立感情，这感情浓烈得就如同从过去接续上去的一样。别人也许纳闷，但我也是现在才明白，我是在寻找和过去一样的感觉，把遇见当作了重逢。

听说小六子这几年日子过得不错，几十垧水稻收入很好。有一年二姐问我能不能帮他把水田的机井安上电，我特意打电话给他，问了情况，电话里我没听出小六子有求我帮忙的想法，他说得很草率，就像在聊和自己不相干的事，我也就没好深问。事后我还埋怨了二姐。其实想想，还是自己肤浅了，我没有理解二姐的意思，她们姐妹对大舅一家的感情我始终比不了，她们比我长情。最重要的也许是小六子的性格让他无法开口，因为他和大舅一样，一样沉默，一样有强烈的自尊。他不想和时隔多年的我袒露心扉，也不知从何启齿。我离站在大淖边上等鸽子的少年已经太久、太远了。

我参加工作的时候，大舅家老姐也嫁到城里来了。我一直不懂她们为什么那么喜欢进城，就连大舅家大姐的闺女也随后嫁了过来，她们的生活过得都很艰苦，看不出哪儿比乡下好。在我的印象中，她们的家乡是那么美好，生活简单且富足，人们憨厚又淳朴。

回家探亲时我们遇见过几次，从她们的脸上我能看到某种兴奋，那是摆脱了一种困境之后谨慎的胜利，还有重新陷入另一种状态时的好奇吧。其实老姐嫁的人家除了穷，没什么不好，她的老公除了和她有些不般配，其他都好。但就是这么平凡的幸福也不愿长久光顾她的身上，老姐夫前年患癌症走了，要强的老姐一声不响地带着儿子去荆州打工，她儿子那时已经上中学了，不知道去那之后怎么继续学业。随后，大姐的闺女一家也跟着过去了。生活可以无限简单，简单得就和牧民迁徙一样，搬起家来说走就走。我倒是很羡慕说走就走的生活，只是太眷恋脚下的土地，缺乏闯荡的勇气。

想起这些是因为那天小六子的儿子，也就是我的侄子，突然打电话来，他自我介绍了好长时间我才弄明白他是谁，要干啥。这小子已经二十四岁了，在荆州给一个建筑工地开塔吊，因为没有登高作业证，想办一个。我从他发过来的照片上好像看见了年轻的六子，真像啊，想不认都不行，连腼腆的笑都神似。

我问他，"为什么不在家好好种地，你们家又不缺地。"

他说没意思，"种地有我爸一个人就足够了。"

他在镇上修了三年摩托车，生意不好，听外地回来的同乡说大连那边好找工作，就跟着去了，开始家里都不知道。

现在村里大多数人家都和六子家一样，没有多少人。村里的条件越来越好，道路，房子，基本都是新建的，配套设施一应俱全，人却越来越少。鸡鸭猫狗们一天无所事事地在村村通上流浪，夕阳无精打采地挂在树梢，一群羊圈在圈里，七嘴八舌地闲聊。它们早已经不用再被四处放牧了，半年就能养得膘肥体壮，至于遥远的草地，它们是否还会记得？可能向往过吧，就像现在的闲聊，说的就是关于河套和草原的传说，可是它们什么也做不了，只能倾听心底的声音，一次次畅想，一只，一群，一圈，一村，然后很多个村屯，此起彼伏，咩咩不息。又至于鸽哨，天边再无余音。这片大地如此寂静，又如此丰饶。

大舅家这些孩子，要论过得好还得是六子，毕竟有地。江沿地好，自从开发了稻田之后收入稳定，除了自己的地他还包了很多垧，日子挺红火。大姐她们也过得不错，记得她家和我差不多大的儿子叫大明，另一个叫什么忘了，都跟着舅舅在家务农，日子踏实稳定，比他们那两个进城的姨和妹肯定要好很多，可即便是这样，仍然留不住孩子，他们的孩子也在城里打工。

我问我侄，以后不打算回来了吗？

他略有些拘谨地看了看我，说，"不知道。"

我感觉自己失去了什么，可又说不清究竟是什么。故乡的大地宽厚沉默，哈尔淖的水草日渐丰美，我不知道我的表姐和侄子们的离开是对故乡的摆脱还是什么，而此时，在高高的塔吊里，一个青年的人生刚刚转动。

穿过一片苞米地

　　我家和我爸上班的中学隔着一片巨大的苞米地。每次穿过它，都令我生出豪情。似乎我刚刚经过的不是一片庄稼地，而是一片阵地。那些苞米秆欻欻地从我身边闪过，它们分明就是有人指挥的一群大兵。我像是要与之战斗，但是人家根本没把我当作对手。我太小了，小到在深不可测的苞米地里，不及一只腾空而起的夜莺。我只能沿着每天踩出的脚印往前走，穿过玉米丛林，来到一段粗糙、高低不平的开阔地，然后迅速被茂密的野草包围，荒草中隐藏着一条沟渠，水在沟渠里静静地流淌着，除了被草蒙盖，露出的部分，我、白云和蓝天都映在上面。

　　沿着水渠走，两侧都是苞米地，人就像被困在一个方阵中，如果不是水渠引路，我真的怀疑永远也走不出去了。水渠两侧有时会有矮棵的红柳，红柳的根须几乎和树冠一样大，水里藏着水蛇、青蛙、小鱼，有时候，一只很小的鸟也会因为受到我脚步的惊扰从红柳里面飞出来。但它不如待在里面，因为它飞不高，也飞不远，只要我想，就可以捉住它。小鸟的心脏在我手心里怦怦地跳，清澈的小眼睛环顾着四周，小小的喙偶尔叮一下我的虎口，痒痒的一点儿也不疼，显然它并不是因为生气，而是觉得好玩。通常我在等它心脏跳得没那么快了，就会把它放飞。它太小了，小到我的鸟笼子都关不住，它会轻易地从笼子的缝隙间钻出去，最主要的是它的羽毛也不漂亮。

水渠还有一个别人不知道的作用，它能把一个少有人来的地方变得很有意境。草丛茂密高深，四脚蛇和周围环境一个颜色，除了眼睛，你无法分辨草叶和四脚蛇的身体，有时你抓到手上了，才发现这是个活物。蝈蝈在灌木上振动羽翼，太阳越大，它叫得越响，但你很难捉到它们，这种铁蝈蝈比草丛里的大肚蝈蝈聪明多了，还没等你动身去观察，它就止住了声音。深草中的叫声此起彼伏，就像你飘忽不定的心思。草丛里开满野花，但我只认识马兰、芍药、蚂蚱花、扫帚梅、车轱辘子、姜丝辣……就这些还是通过奶奶知道的，这里的花好些连她也叫不上名字，我问得急了，她就笑着说，"野花、野花。"开满野花的小块田野就像故事一样充满想象。而这之前，我是说在还没有水渠之前，它们都是微不足道的，甚至从未发生。可能你会问，水渠是什么时候有的？说实话，我也不知道。大概很早以前就有它们了吧。

这里平常是没什么人来的，苞米在铲过两遍地之后就封垄了，如今它们已经有一人来高，当然，是我这么大的人。有时候水渠里也会飞出大鸟，噗噜噜在草丛里窜出两只野鸭，野鸭嘎嘎叫着，全世界都听见了它们高呼"救命"。这里如此隐秘，如此繁茂，如此热闹，可是待到秋天，收割之后，大地一片苍茫；冬天被大雪覆盖之后，洁白一片，这里又似乎什么也没发生，什么也没存在过。一切都像一场梦。可是如果你不相信它们真的存在过，仔细寻找，还会寻到这条古老的水渠，但那时，它就只剩下光秃秃的一条白线了。

这条水渠并不是苞米地的边界，这样的渠在苞米地里还有两条，它们像刀一样把大地划开，从北至南，假如你能飞到天上去看，它看起来像"三"。北面是村落，如果你站得够高，就会看见村落的房子露出泥苫的屋顶；如果不够高，也会隐隐地看见炊烟。南边是一片浩荡的树林，我没去过，只是在每年打草的时候坐父亲赶的马车，从树林的东边路过。那是一片怎么走也走不完的树林。树木有时茂密有时稀少，密的地方容不下横冲直撞的风，稀的地方卧着一处处浅滩。我们这里的甸子上很多这样的浅滩，水大的时候里面就会有鱼。东面就是我要去的学校了，那里每天都十分热闹，老师、学生、工人、农场，唱歌、打饭、开会、放电影、劳动，里面总有做不完的事情。以后有机会我再好好说说它。至于苞米地西面的边界在哪儿，就是今天让我说，我也还是说不清楚，那里和另一个村子的地接壤，另一个村子也在那儿种苞米。于是这里春天、夏天郁郁葱葱；秋天、冬天苍茫一片，长得和商量好了一样。这叫人怎么分辨地界呢！

要是早晨穿过这片地，正赶上那时太阳还没有一棵杨树高，红彤彤的霞光就会直着钻进幽深的苞米丛林。奇怪的是里面竟会比任何时候都明亮。平时看不清的壕垄，这时连上面长的蚂蚱菜都看得一清二楚，有些蚂蚱菜还开出了粉红娇艳的小花。我好奇地走到它们跟前，摘一段放嘴里品尝。我经常把这些东西挖回家喂鸡鸭，这菜就算是人吃了也没事。这里的蚂蚱菜比甸子上的叶子厚，汁水也足，酸甜酸甜的，有早晨空气的味道。在它娇嫩的花瓣上面，还挂着露珠，露珠映着我的身影。我猜那时的我一定是太小了，一颗水珠就能把我装进去。

这里的夜晚一定会住着一个比我还小的精灵。这是我猜的，其实我有点儿害怕它，但我也喜欢它。这便是我勇闯苞米地的原因，我希望能够遇见它。我感觉它们就住在附近，它们每天都在我睡着的时候，到我们家偷吃鸽子蛋和小鸡。每当这时，我就觉得它们不是真正的精灵，因为精灵在我的感情世界里是好的小神仙。它们不是，它们是小偷，是夜里的贼。精灵会在晚上的苞米地里和蟋蟀一同唱歌，和萤火虫跳舞，也会指给猫头鹰田鼠埋伏的位置，让那些正在下降的露水找到每片叶子最稳当的地方。这些晶莹的露珠把月光也带进地里，里面更加明亮了，像个天堂。在天堂的地上混杂着格子一样的图案，苞米秆和它的影子一样大小。于是，精灵就在月光里带着大家手拉着手玩格子游戏，整片苞米地都变得快乐起来。很多次睡不着的时候，我都向往走进这片快乐的大地，尽管我知道它们不会情愿被我打扰，但我依然没有勇气在夜晚独自走进它们的领地。

对了，我们不能一直沿着水渠往南走，那样会离学校越来越远。我们要在一个有草窝棚的地方转弯，那里有一条田埂，我们必须沿着这条田埂走进另一片深深的苞米地里。

这个窝棚是春天时庄稼人临时搭建的，用于干活儿累了歇脚的。它十分简陋，完全由树干和树枝还有茅草搭成，树干下半部分埋在土里，顶上搭在一起，用铁线绞着，我使劲推了一把树干，纹丝不动，倒是很牢固。而四周的树枝就不行了，经过一个春夏的风吹雨打，好多已经脱落，拿手碰一碰，哗哗直响。这窝棚远看就像一个破了的、四处漏风的大草帽，里面的草比外面的长得还要高，经常有野鸡听见动静就从窝棚里钻出来嗖嗖跑进苞米地，它们跑得比飞还快，你别想抓住它。我知道这里已经被它们占领了。奶奶说过，没有人住的房子就会被野物惦记上。这里恐怕早已成了它们的地盘，附近没有比这儿更好的安乐窝了。它结实、高大，简直像是城堡。我和小伙伴在甸子上找百灵鸟，有时会不小心踩着野鸡的窝，那个窝和这个窝棚比简直太简陋了，在一蓬白茅草的叶子下面，垫上细软一些的草和树叶就是它们的窝了，一点儿都不讲究。那样的窝，风也不挡，雨也遮不了，和直接趴在草里没什么区别。

你可别小看这个窝棚，它对我有特殊的意义。一个草窝棚，加上前面这条田埂，对我来说，就像红军长征已经翻过了雪山草地，走到这儿，就好比两军会师了，这个穿越的旅程就快要完成了。我的心里长舒了一口气。

有一天我心血来潮，忽然想好好打扮一下窝棚。我找来好些树枝和茅草，把上面朽烂的枝叶统统拆下来，学着从前的样子，用解下来的绳子和树皮重新把捡来的树枝、茅草固定在树干上。我把里面的荒草拔了拔，在一株大棵蒿子下面，真让我发现一窝野鸡蛋，一共五枚，每颗蛋都是青绿色的皮，上面带着黑色的斑点，它们安静地躺在茅草絮的窝里，上面还有野鸡的体温。我把它们用碎草小心地盖好，没去碰。这倒不是我有多么懂事，我对鸟蛋和鸟崽子有种天然的敬畏之心。

奶奶说，"这些东西和你一样，都是一条小命，伤了它们比打死大鸟还可恶，伤这样的生灵会给人带来厄运。"

"什么叫厄运？"

"就是不好的运气。"

"什么是不好的运气？"

"就是你会有病，不能玩了。或者你奶得病，没法疼你了。"

我一下想到了柴火垛边那口白茬的棺材，那是奶奶给自己准备的。我不想奶奶得病，我宁可自己得病也不能让她得病。

这个窝，我走了，野鸡肯定还会回来，这一窝蛋它们大概抱了有一阵子了，没准已经有小鸡在里面了。我在收拾出来的窝棚里坐了下来。里面还留着一根树桩，坐在上面真是气派极了，周围盛开着各种颜色的野花，我随手摘下一朵扫帚梅凑到鼻子底下，手在薅草时染上了绿色，上面艾蒿的气味一下冲上了脑门，令我眼睛一亮，精神一振。我仰头看窝棚缺口处的蓝天，它离我那么近，就像盖在窝棚的上面似的，它们又是那么远，广阔无边，亲切友好，我高兴地伸出手来，想召唤一朵白云进屋坐坐。天啊，我竟然有了一个自己的家。以后要是在家里挨了打，我就有地方去了，我应该把我的那些宝贝也带来，弹弓、话本、小刀、锅巴……可是转念一想，不行，这里野鸡还得住，我不能总来打扰它们。不过没关系，偶尔来避避难还是可以的。想到这里，我又开心起来了。

我最喜欢下雨了。雨从四周泼溅下来，发出很大的声音，水渠就像忽然睡醒了似的，动了起来，平时它里面的水是不流淌的，这时纷纷跷着脚，呼喊着，向一个方向进发。原来它们和我一样，也在等一场雨。

这时，钻进苞米地就像进入了另一个世界，外面的雨声全化作了沙沙细语，那么大的雨一点儿都不关这里的事。那声音，你就权当一个故事听好了，讲的是金銮殿、孙悟空、王母娘娘、蟠桃园；或者当一首歌听好了，唱的是，月牙五更，一更呀里呀，月照花墙……没有比这儿更安静的世界了，没有比这儿更欢乐的世界了，没有比这儿更大的世界了，没有比这儿更小的世界了。雨珠聚在苞米叶子上，将落未落，天晴了。一道彩虹横跨在大地尽头，彩虹的根部灿烂夺目，点燃了半边天。仔细数彩虹不止七种颜色，尽管那时我还说不清七种颜色都叫什么。我还没有看清到底是几种颜色，它就淡了，模糊了，消失了，所有让我高兴和伤心的人和物都从那里消失了，天地间只剩下我自己。彩虹是前来接引牛郎去天庭的吗？还是接引织女回家的？如果我要早点儿从地里出来，他们会不会带上我？沟渠在绿草丛中隐秘地流淌，发出轻轻的哗哗声，像回家，又像远行。

云朵成群结队地从天边飘过来，却在苞米地的上空停住了，汇聚成奔马、城堡、大象、高山、天兵天将……忽然一阵风，所有的物象全被吹散了，化作流云，薄如轻纱，奔腾如烟雾，追赶着向东流去。一只金色翅膀的白鹤从我的头顶飞过，一声声呼唤着流云。尽管我和它互不相识，但我们都满怀喜悦走在同一条路上，可以相互做伴。我知道，这条路它们已经穿越千遍万遍了，但是那又有什么关系呢，它不过是比我走的次数多一些，走的速度比我快一点。我们的梦想一样，还有比走在同样梦想的路上更幸福的事吗？

奶奶把房子丢了

我奶一辈子没有自己的房子，我妈问她，"你房子呢？"我奶当没听到，再问，还当没听着。问得急了，就说，"换小米了，吃了。"

我相信她说的是真的。年轻那会儿她和我爷为了谋生从山东过来的，能有命活下来，已经很不容易了。在当年那批迁徙大军中，她这样算命好的。这段历史详述起来可就长了，完全够得上一部大书，容我有能力的时候再去写吧，别白瞎了那么好的题材。

后来我爷跟人家烧土窑成了气候，十里八村都到镇赉这个地界买坛子、罐子、大缸、二缸、三缸、泥盆、泥瓮……这些个日用土瓷。一时间，土窑的生意做到了江那边的肇源、大赉和齐齐哈尔，往北发展到了兴安盟。买卖旺了，我爷置了几亩薄田，拴了一挂马车。中国农民普遍的价值观都是这样，有钱置地，盖房安家，否则挣下多少都是浮财，算不得真有钱。

这些事我都是听说的，有的是听我爸说的，零零星星也从我妈那听到点儿，但他们说的拢共加起来也没有从我姐姐们那里知道的多，她们是听谁说的我就不知道了，反正我奶从来没和我说过。

我奶奶她们那个年代天下不宁，老百姓过日子难。那年，爷爷他们窑上的男人全被小鬼子抓到北山里修南满铁路去了，一去三年，一个活着回来的都没有。我奶说，"这人指定是没了，要不这些年他不会连个信儿都不捎回来。"

爷爷置下的地被人巧取豪夺了。其实在那样的环境下，那些地即使不被巧取豪夺，我奶她们娘俩又能在地里干点儿什么呢？这不是咱们没志气，挑宽心的话唠，谁不愿意听励志的故事？可吹牛都会，但现实从来都不是吹出来的。现实中的好事在每个人的生活里总是零敲碎打，短暂而模糊；故事却总是那么完整，直接而冗长。而且它和人的心思永远是唱反调的，你越想好它越出毛病。所以我很小就理解我奶，因为她不过是一个小脚老太太，不要说让她对抗命运，就是让她一口气走十里路，她那双脚能行不？就更别说下地干农活儿了。我爸那时还小，会干啥呀！很多时候我真想好好写写他们，我想把我奶的小脚解放出来，把我爷、我奶和我爸的命运改变过来。虽然对现实，我们已无能为力，但虚构一下还不行吗。文学的魅力之一大概就是可以书写一个人的命运，这也是我愿意写点儿东西的原因吧。

我奶把新置下的房子卖了，地卖了，后来把那挂马车和牲口也卖了。她把我爸送到当地一家姓郝的大地主家打零工，不要工钱，能吃饱饭，有个地方住就行，她自己也跟着搬进了地主家的一间寒窑。地主家其实并不缺打杂的，但瞅着这孤儿寡母于心不忍，勉强收下了。不过时间一长，地主家发现我爸这孩子人虽不大，眼里挺有活儿，人不馋不懒，整天不闲着，能顶半拉"大工"使。就这么，我爸靠给地主打工养活他们娘俩，直到自己也长大成人，说上了媳妇。我不知道这个过程具体又发生了什么，但那已经不重要了，他们娘俩熬过了最难的时候，风霜雪雨在寒窑头顶飘来荡去，日子清苦，但也不乏点点星火的慰藉，我爸也算挺厉害了。说到这儿，你一定不会想到，我爸的媳妇不是我妈。我妈是老郝家的闺女，对，就是我爸打工那个地主家的女儿。

我的那个大娘，也就是我爸的前妻，他们在一起的时间并不长。那个女人也是苦命的人，婚后没多长时间就得了一场病没了，连个孩子都没留下。她是怎么嫁到这个家来的，是我奶拿那挂车娶的，还是拿小米换的，现在都已成谜，谁都没法去证实了。我记得那些年，我爸活着的时候从来不忘在年节上坟时给那个女人烧点儿纸钱。一进腊月，快要看着小年了，我就跪在地上，往铺在灶膛灰的黄纸上敲打钱镘子，咣咣咣，咣咣咣……砸得我腰酸腿疼，可是我没法拒绝，我爸说这个事只有我做才行，别人做，打出的钱不好使。所以我虽然辛苦，却怀着一种自豪。心想，你看看，这个事你们都不行吧。

我知道其中有一部分黄纸钱是给一个奇怪的人打的，她姓崔。爸爸说这是你大娘。妈就不乐意听了，哟哟哟，起身上了外屋。那时候我还不知道具体发生过什么，烧纸的时候听我爸念叨，"他大娘，给你送钱来了，拿着抓点儿药，看看你那肚子，里头到底长了什么竟能把人疼死！"这时候我心里就一阵犯合计，这个人是我家的什么人呢？长辈？似乎又不对，究竟不对在哪儿呢？有那么一刻我是出神的，被什么东西吸引住了，感觉有种看不见的力量在左右着人的生死，人很轻，很渺小，那些所谓的命薄得就像一张黄纸，上面只有我用秃头的毛笔蘸着钢笔水歪歪斜斜写上的名字——崔氏。这个名字，今天仅仅是因为我的回忆重新被人提及，否则她早已如当年的野草隐入了尘烟，她那小小的没有墓碑的坟头也早就被风雨荡平，融入了的大地。

冬天，家乡的天空通常是湛蓝的，灰白的云夹着凛冽的寒风，透明而深邃。有的时候天空又是火红而灿烂的，大火把云彩的表皮都烧着了。那年就是这样。

我姥家被一场大火烧着了。我姥爷被胡子用火枪射穿了胸膛，炮楼上的家丁最先被端掉，烧塌了架的岗哨连同化成焦炭的家丁尸体一齐坠毁到地面，木梁和尸身散落在地面仍在燃烧。全屯子都看见了这场大火，老郝家家大业大，房屋院落占了半个屯子，半个屯子都烧着了，可是屯子里连条野狗都看不见，它们都识趣地躲得远远的，不敢吱声。这伙胡子早就盯上了我姥爷家，头半个月就把砸窑的信贴在了大门上。这就意味着胡子提前告知要来打劫，我姥爷知道这不是闹着玩的事，临近年跟前，胡子也要过年，附近不少有钱人家都被砸了响窑。我姥爷先后托了两次人去跟那伙胡子说和，可是不知道是哪里出了错，都没说合成。于是，姥爷分散安顿了家中的妇孺，凭着十来杆枪，一身悍勇，自己领着家丁日夜看守家院。可胡子在暗，姥爷在明，这段时间，胡子早把点儿踩得明明白白。结果可想而知，对抗还没开始就结束了。

那天傍晚，残阳如血，晚霞灿烂，天上一片祥和、平静，却对地下的哭声无动于衷。云彩被一双无形的手推着向天空更深处缓慢移动，露出大片大片的蓝，转瞬间，蓝天干净得什么也没留下，好像什么也没发生过，渐渐暗了下去，直至深不见底。这段故事如果我不写下来，若干年后，我家的后人没谁会记得那场大火，可那场大火是何等惨烈，熊熊燃烧了三天不灭，大火里生灵涂炭的焦味弥漫了整个村子，燃烧的除了草木还有粮食、酒、牲畜、人、空气，最后全成了一堆焦炭，什么也分辨不清，只有雪片般的黑色落尘漫天翻飞。

对那段故事，我以后即使再写，也不会试图改变它的结局。那样做毫无意义，只能是不敢面对。我的前辈和先人用身躯承受的，我难道不敢正视吗？如果我改变了结果，不论结果的方向如何，我觉得都是对先人的亵渎。苦难和辉煌从来并生，历史上家族的血泪和兴亡从未停歇，我们家那点儿事，实在不算什么离奇。对此，我早已没有了仇恨，就算是有，我都不知道去恨谁。不过我再写的时候，一定把我姥爷家的生活细节好好挖掘一下，我会穿越时空，进入老郝家大院，和他们共同生活一段时间，然后把看到的、听到的、猜到的、闻到的一并呈现给大家。至于我爸和我妈的爱情嘛，那也应该是很长很长的一个故事，我想他们当时应该还没有爱情，只有生活，而生活本身不就是故事吗。

我奶、我爸、我妈以一种奇怪的方式生活在我姥爷家的寒窑里，这是我姥爷的先见之明还是命运对他们的眷顾？很难解释。小的时候我很不理解我妈对我奶和我爸的态度，觉得她太厉害了，不该那样，而我奶和我爸他们也太让着她了。后来长大了，知道的事多了，也就渐渐理解了。她们之间除了家人关系还有一层特殊的主仆关系。这种关系很坚韧，它并没因为年深日久变了成色。它就像枯树桩子上抽出的新枝，一切新绿都是从枯木中生发的，不管如何枝繁叶茂也脱不了根系。对此，我妈并没刻意居地高临下，我奶和我爸也没觉得如何挣扎，她们都牢牢地记得根在哪里。这种自然而然的态度反而呈现了人性善良的一面，刻意扭转反倒会变味。

我的命其实也挺惨。我从来没见过爷爷，也没见过姥姥、姥爷，没有叔伯和姑姑，没有姨，本来有两个舅，二舅还丢了，也从未见过。有人说他们家在辽宁，也有人说在齐齐哈尔的什么地方。有一年，我哥在火车上和一个旅客聊天，说到了二舅，没想到那个人好像还真认识我二舅，说得有名有姓，有鼻子有眼，一切特征全都对。据他说，这家人现在在黑龙江泰赉附近。泰赉和镇赉间火车仅一站地，可是即便如此接近，我们也没有试图去寻找，看来，二舅注定是一棵飘萍，回不到故乡了。可能，这就是所谓的命运吧。

从我记事，我奶就一直和我们生活。自从失去我爷给她置的那几间老宅，她就再没有过其他房子。我们家曾经和另一家人住过南北炕，后来东西屋，那时候还没我，有我的时候我们家已经有了自己的房子。我奶和我们搬来搬去，直到她没，也不知道她愿不愿意。那年清明，我在城里买了墓地，把我爸我妈和我奶全都迁了过来，我给我奶单独买了块墓地，她终究要有个自己的房子。我知道她也是这么想的，就是不知道她是否愿意远离故土，自己住会不会冷清。

第四辑

时光你走慢些

甸子　湿地

　　越往莫莫格的深处走草色越深，公路两端河湖泡沼连成一片，你中有我，我中有你，一片汪洋又被水草织连着，像一首诗的隆重序幕，做足了铺垫。鸟鸣不绝于耳，分不清是在树上还是草丛，更说不准是一只鸟叫出好几种声音还是好几种鸟比赛着亮嗓。有一种深褐色的小水鸟，像麻雀，有巴掌大，能叫四五种声音。还有一种叫声特别的鸟，声音从很远的地方飘来，它的叫声让天地显得更空旷，我从来没见过它。东方白鹳是这里的稀客，不过要想见到它现在是不可能了，一般它们三四月就飞走了。

　　旷野辽远无际，极目远眺，视线尽头被断断续续的树林隔断，但那肯定不是这片大地的尽头。天边的云连接着地平线，天色阴暗，只有这一块亮，像帐篷被撕开一道口子，云就显得特别清晰。它们既像是从大地上冒出来的，又好像是从天上落下的，但无论如何你都摸不着究竟。雾罩着这个早晨，雨有几滴好奇的，匆匆落下，地气于是越发湿润清新。

　　"野有蔓草，零露瀼瀼。"这片湿地要远比我们认识它的时间长，那些发生在它其中的故事自然无声。这里也许就是天地一次无意的交汇吧，水和草走到了一起，经历了莫莫格这一段路，累了，要歇歇。于是鱼醒了，虫和蛙与过往的鸟激起共鸣，成就了一种生态，锻造了一种性格。《诗经》中的"苇"作为美丽的陪衬，从不多情，只是露珠的留恋，让人充满爱的向往，于是"苇"成了这片大地上十里八乡很多女孩的名字。

几头牛在草地上想着心事，大眼睛久久看着远方，偶尔扇动一下耳朵。仔细听，从更远处传来同伴的叫声，低沉、沧桑。

同行的伙伴分不清甸子和湿地，便问我，我也说不好。我对它的认识始终是片面的。小的时候，眼前这片地上长得是很硬的蒿子、碱蓬、芦苇。甸子上偶尔有泡子，大小不等，却从不干涸。泡子里头的鲫鱼比河里的白。人们在这块地上开垦、耕种，打草、打鱼、打猎，甚至盖了房子。甸子热闹起来也就是这几年的事吧。各种草，各种鱼，各种鸟，全来了。摄影师来了，科学家也来了。原来湿地和人一样，我认识的甸子只是某个阶段的湿地。它大概是时间最好的证明吧，时间的河流究竟是怎样流经这片大地的？蒹葭苍苍，风翻动一片苇叶都是历史。我长久地呆立其中，感受这天赐之美。草木繁茂，有时凋零，但它终究比我们坚韧，那茬衰草什么时候迎来的新绿，它们又要去往哪里？

一只白尾海雕绕着我们的头顶飞，叫得匆忙，让人不明所以，是不是它的窝就在附近？我们举着手机拍摄这群水鸟，它们在半空商量了一下，全都飞走了，投向南边一片湖面，远远地回望这里。这已经不是候鸟最多的时候了，三四月份，天还冷，丹顶鹤、天鹅就从南方飞过来了，大雁成群结队，阵容整齐，野鸭子不管不顾，一路吵吵闹闹。城里的湿地公园和这片水域相通，夜里总能听见各种鸟迁徙的声音，有时被这声音叫醒，仔细辨认，一时竟听呆了，觉得特别感动。

脚下的草丛突然飞起一只蓑羽鹤，它头也不回地往东去了。蓑羽鹤和白鹤它们一般不离开，常年在这里落户，坐窝孵化。跟它们在这争食的是成群的绿头鸭、白眉鸭和大麻鸭，这时候基本都到齐了。无数叫不上名的鸟一会儿藏在草丛，一会飞到树上，叫得你眼睛不够使，晕头转向的，到处都是它们的影子，只是不知道有多少种，分别都叫啥。忽然有一只大鸨扑棱棱贴着地皮起飞，一路冲开水草。同伴一声惊呼：这个大！记得小的时候这种大鸟很多，那时候我们叫它"长脖子老登"，是说它很傻，总抻个脖子在那愣愣地看你，不知道飞。现在这儿的鸟又多得让我们眼花缭乱了。生态是个循环，鱼吃虫，鸟吃鱼，草打籽，籽喂虫，蛙声一片才是灿烂夜空。

一群羊在我们的前面走着，看不见牧羊人，湿地景观路，仅容一车。我们的车慢慢地跟在羊群后面，人、车、羊都不急。天高地阔，草长莺飞，时光都在湿地的草丛里躺着，我们有什么好忙的。不知道什么时候，羊群不见了，四处沼泽，它们能上哪儿呢。不多时雨还是下来了，草却越发地绿，半空的云不紧不慢地走，百灵垂直停在半空，鸟鸣蛙鸣裹进了云层。此时风凉飕飕的，闻起来却有点儿甜。

铁锅炖大鱼

人到中年，总爱回顾往昔。望着窗外明艳的花，思绪翻飞起来。

忽然想起小时候去大舅家拜年，这是我每年最盼望的事。一路上，我在父亲赶的毛驴车上躺着，憧憬着马上就要吃到嘴的冻豆腐宽粉炖鱼，这是只属于大舅家的味道。还有他家房檐下的鸽子，灶坑烧鸽子，这得看表弟的心情了。想着想着，我竟然流出了口水。路边的喜鹊发现了我的心思，站在枝头嘎嘎大笑。我奇怪的是这些喜鹊为什么永远是胖乎乎的，毛色鲜亮，一年四季不管什么时候，它们吃什么胖的呢？羽毛黑中泛着幽幽的蓝光，身子沉得好像飞不起来了。我要是能听懂它们的叫声就好了。这样想着，日头已经落到毛驴车的西边去了，林子被夕阳照得耀眼，好像是提前燃放的烟火，一趟一趟地从我们车子旁路过。远处的村子有零星的鞭炮声传来，我仔细地辨认着哪个是表弟们放的二踢脚。

大舅家在江沿住，离我们其实没多远，但那时候路不好，交通工具也不行，要赶一小天的驴车才能到，我就觉得老远老远了，去一回赶上过年一样，是一个重大的仪式。大舅在渔场工作，过年自然不会缺鱼。至今我还记得舅妈炖的大鱼，怎么说呢！有一种美味叫家常菜，它的味道只属于某一家某个人，是不可复制的。那鱼只能大舅妈炖，别人炖不出那个味，现在是再也吃不到了！

铁锅炖大鱼，大锅大灶，烧柴火，刺啦一下锅底化开一勺子荤油，扬一把葱花，放几个干辣椒，舀两勺子大酱炸开锅，味就出来了。灶坑烧得旺旺的，红彤彤的柴火让孩子们有种不用催、不用赶的兴奋，屋里院外地就跑开了。一会儿看看锅里的鱼炖得咋样了，舅妈说，"快了，马上下豆腐，再去玩会儿。"表姐一边烧火一边在灶坑里给我们烤菱角，菱角这种东西不知道你见过没有，只有江沿上有，黑黑的，转圈带尖，长得像铁蒺藜。烤熟的菱角果瓤又香又面，洁白如脂，就是不好打开，肉专门往犄角里长，抠一块搁嘴里，细腻中有股淡淡的清香，有股水草味。我们几个忍着烫，龇牙咧嘴地撕咬着这个调皮的小东西，嘴巴吃得黢黑，还不忘惦记锅里的鱼，此时锅里的汤汁已经变得乳白，满锅翻滚，豆腐咕嘟嘟开锅了，一厨房都是豆腐的卤水味和鱼的鲜香味混在一起的味道，闻着就像鞭炮放过的硝烟一样，喜庆而热烈。"能吃了吗，舅妈？"舅妈笑坏了，"看把我老外甥急的，恨不得把舅妈吃喽。"

记忆里舅妈又瘦又小，身体却很硬朗，干活儿麻利，走路带风。她对我很好，我一去就变着法地给我弄好吃的。现在想想那些都是什么呢，薅一把苋菜剁碎和面烙饼，㧟一盆榆树钱馇糊糊，煎两个鸡蛋烙韭菜合子，切个酸菜芯拌白糖，往黄米饭里拌大勺荤油……不管我什么时候去，她都惦记着我这张馋嘴，转个身工夫就能变出好吃的来。农家能找到的食材在她手里皆成美味，她能把简单的生活过成了节日。那味道储存进了我的记忆，成为我对美味无法超越的标准。

到现在我也不知道那锅鱼被她施了什么魔法，那道菜端上桌时，所有人眼睛都亮了，就如屋外升腾而起的烟花，瞬间点燃了夜空。

对了，忘了说了，铁锅炖大鱼，豆腐比鱼好吃，粉条比豆腐还好吃。

蒙古馅饼

我的少年时光好像匆匆忙忙就过去了，很多次我努力地回忆过去都发生了什么，翻检关于那个年纪的所有线索，甚至查找了万年历里关于那些年的全部时间，仍然一无所获。后来我只能遗憾地归结于自己文学水平的匮乏，想不出那些平淡的日子里埋藏的闪亮瞬间，为什么别人就能把自己的少年时光描绘得如此多彩，甚至充满悬念，我不相信他们都在撒谎，但我也不愿意承认自己无能，难道我真的丢失了那段时间不成？国庆假期，我专程回了一趟老家，老宅还在，邻居还在，那个学校也还在，尽管它们都已经上了年纪，我仍可以毫不费力地一一辨认。面对一张张沧桑的旧画面，往事一下子填满我的脑海，细闻都能嗅到旧日时光里的炊烟，微辣、呛眼。我没有丢失时间，它只是被埋得太深，我却走得太远。

老家的那处老宅被埋在各种回收的旧电器里，成了一个废品回收站，要不是在那生活过很久，真的不易辨认，在这些破烂里，房子矮得就像负重的爸爸，辛苦地支撑着渐渐弯曲的身躯。夕阳被密密层层的旧电器挡在外面，只有房顶染着一层金色的余光。正是这缕金色的阳光引导我回到从前。那时候它那么年轻，虽然是三间土坯房，不粘一砖一瓦，朴素，却很骄傲。在空旷的土地上出类拔萃地眺望着远方。门前那条小路十分宽阔，而且总是铺着阳光，一直伸向学校大门的方向。沿着大门往前看，能看到学校最南面的农场，那里的夏天郁郁葱葱，永远被化不开的绿覆盖着，麻雀成天在绿里捉迷藏，树上、草丛、大片的庄稼地里。农场西边有一片茂密的杨树林，把农场和菜社的土地割开，东边地是学校的，西边是菜农的，以树为界，泾渭分明。这里是我最喜欢的风景，我和好友老修经常躲到里面闲坐，有烟的时候就使劲抽烟，抽到醉，然后躺在里面睡，不知道睡到什么时候。没烟就干待着，也不说话，互相不知道对方在想什么，也不问，似乎心事多得连说一句话都烦。总之这里带给我的是安静，一种能放得下心事的安稳。它是我独自开发的，只属于我。后来我去过无数的名山大川，都没有感受过那样的安稳。看来风景和大小无关，它只和感受有关。直到那年中秋，我和妻子在江西婺源的一个叫李庄的古村过中秋，我俩坐在民宿临街的小桌子边吃饭，门前的小溪穿街而过，很细、很长，水量充沛。它和夕阳一同从西面山谷里下来，不知道是去了东山还是汇入了某条更大的河流，反正这里到处都是山，四处围着水。人们在门口的石阶下洗碗洗菜，闲话家常，也洗衣放鹅，默默工作。古街退去了白天游客的人潮，才活过来。落日越过山头把覆盖在溪流上的石板照得金饰金鳞，接近水面的石基，青苔像历史一样泛着神秘的笑容。忽然，少年时那片树林带给我的安稳瞬间流遍全身，我呆若木鸡。不知道远隔万里，又差着时空，感觉怎么如此一致，如此奇怪，又如此清晰。看来家乡、异乡并没有两样，时间也没有阻止我们把这些一再错过的感受连在一起，它说不定什么时候，在什么地方还会重来。

那么，我的少年时光一定还在。

某些时候，如果你不确定自己的真实存在，最好的办法或许可以寻找一种味道。我忽然想起了蒙古馅饼，我第一次吃蒙古馅饼时十三岁。

小军家就是那年搬来的。他们家在我家前面盖了三间贴砖的大瓦房，临街建了一个很大的园子，它一下把我们的土房比了下去。它就像它的主人一样魁伟，神秘。他们是蒙古族人，说着半生不熟的汉语，搬来那天司婶来我们家拜访，她邀请我去家里玩，说她有三个小子，大小子和我差不多大。她胖胖的，矮矮的，眼睛笑得十分善良，整张脸都铺满阳光。我记得她说的最流利的话就是"嗯呢"，她一遍一遍地"嗯呢，嗯呢"，好像在自问自答。可如此笨拙的表达非但没有造成我们接触的障碍，反而取得了我们全家毫无来由的信任。不等她"嗯呢"完我就跑去看她家那三个小子去了。

三个小子正在院子里往屋搬东西，大、中、小，谁是小军一目了然。他是这次劳动的指挥员，但那两个小子显然并不怎么服从调遣，三个人吵吵闹闹连骂带笑，很不统一。看见我过来，他们全都停下手里的活儿，我们都羞于打招呼，最小的歪着脖睨我，两只手在胸前反复捏背心里的肚皮玩，小军拿闲下来的手往裤兜里插，可是裤子没兜，他有点儿尴尬地把手伸进裤腰里，这么看着就跟两手插兜一样拽。那个弟弟躲在他后面更加激烈地推扯小的，以此宣告着自己的存在。我不知道说什么，又不好意思往回走，只好假装路过。

他家姓司，这个姓就跟他们的长相一样明显，一听就是蒙古族人。小军的爸爸给学校农场开车，一台威武的大"野特"，每天傍晚突突地喷着黑烟停在房山，那条铺着阳光的路边。那两个小弟弟就非常神气地爬到上面，坐在驾驶室里，骑在机器盖上，期待着每个过路的人看见，同时又戒备地看着每个人，你摸一下，他们马上会瞪起眼睛，嘴里发出嘶的一声吸气，仿佛车疼了。他们的爸爸很少说话，但跟我家的关系似乎比和其他人家要近一些，因为他跟别人更少说话。他有时候来我们家坐一会儿，倚在炕琴边和爸爸喝茶，不言不语，像头沉默的牛。我们家的狗经常去他家讨吃，我遇到几次，每次它看见我都一愣，眼睛全是羞愧之色，耷拉着脑袋下意识地往地上瞅。见我没说什么，它就放下嘴里的东西，跑过来围着我转。我若喊一声，它马上就弓着腰从我身边窜得无影无踪。

我和小军好像一直都没什么接触，那会儿我们都上中学了，他念的是蒙古族中学，朋友圈子也都是那里的人。有一次县中学包场看电影，几个学校都去了，电影叫什么，忘了。我看见小军跟另一个学校的混混打架，远远地就见他穿着肥大的校服站在剧院台阶上，身后跟着一帮孩子，他的校服拉锁没拉，衣服下摆快埋到了膝盖，裤腿子堆一脚面，显得一点儿都不牛。真奇怪，我感觉他一直都是个腼腆孩子，竟然混社会。我跟着人流走进剧场，头也没回。为什么他在我前后有这么大差距呢，哪一个才是他真实的一面？初中刚开始，我算得上学习好的孩子，那仨小子不是，成天混，互相不服。当时我肯定是司婶嘴里经常说的"别人家的孩子"。这也可能是我们亲不起来原因。

司婶烙的蒙古馅饼，香！我一辈子忘不了。

司婶的蒙古馅饼我只吃过两回。一次是小军拿给我吃的，还有一次是我妈把司婶请家来给我们烙的，那是个意外的秋天，太阳暖和得就像只照我们家一样。家里平时几乎不吃肉，那次可真是下了血本，和了一大盆肉馅，而且是纯牛肉馅，只剁了几棵大葱。我都不知道我妈是咋想的，能做出那么惊人的决定。司婶用油和面，面稀得顺手直淌，这得多少油！她根本不是擀皮，肉馅完全糊在面里，可当摊在锅上时，它们却立刻成了一张饼的形状，透过筋薄的皮，馅儿就跟在面外似的，烙得焦黄，喷香。咬一口热气龇嘴，嘴唇被烫得十分幸福。司婶烙饼的速度将将能赶上我们吃的速度，最后还是我妈及时拉住了我们，烙饼的人一口没吃，一盆馅儿，没了。

小军结婚我到底回没回去，想不起来了。我觉得我应该是回去了，因为不回去是没有道理的，但他的葬礼我指定没参加。他死得突然，煤烟中毒。那年冬天他结婚不久，孩子没满月，媳妇还在婆婆屋坐月子。司婶受到的打击比死还难受，没心思过日子了，她们家也从此衰败了下去，当初那么雄伟的大房子变矮了，园子长满荒草，墙头一动就塌。司婶精神有些失常，一看见我就哭。

我在她的哭声里看见了自己的成长，因为我没有跟着哭，也没有躲。可我是不是应该躲呢？不让她看见我不是会少些回忆吗？我们都是在别人的悲伤里发现自己长大的吗？司婶一下子苍老了许多，脸上再没有了阳光。后来，我的小孩儿满月，把司婶接到家里当保姆，司婶已经陌生得让我不敢认了，她的谨慎让我心疼，她一次次的出神更令我不安。我又犯了想当然的错误，那种一厢情愿的想法害苦了双方。不久，司婶就回去了。

再回到老宅，那条狭长的小路仍然连着我们两家，但两家人都不在了，只剩下一堵墙，我隔墙张望，它的另一面是什么？是岁月吗？小军的婚房还勉强站在墙里，外墙包着的砖豁牙漏齿地冲人诉说着它草率的过去，院子里的荒草不知道长了几茬，比房子还高，新藤旧草丝丝缕缕纠结缠绕在一起，幽深得能看见从前。也许在它的深处还能听见小军的声音，又或许只有在这样的荒芜深处亡灵才能找到回家的入口。那么，被旧家电围堵着的我家老宅，已经面目全非，那里还会接受我爸妈的探望吗？我想要摸一下裸露的墙头，竟然不敢伸出手，是什么让我如此犹豫，是年纪，还是勇气，只怕一伸手，墙就会倒塌。

时光你慢些走

忽然我就想起司家大院，想起小军，想起一院子的阳光，高大的房檐，房上落着两只灰鸽子，房山终日不减的煤堆，上面竟然长出一棵战战兢兢的榆树，春天居然从细嫩的枝丫上绽放出榆钱。月色爬上墙头，熏蚊子的艾草藏着火星，忽明忽暗，烟细细地飘升，消散。

司家大院是东岗子近来落户的人家，三间砖房，个头简直比学校的办公室还要高，唯一显得寒酸的是院墙，土夯的矮墙，鸡一使劲都能飞上去。这个院墙是有想法的，如果它也和房子一样气派，你让东边深宅大院的张校长家怎么想。有些事也是迫不得已，高一头，就得矮一头，这个意思你懂吧。老司是学校农场司机，开那种大农业车！高大魁伟，人、车长得真像，都那么有劲儿。

那台车傍晚就会回来，停在胡同边，紧挨着另一侧的院墙。能把那么大个家伙摆弄得那么听话，让人佩服得不行不行的。我一般是不太敢和司家爸爸说话的，更不敢靠得太近，就像怕那台大车碰着一样得怕他。

他家二小子爬进驾驶室，手拧着转不动的方向盘，鼓着腮帮子，突突突……连续冒泡，车开没开走咱暂且不说，但我感觉他把自己开走了。

车是不许别人摸的，从旁边过也不许多瞅。司家哥仁轮班看着。他们仁平时互相打，谁也不服谁，但在车这个事上，枪口一致对外。他们仁在谁上车上玩这件事上，倒分歧不大，因为老三抢不过二哥，只好转身去逮落在墙头的蜻蜓，撅着屁股，只移动上半身，屁股一颤一颤，马上要捏着蜻蜓尾巴了，蜻蜓飞走了。老三仍然保持着原来的姿势，思考这蜻蜓怎能如此沉着，早不飞，晚不飞，要抓到时它飞了，难道它的眼睛看得着后脑勺吗？

小军是老大，他不和弟弟们抢，但抢也抢不过，因为老二几乎和他一样高，甚至比他还壮。而老三呢，没等动手就要哭，一哭准是他的错，没法抢。他没办法，只能站在院墙后面看天，眯着眼睛瞅太阳。太阳看久了就是黑的，黑黑的一个小球，什么东西看久了都会变色，没有当初好看。只有闭着眼睛想一会儿，它们才会恢复最初的样子。

不知道我在小军的眼里是不是也和太阳一样，一会儿黑一会儿亮。

时间过得太快了，小军自从闭上眼睛就再没睁开。那个院子就像电影，宽荧幕，黑白片，人说话的声音嘶哑，背景音乐单调。我都不确定我说的是不是真的，或者有些是我想的，有些确实存在。

那个晌午小军来找我。这么热的天，我不打算出去玩。他也没说要干啥。他总是笑，笑得毫无内容，也毫无杂质。我不确定他和我关系好不，或者是不是和我最好，因为他老是笑，对谁都笑。当然除了他的弟弟们。小军在屋里站一会儿就走了，我只好跟出来，他从怀里摸出一张馅饼，他妈最会烙饼了，特别是馅饼，皮儿薄，馅香，面软。这是我们没有的，一般人家都不会做，会也烙不起。

哎呀，真香啊，又烫又好吃。小军看着我笑，笑得很诚恳。我会记一辈子的。

还有个事我也得记一辈子。

我那年学习好，还有点儿小聪明，平时也乐意耍个小聪明。那年春节，司婶来我家看春晚。炕上缓一盆冻梨，地上有个板凳，我也不知道抽的什么疯，一脚踩着板凳就开唱，万里长城永不倒。哎呀，把司婶稀罕的，差点儿没亲我。

对，我说的不是这个事。我总是这样，乐意记住美事，爱显摆。这毛病估计是改不了了。小军笨，学习不能说不好，是不会，啥也不会。他们家仨小子一样，这是怎么回事呢，哥仨比赛着学习不好。但在玩上又一点儿都不笨。一个比一个道道多。老疙瘩能把我哄得上我家园子里偷茄子和葱吃，你说他笨吗？一口茄子，一口葱，那才好吃呢，就是味道有点儿特别。

那天我上他家玩，正赶上小军在写作业。司婶说，"你问问小风，让他告诉告诉你。"小军低着头不吱声，把笔放本上，搓手。应该是等我去看，因为他不知道问啥，从哪儿问，就知道尴尬地笑。我说走吧，打鸟去，告诉你你也不会，然后就没心没肺地拽他走了。他好像挣扎了一下，但也仅仅是一下，就和犹豫差不多。

我在无意中宣布了小军是笨蛋。但是他笨行，不该别人说。被人告知是笨蛋，比是笨蛋本身还可怕。这个毫无恶意的举动比骂人伤害还大。司婶一脸无奈，茫然地看着我把好不容易写会儿作业的小军拽走了。严格来说这不是个错误，但是却不能被原谅，也没有原谅的机会。

是我们大了这条巷子变窄的，还是巷子窄了我们才变大的呢？原来这里靠墙停台大车过人都宽绰，现在两个人走都嫌挤。草疯长成陈年往事，枯了绿，绿了再枯，丝毫不给人道歉的机会。

那年我把司婶接到家里给我带小孩。那年我二十五岁，小军就是二十四岁，他比我小一岁。我希望能帮司婶缓解她的丧子之痛。可是我错了，这个愚蠢的错误比那次无心的举动还不可原谅。让她面对一个和儿子从小一起长大的人，带给她的能是什么？是希望吗？这希望就是最彻底的绝望。司婶几乎整天抹眼泪，拿着这个找这个。

我这是干了件什么事呢。

房子就是一条生命，当它旺盛时，阳光格外温暖，雨燕翻飞，鸽子主动落在房上。可当人去楼空，它马上就没了精神，一片落寞。燕子再不来了，院墙坍塌、屋檐低垂、窗扇斑驳，门上面的绿油漆哭得没有了眼泪，露出木质的纹理，被虫子啃噬。

我们现在已经比当年的父辈还要苍老，事实是我从来没有觉得曾和父辈一样年轻，一样坚强有力。如司家爸爸，那是如山般雄壮，如我的父亲，像水一样绵软悠长，百折不挠。这些生命的力道在我身上统统没有体现和继承，可岁月在他们身上留下的痕迹我一样都没错过，不再年轻、慢慢变老。

人为什么要活这一回，活着有什么意义？直到现在这个问题也没有答案。只有这房子、院子、男孩们，听命时间的随意安排纷纷老了，走了，没了。再然后呢，这里会重新住进人家，终是慢慢倒塌成废墟。

如果时间定格在某一刻，那么生命其实都还健在。那个男孩站在墙后眯着眼睛看太阳，看累了，长大了，娶了媳妇，生了女儿，然后回到他自己的新房躺一会儿。我不相信他没了，因为我没看到，没看到便不算。就让时间定格在那儿吧，说不好啥时候我们又回到从前呢。

房山的蓖麻

最终，我家的蓖麻还是被砍了。

那天中午特别热，杨树叶子都晒打绺儿了，鸡们在蓖麻下刨出一个坑，张开浑身的羽毛伏卧在上面，使劲地散发浑身的热量，吸收地里凉气，任你怎么作势撵，它们也只是仰起脖子，束了束脖颈的羽毛，并不舍得挪动一下。小眼睛可怜巴巴地闪躲着你，脑袋一点一点的，表达着感谢。

这片蓖麻是春天种下的，已经连续种了好几年。我知道它不能吃，但是从成熟的蓖麻籽里挤出的油有用。父亲说，这是大麻籽油（蓖麻油），能给缝纫机润滑，所以它值钱，卖了钱给你买麻花吃。因此我对蓖麻的成长特别上心，没事就围着它转，不允许鸡啊、猪啊进去祸害它们。好在这个东西长得特别快，几场雨水，个头就蹿起老高，大叶子就跟蒲扇似的，严严实实地盖着垄沟。难怪鸡们愿意往那里跑，里面既防晒又背雨，对于这群家伙，没有比这好玩的地方了。它们对蓖麻并不感兴趣，叨两下就放弃了。它们喜欢里面的荫凉，还有垄沟里的虫子，鸡们整天地在里刨啊叨啊，快乐极了。这样我也就原谅了它们，哪知道这一谅解倒好，它们把这当成自己的领地了，母鸡带着一群小鸡，进进出出，过家家似的，忙得不亦乐乎，你要赶它们，母鸡竟然做出决战的架势，炸开膀跟你咯咯叫。好嘛！这是谁的地盘啊。天黑了，数一数回窝的鸡，总不对数，待你终于把它们找到，它们已经在蓖麻地里打上盹了。

工作队来过两回了，每次都下达最后的通牒："这片大麻子你们不割，我们就来砍了。"但是我们这一趟房谁家也没动手砍。傍晚压水浇园子，最后父亲还是把它们也浇一遍，我们知道，可能浇也是白浇，但是每回都不拉下它。再有二十来天它们就打籽了，那时候砍，就算可惜也能剩下点儿半成的蓖麻籽。而现在，这些热热腾腾的蓖麻啥也不知道，长得正起劲呢。我也不知道砍了它们，那些鸡该怎么办，再有半个月，那些嫩黄的"小毛球"就能长出羽翼，兴许就不用靠蓖麻掩护了。

肖二哥在工作队里，没准我们家的蓖麻能多挺几天，我偷偷地这样盼望着，希望能借上二哥的光。肖婶子和我妈好得像一家人似的，我总在她家吃饭。那天在肖婶家吃饭，我故意往蓖麻上说，说昨晚丢了两只小鸡仔，今天它们又出来了，肯定是猫蓖麻地里了。我一说到这儿三姐马上不吱声了，肖婶子咳嗽两下，下地上外屋不知道干什么去了。我感觉特别不得劲，撂下筷回家了，我都快出院了，她追出来喊"让你妈来串门啊"。喊那么大声还用我告诉啥，我妈在家都能听见。

这天晌午，二哥他们一伙人进院就开始砍，我吓坏了，躲在柴火垛的阴影里不会动，忘了喊，也忘了哭，头皮发麻，感觉那些镰刀会连我一起砍了。地里的鸡像炸了窝似的嘎嘎叫着往出逃，小鸡不知道发生了什么，从垄沟里连滚带爬地追着母鸡。这个中午的炎热一下子没有了，空气都不往我家院子里进。这时候我才想起喊妈，"妈！妈！"我也不知道喊妈干啥，就是一声比一声大地喊妈。二哥挥舞着套着红胳膊箍的手臂，左右轮，一扫，蓖麻倒下一片，再一扫，蓖麻没了脑袋，他们几个人好像怕屋里出来人就来不及砍了。不说话，一个劲儿抢镰刀。

我妈从屋里跑出来了，边跑边喊，"谁呀，那谁呀，你们别砍了，我们自己割，自己割呀。"众人看二哥停下了，纷纷都停下了。我知道，就算停下来了，蓖麻也指定保不住了。但是我怎么也没想到，它们是倒在我二哥的手里。我不敢相信，成天领我打弹弓、下夹子的二哥怎么突然这么狠，就像变了个人。我和那些慌张的鸡们一样，蒙了。

蓖麻为什么要砍，到今天我也整不明白。那不过是一小片地，种得谨慎。那个年代，它就像土豆熬白菜的锅里仅有的几滴油星，我的盼望没了，鸡的安乐窝没了，我们浇园子那最后一瓢水的地方没了。房山只剩一地白花花的茬子，在烈日下吃惊地戳着。蓖麻秧散落在柴垛边上，那些大叶子早就蔫巴成一片纸，一碰就碎。

肖婶子家我再没去过，不是恨她儿子，她家的蓖麻也照样一棵不剩。她不来我们家，我咋上她家去呢。东西院住着，那么多年的感情就这么淡下来了。没过两年我家就搬城里去了，和肖婶再无往来。我小的时候吃过她的奶，她左边喂她家我三姐，右边喂我。

我咋也忘不了蓖麻地里那群惊慌失措的鸡，那对它们来说是不是就和我们遭受了一场战争一样？或者是天降一场突如其来的灾难。大鸡几乎是扑棱着飞出来的，有只小毛球，一个跟头接一个跟头，起来还没命地跑，往哪儿跑，不知道，傻乎乎的，差点儿没跑镰刀上。我后来有时就做同样的梦，梦里我也跑，可不知道跑什么，往哪儿跑，直到吓醒。

模糊又真实的记忆

　　这个早晨，头顶一阵喜鹊叫，叫得欢实，离脑袋很近，扭脖子找，遍寻不见，而喜鹊叫，那是要有好事呀。能有什么好事呢？最好莫过一切如初，生活又回到以前：湖边扭大秧歌的锣鼓喧天，早市闹闹吵吵，大街上车水马龙……可是从小到大喜鹊报的喜在我身上就没应验过。反倒是我总在这叫声里满怀希望。

　　街边的榆树被修剪过了吧，每一根枝杈都很有型，纠结在一起就像一首诗。不敢摸树身的皱纹，它们一定是承受了太多的苦，又说不出，那么多心事遂长成纵横交错的裂纹。喜鹊就落在枝头，阳光把它颈项的黑羽磨成刀光，一颤一颤的，方要站稳又飞到另一棵树上。它在围着我叫，莫不是我小时候的那只跑到这里和我相认？真说不好，这许多年兜兜转转我不是又回到家乡工作了嘛，遇到三两个旧相识很正常。那我是不是应该打声招呼呢？

　　"嘿，你好，老黑。"

　　"还记得我呢？"

　　"这么多年你可一点儿没变样。"

"我们家南墙外的那片树林子还在吗？"

"你怎么跑到这来了，城里不安全。"

"你自己吗，你的伴呢？"

树林里的童年应该是最安稳的。那片杨树很高，很直溜，里面很宽敞。可以跳皮筋、捉迷藏，抓特务。这些游戏都和我无关，也几乎和我二姐无关。我不记得除了二姐还有谁背着我在里边转，我只记得她一个人的头发的味道，蓬蓬松松的，里面蓄满阳光和风，清新而温暖，弄得我鼻子痒痒的总打喷嚏。我就是在这片杨树林里认识的老黑，那时候它还年轻，身边有个形影不离的伴。它总是第一个发现我，一看见就招呼它的同伴，"快看，那个抽风的孩子又来了，成天让她二姐背着，不害臊。"老黑在我家院墙边上的一棵树上搭了窝，乱乱糟糟的很大一团树枝，站在院里看就像一个黑球。老黑对我家的事一清二楚，我猜别的喜鹊也一清二楚，因为老黑成天叽叽喳喳地四处说。

那天我正在柴火垛边扒秸秆，试图找一种白白胖胖的虫子，这小虫能让夏天来的鸟舍生忘死，它们太爱吃这种虫子了，馋得走不动道。明明旁边的夹子上已经躺着一只同伴了，它们还是抵挡不住美味的诱惑。这些鸟中我最喜欢一种从下颌开始肚皮全是红色的鸟，我们叫它"红马料"，我也不知道为什么这么叫，但是觉得很恰当，很贵气。为什么呢，一只小鸟和高头大马联系在一起，能不骄傲吗？我是打不到它们的，事实上我连抓也抓不到，我还太小了。我给哥哥扒很多很多虫子，装在妈妈的药瓶里，求哥哥给我打一只，我要活的，死的鸟除了烧了吃没意思，软塌塌的小身子，羽毛一点儿精神都没有。哥哥真的用扣网给我捉到一只活的"红马料"，可是没养两天它就死了。"红马料"在秸秆扎的鸟笼子里不吃不喝，不停地飞，东冲西撞，把小碗里的水、虫子撞得到处都是，最后累死了。它为什么不愿意和我做朋友呢？我把它埋在菜园子里，希望它的灵魂能和我成为朋友。

喜鹊在它的树枝上吱吱地招呼我，告诉我我妈回来了。她去很远的市里看病，走好些天了。我记事起我妈就总有病。我家柜盖上总摆着一些药盒、药瓶，我总是忍不住偷偷地吃些中药丸。我妈看见了只是无奈地说，"那是药啊，你以为是啥好吃的舍不得给你吗，会吃死的。"随即又自言自语似的，"我这老儿子太小了。"她的这句话让我很难过，比掐我还难受，是心里不得劲。

妈的脾气并不好，她似乎对什么都缺少耐心。她从来没有跟我讲过道理，也没问过我为什么。我的童年是伴随着她的病和她的掐一起成长的。农村有个不成文的管教孩子理论——孩子是掐不坏的。妈掐人的手法大概只有我懂，因为除了我，她好像没掐过别人。她把我按在炕沿或者腿上用拇指和食指抟着我身上的一块小肉拧，就算我最终挣脱了，那滋味还能让我疼得直跺脚。

最难忘小时候大舅背来的那些鱼！恐怕我这一生吃过的所有的美味也没有能比过它们的了。那时候大舅在渔场上当会计。开江了，你等着吧，要不了几天大舅就会来了。他背来的草袋子里啥样鱼都有，所以我很小就认识很多鱼，也会吃鱼。三花五罗十八子七十二杂鱼，虽说不能认全，但常见的我全叫得上名字。大舅就我妈这么一个妹妹，他们还有个亲弟弟不知道什么原因走散了，好像是在黑龙江的什么地方，长大后我听哥哥说起过。可是为什么会走散呢？为什么妈和大舅从不唠这个弟弟呢？我好像从来没和我妈去过大舅家，总是父亲带我去，串门，吃鱼。有一年过年，吃年夜饭，桌上有一条大舅年前送来的"大草根"，特别好吃，吃到吃不下，拿舌头舔舔嘴唇还是香得很。毫无征兆，父亲喝着酒突然哭了起来，父亲平时寡言少语，从没打过我，也没有过大声喊叫的时候，就更别说当我们面哭了！我们不知道发生了什么，停下碗筷瞅着我妈，大气不敢喘。我妈沉着脸，似乎忍着含在嘴边的话。父亲边哭边说他大舅也苦啊！我妈怕他再说下去，一下接过话头，说父亲，你别一喝点儿酒就说这个。后来我隐隐觉得，他们没说完的话很可能和那个失联的舅舅有关。

那年父亲陪大舅来市里看病，那时候不流行打手机、发短信，哪有那东西啊。大舅得了一种很严重的病，在农村实在是拖不起了，他应该是想到城里还有我这么个外甥吧，就来了。那天我并没在单位，我和刚处的对象在一起呢。我那个对象是医院护士，总倒班，平时见个面都难。等到父亲他俩见到我时已经黑天了，父亲啥也没说，看得出来，他喝了不少酒，见到我的时，通红的脸上如释重负，又满是愧疚和遗憾，我明白那代表什么。大舅早已经不复当年的硬朗魁梧，整个人小了一圈，除了一如既往的笑容没变，走在街上我肯定认不出这是当年给我们送鱼、我一去就让表弟上房抓鸽子给我烧了吃的大舅。我们爷仨点着烟，各自埋在缭绕的尴尬里，找不到话说。

我记得大舅家的三间半房，房檐下全是鸽子窝，鸽子每天晚上咕噜噜、咕噜噜地一宿一宿地叫。我一去，表弟就把它们赶到天上，鸽子吹着口哨迅速消失在天边，旋即，天边又出现了它们的身影，兜来转去，最终落在原野的坡上或者大地里。我知道表弟心疼这些鸽子，但是最后总要有几只倒霉的家伙成为灶坑里的美味。表弟不敢不听大舅的话，这个我心里有数。有一次我指着天空盘旋的鸽子问表弟，"六子，你说它们会认得我吗？"表弟说，"它们不认得谁也会记住你，你一来它们就倒霉。"

记忆就像遥远的鸽哨，鸽子消失了踪影，天空仍然回响着清晰的哨音。大舅是循着鸽哨来的，我却像鸽子一样消失在天空。我们老家有句老话："外甥狗，外甥狗，养不熟，吃完舅舅他就走。"这话在我身上再次得到证实。大舅回去不到半年就没了。

不知道我那些乡下的表弟表姐怎么看我，大舅不会和他们说我什么，但越是话少的人越容易让人们猜测隐忍的那部分故事。这些年，大舅家没有一个人和我有过联系，我相信他们也总来市里，他们知道这儿有我，就像我清清楚楚地梦见遥远的乡下，鸽子窝，浩渺的水面，波浪一样的芦苇。我们明知道彼此，但是无法靠岸。我有点儿明白了母亲和大舅失落在人间的弟弟的苦楚。岁月的锯齿足以锯断亲情，当初那些感情在生活里终究会成为回忆，不是我们变了，是生活改变了我们。

一夜虫鸣

老屋的炕上收拾得很干净，被褥整齐地叠在炕柜上，怕别人看见它们身上的补丁，被垛羞答答地蒙着一面花被单。被单上的满身青花瓷像打碎的碗，无奈地把它柔弱的一面呈现给世人。但月光如果不那么直接地洒在上面，或者也蒙着点儿云，你还是猜不到它的年纪的，更不会懂得那些年的晚上它被老姐按在洗衣盆里和着月光一遍又一遍地揉搓该有多么的伤心。它旧了，老姐的手厚了，我也懂了，每一个青春都禁不起月色蹉跎。

灶坑还没睡熟，灰里泛着明明灭灭的火星。不知道奶奶有没有在里面埋着土豆，那个小脚老太太早就睡了，她嘴里肯定还含着没化的糖块。我要是早回来一会儿，我知道，那一半定是留给我的。她从伪满洲国时代过来，她那个年代对我来说就好像没头没尾的旧话本，知道有这么回事，却不知道具体怎么回事。听我爸说奶奶娘家是大地主，可是她家里的人我一个都没见过，也从没看见过她拿出一件像地主的物件，我一直怀疑她把金银财宝都封在坛子里了，可能就埋在猪圈或者鸡窝的哪块地下，于是就从早到晚地到处踅摸，遍寻不得，却发现她耳朵上有眼儿。我问她，"这上面的东西呢，奶？你家的人呢，奶？"她总笑而不答，拽着小脚一趟一趟地忙手里的活儿，我就跟在她的屁股后面，看她像鸭子一样，拐呀拐。有一天我在她被窝里又问起这件事，她搂着我的头说，"人都死了，东西让我换小米吃了。"后来大了，我真替她庆幸，幸亏都没了呀！

那年的月亮也被封进坛子，埋在云彩里，虫子一叫，就亮了。

锅叉骨（北方一种用树权做的厨具，代替帘子）还挂在盖帘儿前面，在黑暗中发着油黑的暗光。那上面有我牵肠挂肚的味道，每一次蒸煮，它都是我们家第一个尝到滋味的家伙。不知道是哪一棵树枝有如此灵性，远远地瞄上了我家的炊烟，经风沐雨，苦苦修行，终究成器，来到这个家饱尝人间五味。跟它一棵树上的那些被风折断的树权，还记得那个在它们下面成天哭的孩子吗？从小我就被二姐抱着在树林子里来回穿行，从春走到夏，树叶都厌烦了这哭声，一片一片打再我的脸上。二姐一直没有放下我，直到那年冬天，我被一针扎醒，从此我就不再哭了，我自己都哭烦了，她怎么不烦呢？那时二姐应该是林子外边跳皮筋的小姑娘，但为了我，她失去很多玩耍的机会。要是我姑娘那么大，恐怕早就跑了。那时候穷，家家的粮囤子比人都瘦，我妈总说二姐能吃，说的多了，二姐就哭，边哭边吃，眼泪流进碗里，也成了粥，她就端着粥碗，不再吃菜但也不撂筷。这一点，我姑娘可真像她二姑。那片树林一直像云一样悬在我的记忆里，我在那里面哭，眼睛盯着树叶的背面，发现和前面的颜色不一样。树叶落了，我知道它们早晚会落，即使没有秋天，也会凋零。地上的万物都得回到土里，时间都躲进了大地的深处，它们不回到土里，去哪儿呢？只希望这些树在朝霞和余晖里记住有鸟曾落在肩上，还曾经有过一个小姑娘抱着爱哭的弟弟在里面来回地走过。

月光被窗户砍成方块，一头撞在北墙上，碎了的银光从镜子底下的那对柜面上淌了一地，蛐蛐被这突然的亮吓得停止了鸣叫，钻到柜子底下。那对柜子像一双眼睛，冲着我乐。我知道它们笑什么。这两面柜收纳了我们全家最宝贵的东西，身份尊贵，钥匙一直在我妈怀里揣着。但不管她多长时间不打开，我也不会忘记锁在里面的"康乐果"还剩几根。她从城里看病回来我就数过，长的五根，短的十一根，两根白色的长的给了奶奶，我们几个一共吃了六根短的，都是黄色的。我知道它们现在也不会少，不会被妈妈偷吃，也不会被老鼠吃掉，它们在柜子里只是显得柜子更加尊贵，就像同样装在里面的钱匣子中的干黄花，它们都在等着和同样尊贵的客人见面。我妈去城里看病那几天我得到了三个桃子。如果我能打开柜子，我也会把它们全都锁在里面，绝不会都吃掉。我是数着妈妈的行程吃的，我的计划是我吃一个，留给妈妈两个，在我看第四遍的时候奶奶说："吃吧，老孙子，不吃它们会烂。"现在我经常在父母的照片前摆两堆苹果，我记得照片里妈妈身上的那件蓝对襟上衣也总锁在柜子里，只有年节的时候才拿出来穿，穿了几十年。

草捆整齐地摆在柴火垛的脚下，里面藏着很多月光，夜也是怕冷的。这些草从江沿来，闻着它们的气味我能找到大舅家，那条江好长，弯弯曲曲的，你走到哪儿它跟到哪儿，像小六子的鸽哨，从脑门一直通到天上。我是和我爸来这里打草的，每年老秋，这里的草高得能淹没人，草里藏着野鸭子、云雀、兔子……有种白色的水鸟特别不合群，总是用一条细长的腿站在河岸，腿细得我一个手指就能弹折，它的另一条腿蜷在胸脯的羽毛里，孤零零地看着天边。我爸手里的大扇刀一挥，身前的草就闪开一通道，我爸继续往前走，草往边上让，等我玩累了再找他时，草丛就只剩下一条由齐刷刷的草茬铺开的深径，爸和他的小径一起埋在金灿灿的阳光里，只剩下个草帽在动。漫无边际的草原像梦一样，从从容容，愿意做，就入梦，不愿意做，你来也行，反正明年春天你不来，大雁也来。

一夜虫鸣，把过去的月光都叫醒了，从前最难忘的，那些树林、草地、星星，就像一个个幻灯片，一会儿三岁，一会十三岁。清晨，我又回到现在，而它们则停留在记忆里。

土豆地　倭瓜花

我是被奶奶藏在土豆地里躲过第一次上学的，那年八岁。

那年秋天，我妈说你得上学了，都多大了还成天在家淘，总当孩子头啊。回头又说，杨老师说了，亲自教你。于是，我就上学了。刚开始，新鲜，小伙伴们都来了，觉得挺好玩。几天就够了，还得起早，还得挺胸抬头坐着，还得写作业……这有什么意思呢？说什么也不去了。我妈就掐我，她净掐不丁点儿小肉，掐得疼哦，钻心疼，疼我也不去，我妈就拿笤帚疙瘩打我，打我也不跑，反正就是不去。我奶看不下去一把抢过笤帚，说你别打了，他不愿意念就不念，将来能认得自己名就行呗，我还没名呢，不也活一辈子。快中午的时候，杨老师来了，没进院就大声喊，老赵大嫂，小风回来没？我正在园子帮奶奶压水浇葱池子，一听见喊声，我奶一把把我搂到身后，让我赶快藏起来。我瞬间慌了神，往哪儿藏啊？找不到地方躲，一园子平展展的绿，只有墙根的一圈向日葵比我高，井沿前是秫秸夹的障子，障子缝能钻进猫，却藏不了人。我奶说土豆地。我立马就钻进土豆地的垄沟里，压倒好几棵土豆秧，蹭一脸汁，感觉屁股好像没藏住，又往土里使劲拧了拧身子，恨不得变成土豆，还把脑袋上的叶往头上又盖了盖，竖着耳朵，大气不敢喘。阳光从土豆秧上面漫过来，好像个绿色的笼子。夏天晌午，土地热得烫肚皮，腾腾的热气往脸上扑，土腥味卡在嗓子里苦涩苦涩的，咽不下去，吐不出来，全身都湿乎乎、热嘟嘟的。我忽然想，要是把我栽土里，浇上水，能不能也发出芽？那是我第一次思考人和土地的关系，生命的哲学竟来得如此突然，又如此离奇，这恐怕是小学一年级学不到的。不一会儿，我妈跟杨老师从屋里出来了，杨老师一边走一边跟我奶打招呼，"一个人干活儿呢，婶子。"我奶颤颤巍巍地紧撑着往园子外赶，"他杨老师啊，中午在这儿吃吧，我刚割的韭菜。"

我妈指定不会出卖我，我确定。因为不管我在外边惹多大祸，她从不当外人面教训我，但过后可就难说了。但我已经习惯了，那时候的农村妇女八成都是这么教育孩子的。我奶就是，每次我淘气回来，后面通常跟着个鼻涕孩儿，哭咧咧地上家告状来了。看见我奶，号得就更起劲。"大奶，小风打我。"我奶赶紧拽扯个小脚过去哄，"哎哟哟，哎哟哟，不怕不怕啊。回头告诉你妈，看奶一会儿不掐死他，大奶给擦把脸，这大鼻涕都过河了。"好歹把小伙伴哄回家，回头把我的事也忘了。我妈说，"你就惯吧，看将来有啥出息！"说完狠狠地一眼一眼剜我，剜得我抬不起头，只顾埋头吃饭，咸菜也不敢夹。我奶看见就一个粒一个粒地往我饭碗里挑豆角的豆子，豆子又香又面，一盆菜数它最好吃。我奶一边挑一边说，"我还等着老孙子将来娶媳妇给我生重孙子呢，是不是老孙子？"

奶奶就是这么教育我的，她的人生知识仅限眼前这么点儿事。啥叫出息？开春抓的猪羔入冬长成大半拉猪，出息了；谷雨前后一场透雨，一池子韭菜小葱全冒头，出息了；老王家的黄毛丫头嫁出去，出息了；跟二姐来家个同学，她上上下下地打量，看得人家不好意思，走了。我奶问我妈，"刚才二丫头领回来的是谁呀？""风贤家老大。""哟哟哟，长这么高了，这上哪儿认去。

出息成这样，这孩子也不说句话。"回身告诉我，"可不敢忘了你凤贤姨，小时候你可没少吃人家奶，你凤贤姨自己老姑娘都不喂，就喂你。"

奶奶认准的事不多，她相信自己经历过的，自己看到的。

我奶的身世有些传奇。在她那个年代，只有一个小孩儿的家庭是不多的。她就只有我父亲这一个孩子。据说早年间她的娘家遭了胡子，她爸被胡子砍了头，脑袋挂在家里的炮楼上。一家人死的死，逃的逃，只剩下个娘家哥守着破败的大院。所以她特别在乎人丁兴旺，连家里院子跑的鸡、鸭、鹅、狗、猪都是她的宝贝，她说，"那都是扑奔咱家来的生命啊，没有这些玩意儿日子怎么能过得起来呢？"听见当年的小公鸡站在墙头上哑着嗓子学打鸣她也眯着眼乐半天，"又是新的一年，六畜兴旺啊。"为此，我奶乐意一刻不停地干活儿，馇猪食，剁野菜，喂大鹅，圈鸡，放鸭。我总能看见她的背影像鸭子一样拽扯拽扯地忙，实在累得不行，坐在柴火上歇一会儿，手罩着额头，找太阳，看日头爷走到哪儿了。

奶奶喜欢那些有用的花，蚂蚱花，黄瓜花，倭瓜花。春天，找一个露底的搪瓷盆装土，撒一把蚂蚱花籽，摆井沿上，或者干脆把籽种墙头上。浇地时顺带洒几瓢水就养活了，开得满盆满墙头都是蚂蚱花，红的、粉的、黄的，花不大，特显眼，疯了似的长，院子里的茄子、辣椒、黄瓜、豆角还没熟透，日子先给它们热闹起来了。有时趁蚂蚱叶嫩，她也摘一把，按水桶里涮涮，蘸酱吃，水灵灵、甜滋滋的。花开败了，茎叶割下来喂鸭子，喂大鹅。倭瓜花，小喇叭似的，娇黄娇黄。她把先开的花揪下来给我，叫我拿去哄小丫头玩，挑一个将来说媳妇。"这么摘了不白瞎吗？""不白瞎，先开的都是谎花。""啥叫谎花？""谎花结不了果。"几场雨下来，找个响晴的天，她拿秋秸编成一个个脑袋大的圆篓，支在倭瓜下面，把吊在瓜秧上的大花倭瓜托住，得托到霜降才吃呢，别塌底烂咯，也省得瓜把秧坠折。

奶奶的斜襟大袄是解放前的式样，这款式一直陪她到去世，斜襟袄，抿裆裤，过去的人。我就是在这样的怀抱里长大的。那扣子的模样，她身上的体温，护佑着我，一点点长大。奶奶什么也没教我，我记住的只有这些。那布扣子是她自己一个一个祥的，这手艺不知道现在还有谁会。那大襟上的味是这家屋里的，也是院外的，是灶台的，也是猪圈的，是一年四季全部的味道，也是我童年的全部气息，我是她用一口一口嚼碎的馍喂大的。我妈给她做过几次新式样的衣服，她不穿。不知道在她的心里老款式意味着回忆还是纪念，我从未问过她的身世，那时候也不懂这些。但有时会听见我妈问，"你哥给你拴那驾马车呢？"奶奶坐在小板凳上烧火，不搭言，像说的是别人。灶膛里的烟呛出来，迷了眼，火烤得人张着嘴直躲。问得生气了，就一转身出去了，猫腰上鸡轱辘里摸出个鸡蛋，还热着，蛋皮上沾着一丝血，冲阳光眯着眼睛照，照出一脸笑容。乐意搭茬了，就说，"车换小米了，马被野牲口叼去了。"她们婆媳不融洽，也不吵嘴。妈妈总是气鼓鼓地做着儿媳妇该做的一切。当年我们小，自己还得她们照顾，后来我们长大了，四散了，才知道日子的不容易。孝是什么呢？它没有电视里演得那么感人，也没有那么可恨，它就是普普通通的生活。以前不懂，等懂了，自己也老了。

那年起土豆，奶奶叫我给杨老师送去一筐，那两口子是知识分子，不会种地。她说，"你杨老师其实知道是我把你藏起来了。"摘倭瓜，她叫我给凤贤姨抱去俩大的。她说，"你随便看看你媳妇长啥样了，她家老丫是我给你说的娃娃亲。"

吾心安处

现在故乡给我的感觉只剩下两条往返的路，一条高速路，另一条是国道。走高速比国道近十多分钟，但走国道不要钱，可大车多。路的两端都是我的家，一边是过去的，一边是现在的。这两年我一直都在路上跑，好像看似跑了很远，其实连老家都没到过。

我不止一次地怀疑过，自己是否真的在故乡生活过十几年。可是这怎么会有错呢？亲人、朋友还在，老邻旧居还在，过去的街道还在，学校、单位、车站、市场都还在老地方，小城正在变得越来越漂亮，也变得越来越陌生，陌生得只剩下一个和我故乡一样的名字。

我是奔着这个名字来的。原以为重回故乡，一切还会和从前一样，不存在熟悉和融入的事，渐渐地我发现，故乡已经不是我认识的那个故乡了，无论我多么迫切地回归，我们之间总是隔着一层东西，故乡变得模糊不清，似是而非。过去的熟人们仍然报以热情，但不亲近。在一起也吃饭，也喝酒，也热闹，却总有"陪"的感觉。你知道的，什么事一陪就变得客气了，而客气其实就是陌生。走在城里的大街小巷，方向、位置和名字都对，但容貌变了，旧的建筑已经拆除，新的还没完全盖完，新旧之间仿佛时间的裂缝，有着深不可测的划痕。街上来来往往、忙进忙出的人我都不认识，街道两边的树排列整齐，散发着青春的朝气，一定是我离开之后栽的吧。过去，这儿就是一条壕沟，夏天汪着臭水，冬天结着干净的薄冰，芦苇、蒿草瑟瑟发抖地冻在冰里，颜色各异的塑料袋挂在上面。我很想走过去找个人聊聊，问问他贵姓，是家中老几，身边有没有一个叫某某的哥哥曾经在红旗小学念过书。

故乡在我离开的那一刻就关上了门。门里的人好像都睡着了，没有人发现走失一个孩子。这不奇怪。大树上飞走一只麻雀会有一群麻雀再来，又不是飞走一棵树，一间房子。何况我不是麻雀，也没打算迁徙，而是一心一意地想要逃离。这就怪不得故乡待我以陌生了。可是谁又知道我，这些年来，无论我走到哪里，故乡都像血液一样伴我随身而行，每当听到它的名字，我就精神一振，竖起耳朵，生怕漏掉万一。我和故乡的血脉始终是连着的，我一直记着那棵树，那间屋，它们承载着我精神上的春夏和秋冬。可是直到今天，我才明白，故乡只是一个名字，再回到这里，它连名字都变得不真实了。这个名字，正在成为别人的故乡。

今年春节，给大哥拜年，席间，大哥忽然说："你是头一年初一来这里过年！"我突然一愣，这句话词汇量太大，我一时有点儿消化不了。他是个不爱表达的人，尤其在感情方面。但我听出了他的感慨，感觉到了他的遗憾，也听出了欣慰，当然，还有一些埋怨。这么多年，对他，我更多的是尊敬，少了一些亲情。我忽然发现我们都老了，连模样都更像从前的父亲。

后来，我离开了故乡。那里有海，有山，虽然仍是东北。可对我来说，它已经是南方了。因为它远离故乡，远得能忘记过去。仿佛一个失恋的人重新拥有了爱情，我在这里竟然迅速找到了故乡的感觉。刚来的时候，我就抱着定居在此的心情。这里的气候冬天没有家那边那么冷，夏天总是湿乎乎的，风里裹着海鲜的味道。正是我想要的，挺好。

我想寻一处房子，这里到处都在盖楼。旧的小区还没落魄，新的楼盘已经迫不及待地见缝插针、拔地而起了，整个城市的身材很不均匀，有些虚胖。到底有多少人来此居住呢？看着街道两侧的商品房，一排一排门窗紧闭，安静得像蹲在墙根晒阳阳的迟暮老人，我有些迷惑。这里看起来并不繁华，新与旧在这座城市的大舞台上好像没有商量妥就一齐登场了，旧的已经暗淡，但骨架还在，新的怎么也无法掩盖它的沧桑。舞台上，一个披着时髦外衣的老汉，着新装唱旧曲，旧曲里又不时地冒出几句新鲜词。可是演员并不尴尬，观众也早已适应，尴尬的是我这样少见多怪的异乡人。

大海对我来说十分遥远，以前我旅游的时候特意去看过大海，来去匆匆，除了留下几张张牙舞爪的照片，仍然很不真实。我不知道生活在海边是个什么样的感觉。这天傍晚，我走在滨海大路，夕阳就要落在海上，海风把晚霞刮满天空，海面和天空交相辉映，直到夕阳完全消失，晚霞仍然浓烈。广场上孩子嬉笑着奔跑，少年踩着轮滑从我身边呼啸而过，妇人牵着小狗站在烧烤摊前，夜市的灯渐次亮起。我心想：这就是海边。

终于在海边生活了，我应该喜欢这里，喜欢海鲜，喜欢无忧无虑的日子。尽管环境破烂，挑好看的看就是，眼不见为净。而且大多数时间我看的都是窗外，餐厅对面是小区的另一座大厦，阳台下边有个小花园，流浪猫一到中午就在花园的草地上打滚。但这个城市不是我的故乡，我谁也不认识，我分不清螃蟹的公母，不知道各种海鱼应该炖还是清蒸，五年了，不靠导航，我还是不敢开车出门。

那天我在市场买拖布，老板问我是不是只要拖布不要桶，我说，"嗯呢。"他说，"你是黑龙江人。"我问为什么是黑龙江人呢？他说"嗯呢"是黑龙江话。

我不是黑龙江人，但肯定是闯入这里的异乡人。老板的语气里是大度地接纳又自然地保持着些许优越感。这里不是我的城市，我就像辽河里的鱼游入了渤海，渺小感、自由感、由此而生。

吾心安处是故乡。我的故乡在哪儿？恐怕只能在纸上，在文章里了。不知不觉，又高雅了一回，我竟然和李白一样，一生都在寻找故乡。看来过去和现在没什么区别，从古至今，现实中的故乡与记忆中的故乡都是脱节的。故乡只能装在心里，无处安放。

以后，如果有人跟你问路，不妨学着本地口音，笑问客从何处来。